一念關山
A JOURNEY TO LOVE

一念關山

A JOURNEY TO LOVE

卷二

【目錄】

第十一章

揭破真身刀兵見

車隊停在道旁樹蔭之下，使團眾人卻都沒有下馬，而是遙遙望向前方道路。那大道直通，並無什麼險峻的關隘，只在道路中央設置了一道簡陋的木製關卡，兩國士兵各自守衛著關卡的一側——這便是兩國當下的邊界了。

寧遠舟指著那關卡，對眾人道：「那邊就是許城地界了。許城在此次戰事中被安人所奪，所以越過這道關口，我們就算正式進入安人的勢力範圍，大夥兒都要打起精神來。」眾人都是一凜，心中都明白，行程前半段雖也遇到許多險阻，但真正的考驗卻在前方。跨過那道關卡，他們此行的任務才算是真正開始。

寧遠舟道：「從現在起，為免安人懷疑，使團和商隊必須分開行動，中間至少相隔一里。上一次使團人手折損太多，是以錢昭、孫朗兩人，暫時先補入使團護衛殿下。于十三、元祿隨我留在商隊。」

錢昭、孫朗立刻抱拳領命：「是。」

寧遠舟一揮手：「出發。」

他們再次策馬前行，向著關卡進發。所有人都肅然無聲，只開馬蹄達達，車輪轆轆地碾在土石路面上。

如意打起簾子，從車廂裡探出身來，問道：「那我呢？」

寧遠舟道：「妳還是以隨行女官的身分陪著殿下。呈交通關文牒的時候，殿下勢必會和安國人朝相，進了許城，還得會見鎮守當地的安國將領。到時候我不在場，得麻煩妳多提點她，只要過了第一關，以後就好辦了。」他一頓，放緩了馬蹄，與馬車並行，輕聲叮嚀道：「妳也要小心，萬一遇到之前的仇家，務必不要衝動，等會合之後，我們再一起想辦法。」

如意一抿唇，長睫下便掩了些笑意，抬手一指頭上幕籬，道：「女官都要戴這個，沒人認得出我。就算遇上了仇家，該小心的也是他們，而不是我。」說完便轉身回到馬車裡。

錢昭驅馬跟在車後，不動聲色地觀察著他們的交談，面無表情。

如意一回到車廂裡，楊盈便好奇地湊上前來，問道：「妳跟遠舟哥哥說什麼呢？這兩天總覺得你們變得有點怪怪的。」

如意提醒道：「進入安國之後，妳只能叫他寧掌櫃，叫我任女官。」

楊盈隨口應了聲「哦」，便目光炯炯地追問道：「那寧掌櫃和任女官剛才說什麼呢？」

如意避而不答，反要教導她：「馬上就要見到安國的守將王遠了，妳還是再看看卷宗，多準備一下吧。」

楊盈抱怨著：「那些東西我都會背了，我就是緊張，才想跟妳多說說話……」說著便又湊上前，絮絮叨叨地跟如意說著：「昨天晚上，我又夢到青雲啦，我夢到他送我最喜歡的小兔子，還夢到他說想我了。如意姐，我覺得妳那天說得不對，我問過于十三了，他說他一忙起來也經常會把他相好的小娘子忘了，但不管什麼時候，她都會是他最重要的人……」

如意瞟她一眼，「妳怎麼不問問他有多少個相好的小娘子？」

楊盈愕然，沒料到最溫柔體貼的于十三竟有不止一個相好的小娘子，嘟起嘴不再說話了。她忽地瞧見如意手中攥著個木偶，正無意識地把玩著，又好奇地湊上去細看：「這是什麼？」

如意卻立刻將木偶塞回袖子裡，楊盈不敢纏她，只好強掩住好奇，去尋旁的東西來分散緊張。

馬車緩緩停在關卡前。

錢昭已是一身侍衛打扮，低頭遞上通關文牒。梧國士兵查驗通過後，車隊再度開動，向著數十丈外安國士兵把守的地方駛去。待楊盈的車駕駛過木門，梧國士兵突然齊齊左膝跪地，高聲祝願道：「殿下一路珍重，願早日平安歸來！」

車裡的楊盈聞言一怔。此處一過，前方便不再是故鄉了。她的兄長和皇嫂都不在意她是否會死在異鄉，但離開之前，故土上卻依舊有人真心祝願她平安歸來。

她心中一動，起身刷地拉開了車簾，探出身去，向著士兵們用力揮手道：「多謝！你們也保重！」

坐回車裡後，她眼中已滿是淚水，心中的緊張不安卻不知何時悄然消散了。

✵

通關之後，第一程便是去許城府衙會見駐守在此的安國將領。

安國尚未派出引進使，使團仍有行動的自由，不至於一舉一動都在安國監視之下，卻也不好脫離安國官府的視線太遠。引進使到來前，路上每在一處城池落腳，都要會見當地長官。

來送贖金的戰敗國使者，會受到刁難是預料之中。然而此行不但無人出迎，甚至等候許久還不見人影，楊盈也忍不住露出些不耐的神色。

小廝送上茶來，楊盈喝了一口，苦澀難咽，便皺起眉，對如意搖了搖頭。

卻是使團長史杜銘先發作了，怒斥道：「這王遠好生無禮，竟然讓殿下和我們等這麼久！」

錢昭無聲地示意他少安毋躁。孫朗則悄悄上前，塞了錠銀子給送完茶水正準備退下的小廝，低聲問了些什麼，臉上不由得露出驚詫的神色。

待小廝離開後，孫朗便上前回稟：「小廝說，昨天駐守許城的王遠突然被調走了，新來的將軍叫申屠赤，性情要比王遠跋扈很多。」

楊盈一驚，流露出些緊張神色，「啊？那怎麼辦？我還沒瞧過這個申屠赤的卷宗呢。」

如意按住她的肩，示意她鎮定，低聲告訴她：「申屠赤是安國的西面行營馬軍都指揮使，世代名將，性格粗中有細，就是很看不起梧國人，跟他說話時務必忍耐。」

楊盈默默記誦著：「好……他姓申屠？好怪的姓。」

如意道：「申屠是沙東部的大姓。」

楊盈恍然。

而錢昭看向如意的眼神卻愈發深沉。

外間忽地傳來通報聲：「都指揮使到！」

眾人都一凜，紛紛坐正，凝神以待。

不多時便見一個高大豪壯的漢子跨步走進正堂，看都不看眾人，便逕直入座。他隨意地翻看著桌案上的東西，頭也不抬地問道：「你就是禮王？」

楊盈吸了一口氣，平復下心氣，平靜地應道：「正是。孤受貴國之邀赴安出使，路經許城，特來拜會。」

申屠赤一伸手，道：「國書拿來吧。」

杜長史忍無可忍，拱手向北，正色道：「國書既有個『國』字，便只能遞交給貴國國主，都指揮使只怕不宜擅觀。」

申屠赤笑了，抬頭戲謔地看著他，「你家皇帝都被我踩在腳下吃過土，你還跟我裝什麼體面？」

使團眾人都大怒不已，孫朗更是按住了刀柄。一時間劍拔弩張，一觸即發。

如意看著楊盈，目光示意她按捺住怒氣。

楊盈閉目深吸一口氣，淡淡道：「都指揮使硬要看也無妨——」便示意杜長史，「杜大人，把都指揮使的行狀記下來，到時交與安國國主即可。畢竟這安國僭越之罪，也不關我們梧國的事。」

申屠赤這才上下打量了楊盈一回，神色簡慢無禮，卻又帶了些許驚異，似笑非笑道：「聽說你是個洗腳宮女生的？還有幾分膽色嘛，梧國也不知道是從哪個醃臢堆裡撈出你這個寶貝來的。」

楊盈臉色大變。

孫朗已經仗劍而上，怒道：「主辱臣死！」

還未等他拔劍，如意已經擋在了他的面前，做出受了驚嚇的模樣，急道：「娘娘吩咐過，不可動武！」然而背對著申屠赤，看向孫朗的目光卻嚴厲而不容置疑。

孫朗被她眼神所懾，只得憤憤地收劍回鞘。

申屠赤見狀，得意地哈哈大笑起來。

✵

一行人跟著安國的軍官來到安國人給他們安排的館舍時，天色已然向晚。進門前便已覺出院落破舊，然而推開門後，望見荒草叢生的庭院，眾人還是感到難以置信。昏黃的日頭越過生草的牆垣落進庭院，荒井旁的老樹上幾隻烏鴉嘎嘎叫著飛起。透過樹下未關的窗子，可望見黑洞洞的內堂，堂內桌椅都未擺開，不知是否早已結網生塵。

杜長史目瞪口呆地問道：「這是驛館？怎能如此破敗？」

送他們過來的安國軍官態度輕慢，不耐煩道：「許城的驛館早就在打仗的時候被燒光了，你們對付著住吧。」隨手一指，「柴火在那兒，灶房裡有米。」說完便逕直離開了。

杜長史驚呆了，目光無措地追著軍官的背影，「等等，怎麼沒服侍的人？你別走啊！」

軍官頭也不回，譏諷道：「都上門來贖人了，還有臉讓人服侍？這裡已經是安國的地

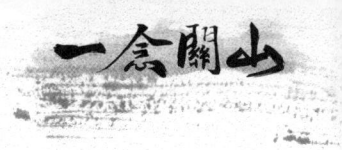

盤了！」話音落時，人已消失在門外。

楊盈咬著牙，深吸一口氣，正要說些什麼，回頭卻見使團之人都已不再憤怒，反而人人臉上都帶著悲切。她還沒到能體悟這種家國之悲的年紀，只覺心中憤慨。

如意卻是絲毫不為所動，示意楊盈隨自己進屋。楊盈只得忍著氣跟她一道進去。

待她們離開後，錢昭才面色冰冷地詢問道：「老寧他們住進客棧了嗎？」

孫朗點頭道：「才安頓下來，就是離這兒比較遠，隔著四、五條街呢。剛才府衙的情況，寧頭兒也知道了。他讓我們先忍一忍，隨遇而安，他待會兒就過來。」

錢昭背對著斜陽，面容隱在暗影中，目光晦暗難辨。他不動聲色地吩咐道：「現在外頭有安國人盯著，告訴他先別過來，等二更的時候再說。」

孫朗目光一閃，似是意識到什麼，意帶詢問地看向錢昭。

錢昭輕輕地點了點頭，孫朗便也了悟一般，抱拳領命而去。

✵

室內灰塵厚重，楊盈一進門就打了兩個噴嚏。

兩個內侍身上傷還沒好，一瘸一拐地打開門窗透氣，開始忙碌收拾起來。

楊盈心中氣憤難忍，「這也太過分了！」

如意一邊查看室內陳設，一邊安撫她道：「忍一忍。又不是沒在荒郊野外住過。」

楊盈剛要點頭，那邊內侍掀起床鋪，鋪下便竄出了幾隻老鼠，直衝著楊盈而去。楊盈嚇得失聲尖叫起來，驚慌躲避間不留神向後一仰，身體失了平衡，重重地摔倒在地。身旁老鼠還在亂竄，楊盈在地上尖叫著躲閃，塵土混著汗水撲了滿身，狼狽至極。

如意隨意踩死一隻老鼠，踢到一旁，俯身伸手拉楊盈起來。

楊盈嚇壞了，滿臉都是淚水，恨恨地抽泣道：「都怪那個申屠赤，姓申屠的全都不得好死！」

卻不料如意臉色一變，一把推開她，厲聲呵斥道：「閉嘴！」

她從未流露出這麼凶狠的神色，更不曾這樣對待過楊盈，楊盈一時眼淚都嚇住了。

屋裡一片寂靜，不論是兩個還舉著拂塵的內侍，還是楊盈，甚至聞聲趕來幫忙的錢昭和丁輝，都是一臉驚愕。

如意自知失態，強作平靜地掩飾道：「申屠赤是安國先皇后之侄，到了安國，妳再這樣胡亂罵人，會禍從口出。」

她心中氣惱，卻也不乏懊悔，對錢昭、丁輝道一聲：「這裡交給你們了，我先出去一下。」便逕直離開了。

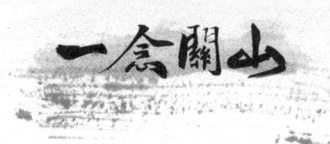

楊盈錯愕地愣在那裡，半晌才紅了眼睛，委屈地咕噥著：「就算我說錯了一句話，如意姐也不至於發這麼大的火吧？」

錢昭目光一閃，抬眼望向如意的背影。

✵

夕陽西下，天色漸漸暗下來，如意卻還在街上遊蕩著。

或許不該說遊蕩——她此行也有正事要做，要找到朱衣衛留下的記號，同此地分堂取得聯絡，好進一步套取情報，查出越三娘幕後的主使之人。

但這一日她總是不能專心，不時便看看自己的手，想到自己推過去後楊盈錯愕驚恐的目光，便覺懊悔煩亂。

她深吸一口氣，甩開雜亂的思緒，走到一座房舍旁，找到了紅色的小鳥標誌，便再一次留下了記號。

忽聽到街邊叫賣聲，她循聲望去，是個賣糖人的小攤。

楊盈的聲音再次在腦海中響起：「我又夢到青雲啦，我夢到他送我最喜歡的小兔子。」

如意猶豫了片刻，還是走到攤位前，挑了一支小兔子糖人。

回到館舍時，天還沒有完全暗下來，天際餘光透過荒草老樹，在庭中鋪開昏黃的暗影。

院子裡靜悄悄的，一絲風也無。錢昭一個人坐在井臺旁專心地磨鐧，厚重的四棱鐵鐧擦在磨石上，發出一聲接著一聲的「鏘」「鏘」。井臺後的老樹支棱著枝丫，巨爪一般。屋裡沒點燈，窗子裡黑洞洞的。

如意目光掃了一圈，沒看到楊盈和其餘人，便問道：「怎麼就你一個人？」

錢昭單手握鐧，對著天際餘光查看棱面，答道：「許城的大族在酒樓設宴慰勞使團，殿下去了。老寧那邊，也讓十三去暗中保護了。」

如意停住腳步，沉默了一會兒，還是解釋道：「剛才，我有點失態。」

錢昭點點頭，面無表情道：「沒事。」

如意心情輕鬆了少許，揚了揚手中糖人，「那我先進去了。」

她剛走兩步，忽然腳下一空，地上竟出現一個布滿削尖的竹筒的陷阱。

她反應機敏，腳尖在陷阱壁上一點，險險地躍起。可就在她身在空中無所借力之時，錢昭從她背後一鐧揮來，重重地砸在她的後背上。

如意身體一撲，被砸進陷阱裡。眼看就要被竹筒尖刺穿透，她當機立斷，手掌在竹筒上用力一撐。竹筒穿掌而過，她霎時便疼出了滿身汗，卻也終於尋到借力之處。她強忍疼痛再次施力躍起，但足尖剛落地，早已埋伏在此的孫朗便從她背後一劍刺來。如意奮力閃避，脅下仍是中劍。

她運氣一掌震去，那劍被她震斷成兩截，從孫朗手中飛出。如意撿起斷劍拄地，嗆出幾口血來。她踉蹌地撐住了身體，雙目赤紅，難以置信地抬頭看向被自己當成同伴的人。事已至此，她卻還是想問一句：「為什麼？」

錢昭沉著臉走來，嗓音冰冷，「妳是朱衣衛的奸細。」

如意怒道：「我不是。」

孫朗步步逼近，痛恨道：「別想狡辯，妳兩次和朱衣衛接頭，還躲在房樑上監視寧頭兒，老錢和我都看見了！」

錢昭道：「褚國人不會跳胡旋舞，烤肉的時候，也只有你們安國人才不吃茱萸。」

孫朗越說越憤恨：「難怪妳會護著那個申屠赤，還敢罵殿下！寧頭兒也真是走了眼，竟然被妳這妖女給蒙在鼓裡！朱衣衛的賤人，去死吧！」他再也忍耐不住，拔出一把刀衝了上來。

如意臉上、掌中、腰間全都是血，身上新傷疊著舊傷，但仍是冷冷地道：「就憑你？」她手持斷劍迎上前去，以一敵二，竟是不落下風，招招狠辣，毫不留情。不過片刻間，孫朗便中劍倒地，如意眼中寒光一閃，旋身向錢昭殺去。

忽聽門外傳來驚愕的呼聲：「如意姐、錢大哥！」

三人同時回頭望去，便見于十三和楊盈站在院門口錯愕地看著他們。

錢昭架住如意手中斷劍，急道：「快來幫忙！她不是不良人，是朱衣衛！」

于十三一驚：「什麼?!」

如意招招凌厲逼命，錢昭已有些撐不住，催促道：「快來！」

于十三來不及多想，只能迎身而上，與錢昭並肩作戰。孫朗也掙扎著爬起來相助。

楊盈不知該如何是好，眼見如意渾身是血，孫朗也身受重傷，只能焦急地喊著：「你們別打了！」

如意以一敵三，終於落入下風，身上接連受傷。她架開于十三刺來的一劍，冷冷地質問：「連你也要來殺我？」

于十三焦頭爛額，仗劍攔住兩邊攻勢，居中勸阻道：「大家都冷靜一點，肯定有誤會！」

錢昭分毫不讓，「我親眼看見她和朱衣衛接頭，出賣使團的消息。」

于十三又是一驚，卻也知道錢昭必然不會謊言構陷，只能道：「就算她是朱衣衛，那也不能殺她，一切等老寧來了再做決斷！」

錢昭怒視著他，「你再說一次。」

于十三一怔。錢昭一向都沒什麼表情，但這一次眼中卻帶著刻骨的恨意，灼灼刺人。

于十三對上他的目光，口中話語竟一時發不出來。

錢昭壓抑著聲音，說出的話卻句句刺骨：「你對孫朗被朱衣衛逼下懸崖的爹說一次，對冤死在天門關的柴明他們說一次，對千千萬萬死在這片戰場上的梧國百姓再說一次！」

孫朗也怒視著于十三，目眥盡裂，「你沒親人死在朱衣衛手上，當然可以輕飄飄地乾站著！可如果不是朱衣衛買通了內監，盜走了軍機圖，五萬大軍怎麼會一敗塗地?!哪一個朱衣衛手上，不是沾滿了我們六道堂的血?!現在鐵證如山，她想害殿下，害整個使團，你還要幫她?!」

話音落下，四面寂然。楊盈呆愣地站在那裡。于十三也怔然收劍，再也無話可說。他一閉眼，對如意道：「對不起。」便持劍和錢昭、孫朗一起攻上來。

如意奮力抵擋著，眼神孤傲如劍，卻帶著無限的辛酸與憤懣，「很好，很好！」

于十三心中不忍，稍稍收劍。

如意便趁著這一瞬間的破綻，飛身而起，衝出包圍，將斷劍架在了楊盈的脖子上。

眾人驚道：「殿下！」

楊盈也恐懼地喚道：「如意姐……」

如意渾身是血，雙目赤紅，鬢髮沾著血水、汗水、淚水，凌亂地繚繞在蒼白如瓷的臉上，卻更襯得面容妖豔冰冷。她冷冷一笑，目光如寒霜，侵肌刺骨，「讓開，不然我就殺了她。」

三人不敢輕舉妄動，但也不能放她劫持著楊盈離開。如意架著楊盈步步後退，三人也步步緊逼。

如意看到旁邊有一匹馬，便一推楊盈，「妳先上去。」錢昭見楊盈脫開如意的掌控，立刻打出幾枚暗器。如意生生受了，躍上馬背，帶著楊盈狂奔而去。

✵

如意一手挽住轡繩，一手持劍挾持著楊盈，一路飛奔。身上鮮血浸透衣襟，打濕了馬背，她的意識也漸漸模糊起來。

楊盈僵在如意懷裡，只覺得馬越跑越慢，架在自己脖頸上的斷劍滑下來，如意的身形已有些搖晃了。

她與如意相貼的脊背一片濡濕，溫熱的血水順著如意的手臂流進了她脖子裡，燙得她心裡發慌。她不敢亂動，只能帶著哭腔喚道：「如意姐，妳別睡啊……」

如意聞聲一凜，清醒過來。

楊盈猶未察覺，她心中焦急恐懼，卻不是因為被劫持。她哭著喚道：「妳醒醒啊……我娘以前也是這樣一睡，就走了。」

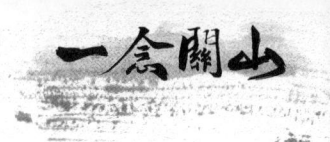

如意氣息虛弱地答道：「我還沒死。」

楊盈這才鬆了口氣，忙道：「那就好。我這裡有傷藥，臨走的時候青雲塞給我保命的……」她哆哆嗦嗦地從懷中掏出傷藥，焦急地塞給如意。

馬蹄漸漸停了下來，那馬也已疲累不已，發出低低的嘶鳴聲。

天色已完全黑了下來，也不知跑到了何處。只見遠方山林起伏，夜霧瀰漫在地平線上。

如意不信楊盈覺不出她氣力不濟，只問道：「妳為什麼不跑？為什麼不怕死？」

楊盈抽泣著：「妳不會殺我的。」

如意冷笑道：「憑什麼？我可是朱衣衛最厲害的刺客。」

楊盈怔了怔，哭道：「可是，妳也是我師父呀！」

如意一震，許久之後才苦笑一聲。她翻身下馬，卻險些摔在地上。楊盈焦急地要來扶她：「如意姐！」

如意卻一刀插在馬臀上，那馬吃痛，人立而起。楊盈只能驚慌地挽住轡繩，穩住身體。

如意仰頭望著她，輕聲道：「妳走吧。」

楊盈還想控住驚馬，那馬卻放蹄飛奔，帶著她飛速遠去。她又驚又怕，回首大喊：「如意姐！」

但如意已經孤身一人消失在了茫茫夜霧之中。

✻

四面山林黝黑，灌木裡蟲鳴淒清，遠遠傳來野獸嚎叫之聲。

使團眾人點著火把，帶著獵犬，焦急地沿途搜尋著，卻始終一無所獲。

許城是安人的地盤，申屠赤雖沒給他們安排僕役服侍，卻顯然安排了人手監視。館舍庭院裡鬧了那麼大的動靜，自然瞞不過去。如意才劫走了楊盈，申屠赤那邊立刻便有人來問話。于十三見狀不妙，立刻鬧起來，說是山匪劫走了楊盈，又派人去通知寧遠舟。這一折騰，便沒能及時追趕上去。

此刻寧遠舟強按心中焦急，正帶隊搜尋。于十三一路追在他身後，邊走邊說，終於把事情解釋明白了。

寧遠舟停住腳步，抬頭看向他，「所以不只是他們兩個傷了如意，你也參與了？」

于十三避開他的目光，道：「老錢說她是朱衣衛。」

寧遠舟一啞，半晌，還是抬手拍了拍于十三的肩膀，嘆道：「不是你的錯，這事怨我。」

火把劈啪響著，使團眾人揮刀劈開灌木，茫然無頭緒地搜索著，大喊：「殿下！殿下！」

元祿面色蒼白，正專注地思索對策，聞聲心急地喝道：「都閉嘴！」

眾人忙安靜下來。

元祿從腰袋裡摸出個喇叭形狀的東西，把粗頭抵在地上，專心聆聽，突然一指右邊：

「那邊，那邊有馬蹄聲。」

話音剛落，寧遠舟便馳馬奔了過去，越過一道灌木叢，便遠遠看到一匹馬馱著個人從夜霧中走出來，看服飾分明就是楊盈。

寧遠舟驚喜地迎上去，「殿下！」

楊盈早已力竭，虛弱地伏在馬背上。聽到寧遠舟的聲音，她猛地意識清醒過來，驚喜地起身喊道：「遠——寧掌櫃！」她滾落下馬，腳下一個踉蹌，卻還是奮力向著寧遠舟奔去。

寧遠舟忙趕上前去攙扶，見她滿身是血，心裡一驚，忙道：「周圍沒有安國人，妳放心——傷哪兒了？」

楊盈焦急地搖頭，一指身後，「不是我，是如意姐，她馬上就要死了，你快去救她，快——」話音未落，便再也支撐不住，暈倒過去。

寧遠舟目光一沉，匆匆把楊盈交給于十三，轉身便欲上馬。

錢昭卻上前攔住他，仰首看向寧遠舟，道：「你要去救她，除非我死！」

✵

四面山壁陡峭，松蘿倒掛。弦月透過天頂窄窄的出口，落下銀霜似的清輝。

如意跌跌撞撞地走在洞中，終於支援不住摔倒在地。她抬頭看到前方有一塊寬大的天然石臺，便奮力攀爬上去，拚盡最後一點力氣坐起身來，運功療傷。

意識已然迷離，她不知不覺便陷入了幻境。

幻境之中濃霧瀰漫，她渾身是血，掙扎前行。朦朧中，她再次看到了昭節皇后的身影。

她伸出手去，呼喚道：「娘娘，救我！」

昭節皇后轉過身來，悲憫地凝視著她，「妳要我怎麼救妳呢？妳傷成這樣，兩根筋脈斷掉了……」

如意不甘地掙扎著，向她保證：「我會活下來的，我還沒完成您的遺願……」

昭節皇后卻搖著頭，嘆息道：「妳把我的囑咐都忘了，我告訴過妳，千萬不要愛上男人，妳全忘了。」

如意怔了一怔，不覺已淚流滿面，喃喃道：「娘娘，我錯了。」

昭節皇后閉上了眼睛，道：「可是刺客是不能犯錯的，一旦錯了，就只有死。」她決絕地轉身離去。

如意掙扎著想去抱她的腿，哀求道：「您別走，救救我，救救……」

然而她的手碰觸到昭節皇后的瞬間，昭節皇后的身影便如碎瓷般分崩離析，只餘頭顱落在她的面前，輕輕說道：「這一次，連我也救不了妳啦。」說完，便化作灰燼消散了。

世界在如意面前飛速旋轉了起來，昭節皇后、玲瓏、楊盈的身影浮現在四周，她們都在對她大喊：「這一次，我也救不了妳啦，我也救不了妳啦！」

如意猛地從幻境中驚醒過來，噴出一大口鮮血，身體軟軟地倒在了石臺上，再無聲息。

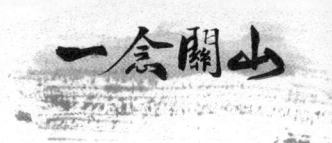

一切歸於寂靜。月色如霜雪，照著洞底的一切。

✻

許城山下樹林裡，錢昭攔在寧遠舟身前，冷冷地說道：「你被任如意迷暈了頭，但我們沒有。讓她死在外面，已經是我最大的仁慈了。」

寧遠舟堅決地道：「如意從來沒想過隱瞞她的真實身分，是我要她這麼做的。」

錢昭一怔。

寧遠舟近前在他耳邊低聲道：「她是朱衣衛的前左使任辛。」

錢昭目光一震，寧遠舟已直起身來，看著錢昭，也看著在場所有人，正色道：「相處這麼多天，如果她想殺你們，隨時都是機會。她早就叛出朱衣衛了，也是我主動找她合作的。」

錢昭道：「那她同樣也可以再背叛一次我們！」

「她不會。」

「你憑什麼說這句話？」

寧遠舟怒道：「憑我這條命！」

四面霎時一片寂靜，所有人都震驚地看著他。

寧遠舟質問道：「你們忘了她在天星峽，是怎麼和大家一起浴血奮戰的嗎？世上有這樣不要命地救你們的奸細嗎?!」

孫朗簡直不敢相信自己的耳朵，怒視著寧遠舟。

而寧遠舟已翻身上馬，道：「我有多相信你們，就有多相信她！」

錢昭雖有所動搖，卻依舊驚疑不定，攔在寧遠舟馬頭前不肯讓開。

寧遠舟直視著他，道：「你要攔著我去救她，除非我死！」

錢昭一怔，被元祿一拉，終於讓開去路。

寧遠舟一夾馬肚，揮鞭疾馳。元祿連忙扔給他一只小盒，「帶上迷蝶！」

✵

寧遠舟向著楊盈所指的方向縱馬狂奔。馬蹄聲踏破夜色，驚醒飛鳥，過處不時有夜鴉撲棱棱地搧動翅膀飛起。

奔到山路盡頭，他終於藉著月光看到了滴落在山石上的血，連忙翻身下馬，沿著血跡一路找過去。那鮮血淅淅瀝瀝滴了一路，他不敢多想，只能不停催快腳步。

尋到草木叢生處，血跡隱在暗處難以尋覓了，他忙放出迷蝶。迷蝶落在草葉沾著的血跡上，停落片刻後，終於再次飛起。寧遠舟連忙緊跟上去。

然而不多時，迷蝶便不肯再往前，只繞著一處亂石峭壁盤旋不去。寧遠舟在附近焦急地搜尋著，卻遍尋不到如意。他想見如意身上傷勢不知得有多重、不知能撐多久，只覺五內如焚，大聲呼喊著：「如意！任如意！」

山洞裡，如意靜靜地倒在石臺上，已是毫無生氣。有幾隻野狼循著血腥味找過來，正在舔舐著她身邊的血泊。其中一隻野狼試探著用鼻子觸了觸她的胳膊，見她毫不動彈，便大膽地踏上石臺，開始舔舐她身上的血。

如意的意識在冰冷黑暗中緩緩下沉，黑暗中似有誰的聲音傳來，隱約破開一線光亮。早已死寂的意識漸有甦醒的跡象，她的手指微微動了一下。

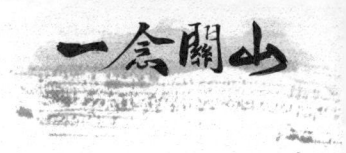

山洞外，寧遠舟奮力劈開了阻擋他視線的荊棘，邊搜尋邊不停地呼喚著：「如意！任辛！」

山洞裡，野狼舔足了鮮血，尖利的牙齒在月色下反射出森白的光，一口咬上如意的手臂。疼痛讓如意猛地驚醒過來，幾乎本能一般，她拔下頭上的簪子，狠狠刺入野狼脖頸。

那野狼發出一聲慘叫，四面野狼瞬間都抬起頭來，幽綠的眼睛望向如意，齜著森白的尖牙，低嚎著向她撲了過去。

寧遠舟聽到野狼的慘叫聲，匆忙飛奔回來——那叫聲是從先前迷蝶盤繞的峭壁處傳來的。他近前仔細查看，這才發現峭壁底下還有個隱祕的山石通天口，撥開通天口上的草木後，便露出一條亂石崎嶇的斜道，透過斜道可望見底下有個數十丈高的鐘乳石洞。

寧遠舟瞳孔猛地一縮，只覺渾身血液都要凍結了——月光照亮了洞底，他分明看見一群野狼正在圍攻洞底石臺上的如意。

他想也沒想，立刻躍下通天口。那通道狹窄崎嶇，他雖頻頻踩石借力，卻仍不時被斜出的山石撞到前胸後背。巨大的衝擊力撞擊著肺腑，他口中很快便嘗到腥甜味，卻無暇顧及，只想儘快到達洞底。

如意與野狼搏鬥著。她氣衰血竭，早已虛弱至極，只是胸中一股狠勁梗著，不肯坐以待斃罷了。她用盡最後一點力氣，扳住一隻野狼的血口，阻住了它的撲咬。然而最後一隻野狼卻隨之撲上！

就在她仍奮力欲用腳尖踢飛那隻野狼之時，一道血箭凌空濺起，欺在她身上的野狼身首分離，軟倒下來。

鮮紅的血澆了如意一頭一臉。她看不清東西，只聽到野狼的哀嚎聲不斷傳來。她意識已有些模糊，卻還是費力地睜開眼睛，便在一片血紅之中，看到了寧遠舟焦急的面孔。

她再一次暈倒過去。

✵

寧遠舟盤膝而坐，雙掌抵在如意的後背，為她療傷。昏迷之中如意無法坐直，身體軟軟地斜倚在山壁上。

內力如霧蒸騰，寧遠舟的額上漸漸凝起汗水。

如意面色蒼白如紙，一絲血色也無，細若游絲的呼吸終於緩緩平穩下來。不知過了多久，她在矇矓中睜開了眼睛，迷茫地看著周圍。

寧遠舟精神一振，驚喜道：「妳醒了？」

聽到他的聲音，如意渾身一震，立刻起身欲逃。

寧遠舟心中焦急，忙分了隻手將她牢牢抱在懷裡，另一隻手繼續抵著她的背運功。他在她耳邊叮嚀道：「別動！我在為妳療傷，一旦中斷，妳會死的。」

兩人從未如此接近過，如意一時竟有些恍惚。但她立刻便清醒過來，迅捷地甩頭一擊寧遠舟的脖頸要害。寧遠舟下意識地躲避，如意立刻脫離他的控制，卻因為無力，才剛起

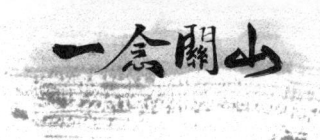

身，便摔倒在地。

她撐在地上，恨恨地盯著寧遠舟，「我寧願死。」

剛說完她就噴出一口鮮血，而寧遠舟也幾乎同時噴出一口鮮血來。

如意愣了一愣。

寧遠舟卻踉蹌著起身，似是沒察覺到她的恨意一般，自說自話地解釋道：「不要緊，只是突然斷開，內力反噬。」

他上前欲扶起如意，如意掙扎站起身，後退著，「不要再演戲了！你和于十三前晚說的話，我全都聽到了，你在騙我，你在利用我……」她慘笑著，「什麼同伴，什麼信任，都是假的！」可恨她居然全都信了。

寧遠舟一時錯愕。

如意嗆咳著又吐了口血，卻還是後退著拒絕他，「不用你假好心。我就算死，也絕不接受你這種齷齪的恩惠。」

寧遠舟焦急地解釋著：「錢昭他們只是誤會了。我相信妳，妳絕對不可能向朱衣衛出賣使團的祕密，妳接近他們，無非是想套出害死玲瓏的真正主使……」

如意卻打斷了他，決絕道：「我不需要你的相信。」

寧遠舟急道：「妳冷靜一點！」

如意奮力從狼屍上拔出簪子，橫在身前，冷冷地看著他，「我很冷靜，你再過來，我就殺了你。」

寧遠舟一狠心，「好，妳殺吧。」

如意一怔。

寧遠舟道：「既然我說什麼妳都不相信，那妳就動手好了。我說過，我當妳是同伴，值得我交付性命的那種。死在妳手裡，我無怨無悔。」他抬手扯開衣襟，指著自己的胸膛，「來，衝著這兒來。」

如意怔在當場，驚疑不定地看著他，久久沒有動作。

寧遠舟等了一刻，突然睜開眼睛，一步步逼近如意，凝視著如意道：「我改變主意了。現在我一定要救妳，妳不可以拒絕，除非妳能殺了我。」

如意下意識地後退，「別過來，你瘋了?!」

寧遠舟嘶吼：「對，剛才看到野狼咬妳的那一刻，我就已經瘋了！」

身後便是峭壁，如意已退無可退。她眼中寒光一閃，「你當真以為我不敢？」便揮動簪子，用力刺向寧遠舟的胸膛。

寧遠舟沒有躲，自始至終都堅定又信任地凝視著如意，毫無反抗地接下了這一擊。

簪子刺入肌膚，鮮血湧出。劇痛令他臉上顯出痛苦的神色，但他眼睛裡的信任卻始終沒變。

他們面對著面，寧遠舟溫柔地垂著眼眸，而如意錯愕地仰著頭，彼此眼睛裡都映著對方的面容。

片刻後，寧遠舟輕輕呼了口氣，道：「我說過，死在妳手上，無怨無悔。」他臉上泛

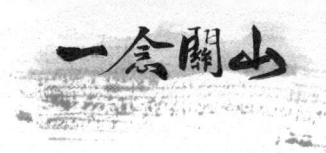

起一抹淡淡的笑容，低頭看向如意手中的簪子，「果然是朱衣衛最出色的刺客，正中居元穴，避開了心，也避開了肺。」

如意怒道：「你賭我下手準？」

寧遠舟目光溫柔地凝視著她，輕輕地說：「我賭妳捨不得。」

見如意不語，寧遠舟立刻抓住了她的手，道：「我來替妳療傷。」

如意不敢掙扎，只怕那支簪子晃動會刺得更深，「沒用的，他們傷了我丹田。」

寧遠舟堅定地拔出簪子，一手止血，一手按著她坐下，道：「讓我試試。」

如意只得和他掌心相抵。寧遠舟運功片刻，如意忽覺不對，立刻撤開一隻手，「你在幹什麼？」

寧遠舟一隻手繼續運功，另一隻手拉住她，「分我一半的內力給妳。」

「我不需要，只有一半內力，你在安國會被朱衣衛弄死的！」如意用力抽手，卻體虛力弱，根本脫不開寧遠舟的控制，不由得有些焦急，「寧遠舟你放開我，就算你救了我，我也不會跟你回去！」

寧遠舟輕輕道：「我知道。」他凝視如意，「我知道妳受了這麼大的委屈，不可能再回到使團。但我還是想請妳給我一個機會，讓我救妳。或許以後我們不會再見面了，但是任如意，我還是希望妳從此以後，可以一直平安喜樂地活著，找一個真正值得妳愛的男人，有一個屬於妳自己的孩子。」他的眸子如星似海。

如意如遭雷擊，腦海中昭節皇后的話再一次響起，與寧遠舟的話語交疊在一起：「我命令妳去一個全新的地方，替我安樂如意地繼續活著。我只要妳記得一句話：這一生，千萬別愛上男人，但是，一定要有一個屬於妳自己的孩子！」

不同的話語，卻是同樣疼惜真摯的目光。她怔怔地看著寧遠舟。

寧遠舟道：「于十三他們一定覺得我瘋了，可現在，我不想做六道堂的堂主，我只是寧遠舟。」

如意眼圈一紅，淚水終於滾落下來。

寧遠舟鬆開拉住如意的手，接住了那顆眼淚，「原來妳也是會哭的。」

如意逞強道：「傷口太痛了而已。」

寧遠舟道：「我知道。」

如意眼中的淚水滾滾而下，她呢喃著：「傻子。」一頓，又道：「我不是在說你，我在說我自己。」

寧遠舟道：「我也知道。」

他溫柔而堅定地執起了如意的另一隻手，兩人重新四掌相抵，運功療傷。

月色朦朧地灑落在他們身上，白衣鮮血，濃烈異常。

✵

安國，裕州。

李同光走進後院，見後院裡晾著衣物，一旁琉璃扭住一個侍女的手正在逼問，便停住腳步，問道：「怎麼回事？」

琉璃不忿道：「這人鬼鬼祟祟的，趁著夜色，想在殿下的衣物上做手腳。奴婢試過了，上面的東西，能讓人痛癢難忍。」

李同光皺了皺眉，特地潛入他後院來下毒，卻只是讓他痛癢？他掰過那侍女的身體，看了眼她的打扮，「沙東部的？」

侍女低著頭不敢回答。

李同光心中卻已有了計較，道：「我知道是誰幹的了，把她綁起來，我自有處置。」

琉璃依言行事，卻也忍不住問道：「是誰這麼大膽？」

李同光道：「除了金明郡主，不會有別人。之前我為了討聖上歡心，扮成沙中部的平民，從她手裡奪了賽馬會的錦標，她懷恨在心；前幾日，我又處罰了她的族人。」他輕蔑地一笑，道：「特意找個沙東部的人來害我，想撇清干係，她也就這點能耐啊？」

第二日安帝宣召他前去覲見。李同光去得早，進殿時安帝尚未駕臨。他百無聊賴地等在一旁，目光掃過殿內陳設，不多時便聽到內侍又引著一人走進來。那人步子輕，一聽便知是個女子，李同光便也懶得回頭。

那女子看到他時似乎有些吃驚，壓低嗓音悄悄問道：「這人怎麼也在這兒？」聲音依稀有些耳熟。

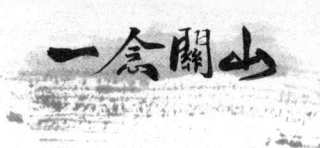

內侍向她解釋：「長慶侯也是奉聖上宣召……」

那人錯愕失聲：「他就是長慶侯?!」

李同光聞聲立刻了然，可不耳熟嘛，畢竟昨日才同他對峙過。他立刻回過頭去，抬眼一掃，果然就是初月。他一挑眉，冷笑道：「怎麼，郡主難道還想裝不認識我嗎？」

初月卻是一臉震驚，顯然認出了他，卻沒料到他是長慶侯。她正要開口說話，殿外內侍已高聲通傳：「聖駕至！」

兩人忙垂首肅立。

安帝走進殿中，見他們都在，便笑道：「喲，都見過了吧？怎麼樣，阿月，對朕替妳安排的如意郎君意下如何啊？」

初月和李同光都是一驚。

安帝邊走邊笑道：「上次你著急出宮，也沒見上一面，這次朕特意……」他入座回身，看到李同光和初月臉上驚愕的表情，笑容立時便冷了下來。他目光晦暗地看著初月，「怎麼，金明，妳不願意？」

他平日裡都親切地喚她阿月，如自家長輩一般，唯有心情不悅時，才會喚她金明。

初月一聽便知他情緒不對，情急之下卻也來不及細思，話已衝口而出：「臣女不——」然而瞬間便察覺到安帝目光中的凌厲，立刻低頭，嗓音一轉，「不是不願意，只是聖上，您怎麼能當著臣女的面就這麼問啊……」她跺了跺腳，做出害羞的模樣，「聖上恕罪，臣女先告退了！」說完便轉身一溜煙地跑出殿外。

安帝愕然，隨後哈哈大笑。李同光見狀，也忙掩過前情，換作一臉恭肅的樣子。

初月一路跑到殿外，拐出院門，才靠著牆壁停住腳步。她臉色一下子沉了下來，按住心區，猶自驚魂未定，見小星迎上來，立刻問道：「馬呢？我必須馬上見到父王！」

殿內，安帝笑著對李同光說道：「初月畢竟是沙西王的掌上明珠，打小就有幾分驕縱，以後你可要多忍著些了。」

李同光彷彿才剛回過神來，忙道：「是。」又似是驚喜過度，語無倫次道：「聖上恕罪，臣失態了，臣實在沒想到，畢竟金明郡主這樣的名門貴女，連太子妃也做得……啊，不是，臣也不知道該說什麼了！」

安帝一笑：「朕就是知道你父族不顯，才特意給你安排了這麼一位足夠威風的岳家。」他語氣親暱，目光含笑地看著他，「怎麼？前陣子冷落你，把你給嚇著了，你就以為舅舅生你氣了？」說著便嘆息感懷起來，「皇妹就你這麼一根獨苗，朕這個做舅舅的，能不關心你的終身大事？」

李同光立刻面露感激地跪地，眼圈適時地一紅，喚了一聲：「舅舅！」他似是強忍著淚水，叩謝道：「鷲兒以後一定會好好待郡主，方不辜負您一片苦心。」

安帝滿意至極，上前扶起他來，笑道：「好了，朕喜歡有野心的孩子，但不喜歡太有野心的。只要你聽話，朕會始終待你好的。」

✵

離開行宮，李同光的面色立刻冷淡下來。

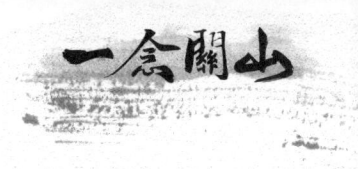

得知安帝傳召李同光覲見，是為了賜婚給他，賜婚對象還是前日才和李同光起衝突的金明郡主，親隨朱殷震驚不已，「金明郡主?!可她不是剛剛才讓人對您……」

李同光點頭，「我也沒想到，但聖命不可違。」他語氣平靜，不似初月那般抗拒，也並未流露出什麼驚喜，只是冷靜地權衡著利弊，「除了我和她相看兩厭之外，能做沙西王的女婿，對我倒是好處多多。畢竟比起初貴妃，他才是真正掌握沙西部大權的人。」

朱殷略一思索，也贊同地點頭：「沙西王已然老邁，但世子還未能獨當一面。所以這幾年，沙西王若想在朝中保持威勢，便少不了您這位姑爺的助力。」頓了頓，又感嘆道，「屬下只是沒想到，聖上竟然會突然賜下這麼大的恩典……」

李同光面帶不屑，諷刺道：「剛才我在案上看到了新的輿圖，老頭子多半覺得已經冷夠我了，又想要我帶兵，所以才會塞我顆新的甜棗吃。拿到梧國的十萬兩黃金，國庫就足了，下一場戰事，他想對付誰呢？宿國，還是褚國？」他說著，不知想到了什麼，忽就長嘆一聲。

朱殷不解地看著他，「能再掌兵權不是好事嗎，主上為何嘆息？」

李同光道：「我雖然之前也是靠著戰功才升上來的，可直到此次與梧國的天門關大戰之後，才隱約明白戰爭有多殘酷。歸德城的宴席上，梧帝還能有一杯酒喝，可那些因為重傷而無法編入奴籍的梧國俘虜……」他一貫冷漠，可說到此處，面色中竟也流露出些許不忍。

想到安帝一貫以來的心狠手辣，朱殷不由得心驚，「難道聖上把他們都……」

李同光嘆道：「殺俘不祥，聖上自然是不會見血。那些人只是被送進了某座塢堡，沒留食水，然後堡門一鎖……」他沒有再說下去。

想到這些人的結局，朱殷也黯然低首。

李同光道：「原以為聖上這次大勝梧國，能收心兩年，讓百姓休養生息，可沒想到……」他說著，便又嘆了口氣，轉而道：「算了，你去讓琉璃安排幾箱重禮出來，我一會兒也得去射隻大雁。雖然還沒回安都，旅途不便，但再怎麼也得給沙西王把面子做足了。」

朱殷有些猶豫，「這事，您不親自告訴琉璃？」

李同光不解地看著他，「為什麼要我親自……」正說著，便見不遠處初貴妃正迎面走來，李同光的聲音戛然而止，他恭敬地避讓到路旁，躬身行禮。

初貴妃華服高髻，妝容比平日裡更精緻豔麗。她目不斜視，昂首款步走來，路過李同光身邊時，停下了腳步。短暫的沉默之後，她微微側頭看向李同光，語氣平靜地說道：「恭喜長慶侯，以後，我們就是一家人了。這樁婚事，你一定很滿意、很開心。」

李同光抬眼，與她雙眸相對。一時之間，兩人眸子裡都似有千言萬語，卻最終歸於靜默。

李同光拱手行禮，「娘娘說得是。聖上恩典，臣感激涕零。」

初貴妃不再停留，她眸光漆黑濕潤，卻沒再落下一滴眼淚，只令自己微笑著，昂首走上了階梯。

李同光目視她的背影，爾後轉身下階。

兩人就此錯身而過，各自走向不同的方向。

朱殷到底還是找到琉璃，將李同光被安帝賜婚的消息告訴了她。

彼時琉璃正忙著幫李同光收拾要送給沙西王的禮物，聞言一驚，手中東西滑落在地。朱殷同情地看著她。

許久之後，琉璃才緩了過來，俯身將東西拾起來，仔細地放入箱中。她垂首遮去眼中悲涼，只輕輕一笑，對朱殷道：「你放心，我知道自個兒的身分。我這條命是主上重給的，能留在他身邊服侍，就已經是我這輩子最歡喜的事了。」

說完她便不再開口，繼續忙碌起來。

✵

初月離開行宮，一路縱馬飛奔到軍營，高聲向營門前的守衛詢問：「我父王呢？」守衛對她說了些什麼，初月眉頭一皺，又打馬急急離開。

從行宮出來之後，李同光便親自去郊外射了隻大雁，回到裕州城時，琉璃早已替他準備好了厚禮。他也不拖延，當即便恭恭敬敬地向沙西王的住處投遞名帖，親自前往拜會——卻也沒忘了將前一夜潛入他府中給他投毒的小賊一道帶上，交還給沙西王處置。

沙西王卻並不似初月那般少年意氣，難以討好。他見李同光禮數周到，態度謙遜恭敬，便也不曾冷臉待他；又見李同光抓了初月的把柄，卻沒有挾私報復，而是誠懇地轉交給王府處置，就更不好再多說些什麼了。

翁婿二人一個和藹，一個謙遜，不論彼此真實心思如何，言談之間總歸和諧歡暢。

李同光恭謹地保證：「小婿自知才資淺薄，唯不敢有負聖恩，待歸於安都之後，自當灑掃庭院，靜待恩旨，候郡主鳳落雀巢。」

沙西王便也滿臉含笑，「都是自家人，何必這麼客氣？」

正交談著，院子裡忽然傳來初月的聲音：「管他什麼貴客，我有急事，一定要馬上見到父王！」話音未落，人已經推門闖入，直奔沙西王而去，「阿爹你到底去哪兒了？我怎麼到處都找……」

看到李同光的瞬間，聲音戛然而止。

李同光適時站了起來，臉上還帶著微微的不好意思，似乎不敢直視初月，「郡主萬安。」他輕咳一聲，對著沙西王躬身一禮，道：「那、小——晚輩就先暫時告辭，等到聖旨正式頒下，再行其他典儀。」

沙西王含笑點頭：「好，好。」便吩咐管家：「替孤好好送郡馬出府。啊，再把孤新得的那匹大宛馬牽上。」

李同光笑道：「多謝岳父。」

初月聞聲怒極：「誰許你瞎叫的?!」

李同光從善如流地改口：「多謝沙西王殿下。」他再一拱手，便離開了房間。

初月氣不打一處來，上前道：「阿爹，我著急找你，就是想讓你趕緊找聖上轉圜，想法子廢了這樁婚事，可你們怎麼認起親來了？我不想嫁他，說什麼也不嫁他！」

沙西王面色不佳，反問她：「妳不想嫁他，就找個沙東部的侍女去害他，以為自己很聰明是嗎？結果被人家抓住把柄，直接就把人送到我面前來了，我不跟他和顏悅色，難道跟他翻臉？聖上前頭剛說賜婚，妳轉頭就去害人，讓我這老臉往哪兒擱？」

初月有些尷尬，咕噥道：「我不是有意的。我派人去教訓他之前，真不知道他就是長慶侯。」

「初月！」

「我沒撒謊。他之前在賽馬節上跟我有過節，我那會兒以為他只是個沙中部的普通小子。這事你不信去問大哥……」她心虛地解釋了幾句，趕緊岔開話題，「哎呀，不說那麼多了，反正不管怎麼樣，我就是不要嫁他。」

沙西王瞪著她，「抗旨是多大的罪名，妳明不明白？」

「我不傻，當著聖上的面，我什麼都沒說。」初月的聲音又一軟，她上前抱住沙西王的胳膊，「可我是你唯一的女兒啊，我貴為郡主，為什麼要受這種委屈，嫁一個面首之子?!」哀求道：「阿爹，你就不能走走別的路子，想法子跟聖上說說好話，畢竟還沒正式頒旨嘛……」

沙西王嘆了口氣，拍著她的手背，道：「當年清寧長公主貴為先帝獨女，一樣也要受這樣婚姻不能自主的委屈。這次親征之前，沙中王因為死守著先帝『沙中部以遊騎兩千永鎮天門關外』的遺命，不願奉旨調這兩千遊騎加入大軍，就被勒令自裁。咱們這位聖上，可不是什麼好說話的人啊。」

初月一滯，不由自主地想起在行宮內殿，她淺露出些抗旨意向時，安帝看向她的凌厲目光。

沙西王見她聽進去了，才又正色道：「清寧長公主於國有功，長慶侯是她的兒子，又得賜國姓，以後你們夫妻相處，千萬不可以再用這件事來侮辱他。」

初月急道：「父王！」

「行了！」沙西王打斷她，抽出手臂，就此拍板，「且不說聖旨已下，無可更改。單說他今日一手帶著親自射下的大雁做彩禮，一手帶著下毒之人過府而來的這番作為，五分恭謹，三分示好，兩分立威，年紀輕輕有這手腕和城府，妳嫁給他，對於我們沙西王府便不是一件壞事。」然而眼前畢竟是他從小疼到大的女兒，沙西王說著便又嘆了口氣，聲音和緩下來，道：「阿爹知道妳受委屈了，會多安排陪嫁給妳的。」

初月見她阿爹這邊再無轉圜，一咬牙，轉身就跑了出去。

她狂奔出府去追李同光，見李同光正要上馬離開，連忙喊住他：「喂，你等等！」

李同光停住動作，面色冷淡地看向她，「郡主有何貴幹？」

初月追到他面前，攔住他的去路，這才氣喘吁吁地停住腳步，仰頭看向他，「對不起。」

李同光一怔。

初月道：「我不該找沙東部的人對付你，但是……」

李同光面色再次冷淡下來，「打住。加了『但是』的道歉，毫無誠意，不如不說。」

他繞開初月，又要上馬。

初月一急，忙喊道：「李同光！我真心向你賠不是，你別不依不饒的！」

李同光忽就起了些興致，回過頭來，似笑非笑地看著她，「如果我偏要不依不饒呢？

妳又能奈我何？」

初月惱怒道：「敬酒不吃吃罰酒是吧？那你給我聽好了，限你一個月之內，不管是跌斷腿，還是和別的女人鬧出風流韻事，總之，必須把我們的婚事給攪黃了。否則，就算我嫁了你，我也會成天給你鬧不痛快，讓你成為全大安的笑柄！」

李同光一哂，「隨便。反正從出生起，我這個面首之子就已經是個笑話了。」

初月一愣。

李同光冷笑道：「妳剛才在屋裡嚷得那麼大聲，我全聽到了。」他看向初月，居高臨下，聲音甚至是柔緩溫和的，「金明郡主，請記住，妳我的婚事是聖上的意思，不管妳有多不想嫁、有多瞧不起我，我以後，都是妳的夫主。我的榮辱，也就是妳的榮辱。」

初月哪裡受得了這種挑釁，惱怒道：「休想，你癩蛤蟆休想吃天鵝肉，我就算死也不嫁你！」

李同光卻陰冷地接道：「那妳去死好了！妳想怎麼死？毒藥、白綾，我都有，要不現在就送給妳？」

初月大駭，不由自主後退了一步。

李同光卻又近前一步，如一片陰鬱的暗影籠罩著她，逼得她步步後退。

「我知道妳討厭我。」李同光聲音依舊是溫和的，如他那雙眼睛，縱使陰鬱發瘋時也似是透著些溫柔笑意，令人不寒而慄。他輕聲說道：「放心，我也從來沒瞧上過妳。不過以後我們的日子，最好就像今天面聖時一樣，面子上合作愉快即可。否則，」他面色一沉，「我有一千一萬個法子，讓妳後半輩子過得不安生。」

他說著便一掌按在初月身邊的拴馬石上，指間發力，石頭應聲而斷。他似是輕輕一笑，愈發溫和地看著初月，「到時候，不管是令尊，還是妳那些鬧著玩一樣的騎奴，誰都幫不了妳。」

他這才直起身，給初月喘息的空間，似笑非笑地上下打量著初月，輕蔑道：「而且，妳以為，就妳這副德行，我就真的瞧得上嗎？」

拴馬石轟地倒在地上，激起一陣煙塵。李同光翻身上馬，揚長而去。

初月半晌才反應過來，對著李同光騎馬而去的背影憤怒地叫道：「你憑什麼瞧不上我？憑什麼?!」

✵

鐘乳石洞中，天色已然大亮。陽光照耀在天頂洞口上叢生的野草上，透過露珠折射出點點碎光，又穿過洞口，斜割在洞底石臺的邊緣。寧遠舟和如意並肩躺在石臺上，正沉沉昏睡著。

不知過了多久，寧遠舟指尖覺出陽光的暖意，漸漸甦醒過來。

他睜開眼睛，看到身邊呼吸平靜的如意，有片刻恍惚，一時間甚至分辨不出這是陰暗石洞還是夢中田園。

他見如意唇邊還有未乾的血跡，下意識地伸手想替她抹掉，卻在手指就要碰觸到她的瞬間停住了。

他靜靜地凝視著如意，許久之後，終於起身悄然離去。

鳥鳴啁啾。

✵

如意迷離地睜開眼睛，昨夜記憶緩緩湧入腦海。察覺到身上傷勢大好，丹田處又有內力聚起，她立刻清醒過來，連忙翻身坐起，開始閉目運功。

積蓄足了內力，她再次睜開眼睛，向著五丈之外的小樹一掌劈出，小樹上卻只有一根枝條微微晃了晃。她不由得有些懊惱，瞄準三丈之外的樹枝，再次劈出一掌，那樹枝凌空折斷。她這才鬆了口氣，察覺到身旁寂冷，四周空蕩蕩的——寧遠舟早已離開多時了。

寧遠舟凝視著她的目光再次浮現在腦海中，他的聲音彷彿還迴響在耳邊：「或許以後我們不會再見面了，但是，任如意，我還是希望妳從此以後，可以一直平安喜樂地活著，找一個真正值得妳愛的男人，有一個屬於妳自己的孩子。」

如意閉了閉眼睛。她曾對寧遠舟說，縱使這次他救了她，她也不會再回使團。這是她的真心話，也是最理智的選擇。

半晌，她終於下定了決心，起身離開石臺，向洞外走去。

可剛走幾步，她便覺得身上少了些什麼，伸手一摸，臉上立刻露出焦急的神色。她四處尋找著，霍然在剛才的石臺上發現了寧遠舟給她雕的那只木偶，連忙跑回去拿，卻看到木偶下有幾行用石頭劃出來的字。

「昭節皇后密檔，三月後望日，安都臥佛寺樑上可見。伏惟康健，一世無憂。」

是寧遠舟的筆跡。

如意看著刻字，靜靜地呆立許久。

✻

寧遠舟推開房門，便見錢昭、于十三、元祿、孫朗等人全都聚集在屋子裡，齊齊地抬頭看著他，顯然已經等待多時了。

見他回來，元祿急切地想問些什麼，卻開不了口。于十三也目帶關切，巴巴地看著他。寧遠舟便道：「她還活著。」

元祿和于十三都鬆了口氣。

錢昭知道他們說的是如意，未多說什麼，只看著寧遠舟，道：「給我解釋。」

寧遠舟看向元祿，元祿忙搖頭道：「你沒發話，我一個字也不會亂說。」

寧遠舟便解釋道：「第一，她確實是朱衣衛曾經的左使任辛，但五年前就因被陷害而不得不假死離開。第二，是我主動找她合作，約好她教導殿下安國知識，我助她復仇。第三，我反覆確認過，她手上雖然有好幾條六道堂的人命，但和使團、商隊裡的任何人，都沒有直接的仇怨。第四，她也沒有出賣使團的祕密，她假扮成天璣分堂的朱衣眾，只是想藉假消息引出她的仇人。」

于十三訝異道：「什麼？她明明以前就是朱衣衛，現在還假扮朱衣衛？」

錢昭卻道：「一句和我們幾個沒仇沒怨就算了？之前各道的兄弟，有多少死在朱衣衛的手上，你算過嗎？」

寧遠舟反問：「我們的手上，又有幾條朱衣衛的人命，你算過嗎？」

錢昭一怔，反駁道：「幾條人命？朱衣衛盜走軍情，在天門關害死的將士，何止上千？如果不是他們造謠栽贓，柴明他們又何至於英勇戰死之後，還不得不背負叛徒汙名！」

寧遠舟平靜地看著錢昭，「害死他們的真是朱衣衛嗎？難道不是出賣軍情的胡內監？聖上如果不是聽信閹黨、輕敵自大，又何至於現下淪為階下囚？」

錢昭一把抓住他的衣領，怒道：「你被她迷得神魂顛倒，連自己是哪國人都忘了！」

于十三試圖分開他們，「大家都冷靜點！」

寧遠舟揮開于十三，目光直視著錢昭，「看著我的眼睛，再說一次，我真的被她迷得神魂顛倒，不辨是非了嗎?!」

錢昭說不出話來。

寧遠舟道：「如果要計較六道堂和朱衣衛之間的恩怨，如意有無數個理由早早向我們動手，但是她沒有。錢昭，你忘了在天星峽，她是怎麼幫你擋劍的嗎？于十三，又是誰和你一起去清靜山，找毒蛇救元祿的？孫朗，你告訴我，她既然不顧性命地幫助過使團，我為什麼不信她，為什麼不救她?!你們知不知道，一個從來不相信別人的刺客，好不容易才把你們當兄弟，結果轉頭就背後受襲，她的心情，又該有多憤怒、多絕望?!」

元祿眼圈一紅，于十三也低下了頭。錢昭沉默半晌，慢慢地放開了寧遠舟，推開門，逕直走了出去。

楊盈一直躲在門外偷聽著，早已淚流滿面。見錢昭推門而出，她忙往後急退，不想卻一腳踩中了杜長史。

她驚叫一聲：「杜大人！」連忙捂住嘴，壓低聲音問道：「您也聽到了？」

杜長史嘆了口氣，無奈道：「出了這麼大的事，臣哪能不關心啊！」

看著錢昭憤懣離去的背影，于十三嘆息著拍了拍寧遠舟的肩膀，「你別跟老錢計較。以前我還以為他又不是咱們六道堂的人，跟大夥兒沒什麼太深的交情。可昨晚他喝多了，我才知道，他在宮裡跟天道的柴明幾個相處得多了，其實一直把他們當成親兄弟。只是他心思太深沉，平常又老是一張死人臉，不愛跟大夥兒說……」

寧遠舟哪裡會不懂，點頭道：「放心，錢昭也是義父教出來的，和我算是半個師兄弟。何況，如果不是為了替柴明他們洗清汙名，我也不會去安國。」他嘆了口氣，道：「多給老錢一點時間，他會明白過來的。」便轉而問道：「對了，昨天鬧出這麼大的陣仗，你們是怎麼應付安國人的？」

于十三道：「我沒讓事情鬧大，只對外頭說有悍匪突然夜襲使團。現在除了商隊，使團的大部分人都還不知道美人兒是朱衣衛的事。」

元祿點頭，「杜長史直接去找了那個申屠赤發難，硬說他是悍匪的背後主使，劫持殿下，就是想破壞兩國和談。申屠赤見勢不妙，態度立馬就變了，不單指天發誓地撇清自己，還撥了好些人手過來服侍，一會兒還要過來親自跟殿下問安。現在安軍多半正在城裡，嚴查那些無中生有的悍匪呢。」

寧遠舟便放下心來，道：「讓他們查去吧。」又遞了張人皮面具給于十三，道：「安國人送來的奴婢裡一定會混入奸細，這是如意跟朱衣衛接頭時戴的那一張，你去找具假的屍首戴上，送去燒了。元祿，你扮成如意的樣子也去外頭晃一圈。這樣，奸細只會覺得和他們接頭的人已經死了，不會懷疑到如意身上去。」

于十三接過人皮面具，有些遲疑，抬眼問道：「以後，我們是不是再也見不到美人兒了？」

寧遠舟嘆了口氣，道：「她全身有三、四處致命傷，我用盡內力，才險險保住她一條性命。你覺得呢？」

于十三閉了閉眼，沒再多說什麼，只快步離開了。

元祿也消沉下來，落寞地說道：「如意姐現在一定很難過吧。我還記得上次烤羊的時候，她和大夥兒一起跳舞，那會兒，大家都多開心啊。」

寧遠舟沉默了許久，起身道：「我去看看殿下。」

✵

楊盈正和杜長史一道漫步在庭院裡。

整個使團裡，除了寧遠舟外，如意便是她最親近、信賴和憧憬之人。她從小長在深宮之中，就算是出使之後頻頻遇險，害她的人也從來都不是朱衣衛——到眼下為止，甚至都不是安人。因此就算知道如意是朱衣衛，她也生不出任何仇恨或是厭惡來。她只記得如意是她的師父，一直都在幫助她、保護她。

如今她卻驟然以這樣殘酷慘烈的方式，被迫脫離師父的保護，獨立起來。先前一直掛念著如意的安危，來不及細細思索，此刻稍稍放下心來，她便只感到茫然和難過。

「孤昨晚上一宿都沒有睡著，」她邊走，邊將心中不安告知杜長史，「杜大人，以後如意姐不在，孤該怎麼辦啊？一會兒還要見申屠赤，孤真怕露餡。」

杜長史安慰她道：「殿下要有自信。昨晚發生那麼大的事，您都能處變不驚，見一見申屠赤，自然更不在話下。」

楊盈沒有說話。

杜長史便又道：「臣有個不情之請，臣知道殿下討厭申屠赤，但待會兒您見他之時，如果他有任何邀約，比如赴宴之類，只要臣沒有反對，您都要答應下來。」

楊盈愕然抬頭，問道：「為什麼？」

杜長史道：「兩國相交，不僅在於實，還在於勢。我朝兵敗於安，殿下不得不帶著重金出使，本來在實上就輸了一籌，是以申屠赤最初才會那麼盛氣凌人。現在他放下身段前來拜見，無非是想藉機刺探殿下受驚後的反應。」

楊盈似有所悟，點頭道：「孤懂了，得讓安國人知道孤不是個軟蛋，以後使團行事，說不定就能順利點。」

杜長史拱手道：「殿下冰雪聰明。」頓了頓，又欣慰地看向楊盈，「說句不敬之言，老臣剛出發時，還對殿下是否能勝任迎帝使一職心存猶疑，可一路看來，殿下做得越來越好，不愧是先帝之子。」

這陣子相處下來，楊盈早已知道，杜長史古板方正的性情下也藏著溫柔敦厚的君子之風。但杜長史為師嚴厲，這還是他第一次誇讚她，她不由得驚喜道：「真的？」

杜長史點頭，「老臣哪敢信口開河。」又讚嘆道：「唉，寧大人能找到任姑娘這位良師，當真是不拘一格，慧眼識才。只是沒想到任姑娘居然是……唉！」說著便重重嘆了口氣。

兩人走到樹下石桌旁，面對面坐下。

楊盈又試探地問起來：「孤有一事不解，怎麼您知道了如意姐是朱衣衛的左使之後，居然不像錢都尉那麼生氣，言語中對她還頗為讚賞？」

她對如意生不出仇恨，只有憧憬和親近。但她也能明白錢昭他們的心情，能明白他們為何不死不休。她原本以為杜長史這樣的性情，該是最容不下如意過往的，見杜長史能淡然處之，心中不由得就升起些微渺的期待。

杜長史嘆息了一聲，似是陷入了回憶，「因為老臣也曾經和任姑娘有著相似的立場啊。」他看向楊盈，「殿下不知道吧？臣其實是宿國人。」

楊盈錯愕地看著杜長史。

杜長史坦然說道：「臣家本是宿國世族，卻因政局傾軋，全家死於非命，唯有臣一人拚死逃脫，投於先帝麾下。可臣在宿國任官之時，也主持過與梧國的多次戰事，皇后的父親秦國公，也可以說是因為臣才沒了左眼。」

楊盈一驚。

杜長史又道：「其實臣還有許多親族仍在宿國，就連現在吃飯也時常是宿國的口味。那殿下覺得，臣是不是會因為懷念故國就心生反意，秦國公是不是也該對臣恨之入骨呢？」

楊盈連忙搖頭，「當然不會！皇嫂說過，您與秦國公是莫逆之交。正是因為有這段淵源，她才特意請您出山擔任使團長史的。」

杜長史嘆了口氣，道：「所以，臣也同樣相信任姑娘。臣至今都記得先帝之言：判斷一個人，不要看他來自哪裡，而要看他做過什麼，以及未來想做什麼。而臣也正因為這句話，才願意從此肝腦塗地，報效梧國。」

楊盈默默地思索了許久，然後起身離座，向著杜長史深深一禮道：「多謝大人教我。」

✵

楊盈和杜長史離開之後，寧遠舟從角落裡走了出來。他看向另一個角落，錢昭默默地站在那裡，顯然也聽到了兩人的對話。

兩人對視良久之後，錢昭垂下眼睛，轉身離開了。

寧遠舟找到楊盈，將一支破碎的糖人交給她——正是昨夜被錢昭他們圍攻之前，如意從糖人攤上買的那支。

「從陷阱裡找到的，她受傷之後斷斷續續地說了些夢話，提到這支糖人是買給妳的。」

寧遠舟頓了頓，又道：「她當時對你發火，也只是因為昭節皇后是她非常敬重的人。她們的關係，就如同我和元祿。」

楊盈接過糖人，半晌方道：「遠舟哥哥，杜長史剛才教了我許多，我大約明白了些。可是，到現在我還是不知道，這一切到底是誰的錯。」

寧遠舟輕輕拍了拍她的肩膀，道：「誰都沒有錯，只是造化弄人而已。妳只要記得如意一直待妳很好就行。」

楊盈靜默片刻，輕輕點了點頭。

房門被敲響，片刻後元祿走進來，道：「殿下，申屠赤在外候見。」

楊盈深吸一口氣，起身道：「我這就去。」

寧遠舟安慰她：「我不方便陪妳，不過，老錢和十三他們會護著妳的。」

楊盈珍而重之地把糖人放到錦盒裡，眼中再無迷茫。她目光堅定，輕輕說道：「我不怕。我會好好應對申屠赤，只有這樣，我才對得起如意姐教我的一切，還有這支小糖人。」

她收拾好東西，便昂首闊步從房中走出。錢昭帶著一行侍衛和杜長史一同等在院中，見她出來，立刻肅然向她行禮。雖昨日才經歷變故，但此刻所有人都已振作起來，準備好應對之後的風雨。

寧遠舟目送他們離開。待他們走出庭院後，他突然咳了幾聲，踉蹌一步扶住了院牆，而後一口鮮血噴出。

元祿大驚失色，忙上前扶他。

寧遠舟擺了擺手，道：「沒事。昨天耗費內力太多，又撞到山石，可能傷了肺，把瘀血吐出來就好了。」

元祿拔腿就跑，「我去找錢大哥要兩劑藥！」

寧遠舟連忙拉住他，「別去，安國人已經在前院了。為了保密，我們商隊的人，還是不能出現。」

「可是……」

「我的身體，我自己有數。」寧遠舟道：「你不是還有別的任務嗎？快去準備吧。」

元祿看了寧遠舟一會兒，遲疑地點了點頭。

✵

館舍前院，孫朗帶著一眾使團護衛和安國的士兵分立在庭院兩側。雙方雖各自肅立，並無衝突，卻也劍拔弩張，兩相對峙，誰都不肯在氣勢上落入下風。

兩隊中央是一條青石小徑，直通館舍正堂。

此刻堂門大開，楊盈正在屋裡從容地接待著申屠赤，于十三和錢昭護衛在她身後。有侍女奉上茶水，目光幾不可察地掃過屋內幾人的面容，便端著茶水恭敬地退下了。

從正屋裡出來，侍女目光忽地落在遠方遊廊上，看清遊廊上走過的女子面容，依稀記起是禮王身邊的女傅，便又若無其事地移開目光，隨後悄悄往後院裡去了。

來到後院假山處，望見披著斗篷、背身而立的女子身影，侍女連忙迎上前去，向她回稟道：「禮王受了驚嚇，臉色有些白，但是跟申屠將軍交談時還算從容，談起兩國的政局也頭頭是道。」

那人回過頭來，卻是奉迦陵之命前來調查使團底細的珠璣。這侍女正是珠璣派去監視使團動向的朱衣衛，也是珠璣的心腹手下——瓊珠。

聞言，珠璣若有所思，道：「看來安國的這個禮王，並不像傳言所說，只是個從小養在深宮一無所知的閒散宗室。」

瓊珠又道：「屬下剛才還發現，潛伏在使團裡的琥珀死了。使團的人剛把她的屍體送去化人場。」

珠璣一怔，「死了？妳看清楚了？」

瓊珠點頭，道：「聽他們說，是死在昨晚襲擊的悍匪刀下。」

珠璣氣惱道：「好不容易有個敲得比較深的釘子，居然就這麼折了。」她皺著眉徘徊了一陣，自言自語地分析著，「申屠赤一口咬定那些悍匪不是他安排的，那會是誰呢？不對，悍匪的出現和琥珀的死，都太巧了。」她飛速地思考著，「莫非還是褚國的不良人從中挑撥，或者，乾脆就是梧國使團識破了琥珀的身分，殺了她，又趁機做了一齣戲給我們看？」

瓊珠倒吸一口冷氣，「如果真是這樣，那這禮王的心思也太深了。」

珠璣也暗自心驚，越想便越覺得禮王其人深藏不露。她立刻轉頭吩咐身旁的侍從：「馬上把這些消息飛鴿傳回給迦陵尊上。」又叮囑瓊珠道：「妳務必盯緊禮王，留意他的所有舉動！」

「是！」

正說著，便聽見前院傳來一陣騷動聲，似乎是申屠赤帶著楊盈離開了館舍。片刻後便有朱衣衛飛奔前來稟報：「申屠將軍邀禮王去軍營參觀。」

珠璣了然一笑，「看來申屠赤還想再探探禮王的膽色到底有多深啊。」

✵

申屠赤一路將楊盈帶到軍營，攜著她登上校臺。

校臺下的操練場上，數百士兵整齊列陣在下，氣勢森然，身上鎧甲映著白日，發出刺眼的冷光。

軍尉手中旗令一揮，只聽刷的一聲，所有人同時舉劍，喊聲震耳欲聾，響徹雲天，「巍巍大安，雄兵赫赫！戰無不勝，攻無不克！」

申屠赤豪邁地一揮手臂，高聲對楊盈道：「這些都是本將軍的兵，殿下覺得如何啊？」

軍士的高呼震得楊盈面色發白，但她仍是盡力挺直了背，昂然看向申屠赤，鎮定地回應道：「確實不錯。不過，將軍恐怕說錯了一句話。這些人，應該都是貴國國主的兵，而不是將軍您的私兵吧？」

申屠赤一滯，收起臉上的輕蔑之意，上下打量著楊盈，緩緩道：「殿下好口才。」

楊盈淡然道：「將軍過獎。」

申屠赤抬手一指遠處，做了個延請的動作，「那邊是馬場，請。」

楊盈依樣回禮，「請。」絲毫不落下風。

申屠赤便引著楊盈來到軍營馬場，一路走去，只見每一匹馬都高大神駿，毛色油亮，在馬槽後低低地噴著鼻息。

楊盈才學會騎馬不久，對馬的性情還不是很熟悉，又喜歡，又怕不留神驚了它們。她小心翼翼地撫摸著馬背，讚嘆道：「不錯，孤聽說沙東部人極擅養馬，今日一見，名不虛傳。」

她個子嬌小，偏偏挑了匹高頭駿馬，那馬背立高幾乎與她下頷齊平。

申屠赤見她個子矮小，動作又生疏，目光一閃，當即問道：「不知本官可否有幸，邀殿下共騎？」言畢，不等楊盈回答便翻身上馬。

楊盈一愣，不肯被申屠赤小瞧了去，自然不會在此處露怯，立刻點頭道：「恭敬不如從命。」便在錢昭的幫助下，俐落地翻身上馬。

申屠赤道一聲：「好身手！」便一指遠處，高聲笑道：「走！本官帶殿下好好逛一逛許城！」他說完便拍馬而去。

楊盈無奈，只得咬牙跟上。

安國侍衛們紛紛翻身上馬跟隨。使團的護衛們皆是步行而來，只有孫朗搶到了馬場上僅餘的一匹馬，他一面追趕楊盈，一面回頭看向眾人。

錢昭高聲吩咐道：「你護好殿下，不用管我們！」

孫朗點頭，拍馬跟上了楊盈。

錢昭和于十三也帶著其餘侍衛，狂奔著追趕上去。

✵

中屠赤催馬離開軍營，直衝著許城街道而去。他故意縱馬從街市中央飛馳而過，驚得沿路行人紛紛躲閃。

他回頭衝著楊盈哈哈大笑，「殿下怎麼這麼慢，像個娘們兒一樣！」

他正戳中楊盈心虛之處，楊盈心中一緊，只得咬著牙猛揮鞭子，緊跟上去。但街上驚逃的行人太多了，縱使楊盈竭力控制馬匹，也不時有險況出現，不過片刻間，她額頭上已冷汗淋漓。

孫朗見狀想趕緊追上楊盈，卻被安國騎兵左右包夾。他們原是故意要令楊盈落單，自不會讓孫朗輕易闖過去，雖未對孫朗動刀兵，卻也無所不用其極地妨礙他，甚至尋隙用馬鞭上的尖刺插他的馬。

孫朗以一敵三，左突右衝，不落下風，但速度仍是被拖慢了。眼看著楊盈越去越遠，他心中焦急，卻絲毫沒有辦法。

錢昭一行人更是遠遠落在後方，任是再如何竭力奔跑，又哪裡跑得過快馬？經過一處路口，錢昭喘息著，飛快地向于十三打了個手勢，喊道：「這樣不行！你們去抄近路！」

于十三點頭，立刻躍上屋頂，自空中向著楊盈的方向飛奔而去。

中屠赤策馬到一處十字路口，突然勒馬停下，笑著指向一旁繁忙的市集，高聲問道：「我們大安治下的許城如何？是不是比之前更加繁華？」

楊盈猝不及防，也急急勒馬，險些撞倒了路邊一位擺攤賣菜的大爺。被戲耍了半日，還差點牽連無辜，楊盈心中也湧上火氣。她喘息著，冷冷地看向申屠赤，反問道：「繁華？貴國國主在所占的梧國故地，徵的是四稅其一的重稅，百姓不過是為了吃飽飯才不得不更加努力而已，申屠將軍又何必以此為榮？」

言畢她翻身下馬，幫大爺扶起翻倒的攤子，又摸出錢袋擱在攤上，「對不起。這些算作孤的賠償。」可她剛轉身要走，後腦就被錢袋重重地砸了一記。

她錯愕地回過頭去，便見賣菜大爺憤怒地瞪著她，「少在這兒假好心！要不是你們楊家無能輸給大安，我們本來就不該背這麼重的稅！」說著便向四周大喊道：「他就是那狗皇帝的弟弟！他帶去贖皇帝的金子，都是我們的血汗錢！」

周圍的攤販也都一愣，紛紛悲憤地看向楊盈。賣菜大爺已帶頭衝上前，推搡起楊盈來。其他人見他動了手，也蜂擁而上，將楊盈圍在中間撕打。

楊盈又驚又懼，大聲喚著：「錢都尉！」卻無人回應。

錢昭還帶著人在遠處竭力奔跑追趕著，甚至不知楊盈已經奔跑到了何處。

于十三在屋頂上跳躍尋找著，卻也只遠遠望見路口聚集的喧鬧人群。

孫朗距離最近，已能望見前方楊盈被人圍住，他心急如焚，卻也一時難以趕到。

而申屠赤驚愕之餘，抬手示意手下不必去管，自己也穩坐在馬上，饒有興致地看起戲來。

不過眨眼之間，楊盈已被人群推搡得冠斜衣亂。她驚恐至極地躲避著，胡亂抱住頭，大喊：「救命！」

安軍中已有人遲疑地看向申屠赤。畢竟這是梧國使臣，申屠赤也有接待之責，萬一在申屠赤眼皮子底下受了傷，申屠赤未必不會受掛落。

申屠赤卻冷笑著一抬下巴，示意手下：「再等會兒，讓他多吃點苦頭，誰叫這小子那麼牙尖嘴利。」

楊盈終於一個踉蹌，被推倒在地上。人群已有些失控，有人抄起扁擔當頭向她打過來，楊盈只能徒勞地舉手格擋。

眼看那扁擔就要打下來，一條長鞭突然凌空而至，卷起扁擔，當空一掀。那扁擔飛出去，重重地砸在了申屠赤的頭上，申屠赤當即血流如注。

他身後一眾安軍都大驚失色，「將軍！」

一片混亂之中，只見一個男子手揮長鞭向楊盈走去。那長鞭如靈蛇般矯捷進退，逼得四面百姓連連後退，很快便驅開了圍攻楊盈的人群。那男子奔到楊盈身邊，聲音壓得極低：「受傷了沒有？」卻是女子的嗓音。

楊盈喜出望外，脫口而出：「如——」

如意立刻示意她住口，伸手將她拉了起來。

安國士兵也終於反應過來，立刻衝上前來圍攻如意，口中呵斥著：「大膽狂徒——」

如意搶上前去，以男子聲音接過話頭：「大膽狂徒！」卻是向著先前圍攻楊盈、此刻四下奔逃的攤販怒斥：「竟敢挑唆百姓，攻擊我大梧禮王及安國重臣！」喝令衝上來的安軍：「爾等還不速速追擊！」

安國士兵一時愣在當場，不知該如何是好。

如意護著楊盈，仰首看向申屠赤，目光嚴厲，「申屠將軍，還是您覺得這些百姓只是一時受奸人所惑，所以才在兩位受襲之時袖手旁觀，可以寬宏大量地暫不計較？」她加重了「袖手旁觀」四字的語氣。

申屠赤捂著頭上的傷口，緊盯著她，「你是誰？為何我剛才在使團中沒見過你？」

如意冷冷道：「安國有朱衣衛，梧國也有六道堂，將軍不會以為禮王貴為一國之使，身邊會沒有暗衛保護吧？」

孫朗、于十三和錢昭也都氣喘吁吁地先後趕到。如意這些話正好落入了他們耳中，他們雖面色各異，但仍然默契地聚成隊形，整齊地護衛在如意身後。

申屠赤目光審視著她，顯然並不打算就此甘休。

如意便抬手一指身後三人，微微瞇起眼睛看向申屠赤，似笑非笑道：「他們雖然跑得不夠快，但趁著月黑風高，殺一、兩個居心叵測、有意破壞兩國和談的宵小之徒祭祭旗，還是沒問題的。」

申屠赤身後的士兵都不覺一凜。申屠赤聞言，面色變幻不定。他當然聽得出這是威脅，他倒也不怕這幾句大話，但他「袖手旁觀」在前，梧國禮王當眾狼狽受辱亦在前，若他此刻敢撕破臉面，「居心叵測、有意破壞兩國和談」的罪名，怕就要砸實在他頭上了。安帝會怎麼看待他的用心，才是他真正畏懼的。

他最終一笑，忍下了這口氣，「六道堂果然名不虛傳。」抱拳向楊盈冷冷道一聲，「殿下，請恕本官傷重，先走一步！」便帶著手下撥馬離開了。

如意這才鬆了一口氣。楊盈開心地上前拉住她，眼中已不由得湧上淚水，低聲道，「如意姐，我就知道妳不會扔下我不管的！」

如意身後三人聞言一震，同時錯愕地望向如意。

第十二章

紅衣重歸執念解

許城館舍裡，使團護衛們列隊肅立在庭院中。

眼見楊盈一身狼狽地回來，又得知她落單被人圍攻，杜長史又氣憤又後怕，面色鐵青地訓斥道：「竟然讓殿下遇險，你們是怎麼搞的?!」

令楊盈落單進而陷入危險，確實是護衛的過失。若非如意及時趕來，後果不堪設想。眾人無可辯駁，個個都面有愧色，靜默不言。

而如意只是漠然地站在一邊，似乎完全不關心使團的內部事務。

楊盈也有些被杜長史嚇住，小心地替他們解釋：「不怪錢大哥他們，是孤托大了。對了，你們也別去找那些百姓的麻煩，他們原本安居樂業，卻不幸淪為他國苛稅之民，心裡肯定……」

杜長史打斷她，一板一眼道：「臣可以不怪百姓，但錢昭等人身為護衛，居然讓您落單，這便是嚴重的失職！」他目光嚴厲地看向寧遠舟，憤怒道：「寧大人，你必須給我一個交代！」

寧遠舟自然明白輕重：「您放心。」扭頭問元祿：「申屠赤送來的人都清走了嗎？」

元祿點頭，「現在這院裡只有咱們的人。」

寧遠舟點了點頭，便看向眾人，宣布：「錢昭、于十三處置不當，禁食水一日。孫朗以下等人，罰俸一貫。」

眾人驚愕。杜長史更是不解又氣憤，「這麼輕的處罰，何以服眾？」

寧遠舟目光一一掃過在場眾人，平靜地繼續說道：「士無能，將之責。發生這一切，還是因為我在後方指揮失當，未能提前預料敵情。所以，」他脫下外衣，露出布滿青紫的精壯上身，宣判：「寧遠舟，罰鞭十記。」

眾人皆驚。杜長史也頗為意外，「這……」

楊盈著急地上前阻攔，「不行！寧遠舟，孤命你……」

話音未落，便被如意攔下，「他是護衛頭領，不要干涉他的決定。」

寧遠舟背對著眾人跪下，高聲命令孫朗：「行刑。」

孫朗拿起鞭子，見他背上新傷疊著舊傷，青青紫紫竟無一塊好皮。他本就愛戴寧遠舟，見狀更是下不了手，乾脆一扔鞭子，也跟著跪了下去。錢昭、于十三……所有護衛都跪了下去，「堂主！」

寧遠舟撿起鞭子，頭痛地提醒：「叫得再大聲點，外面的安國人都聽見了。」把鞭子往元祿面前一遞，「元祿，你來。」

元祿哪裡肯接，頭搖得撥浪鼓一般。

錢昭道：「大夥兒都有錯，要打一起打！」

眾人齊聲應和：「對，要打一起打！」

寧遠舟環視眾人，急道：「連我的命令，你們都不聽了?!」

元祿正猶豫不決，如意已冷冷地上前奪過鞭子，道：「你們下不了手，我來。」

聽到如意要打寧遠舟，孫朗憤怒地扭頭瞪過來，「賤人——」

如意上手就是兩耳光，打得他瞠目結舌。如意沒再理他，揮手一鞭抽在寧遠舟背上，只聽「啪」的一聲，霎時就是一道血痕。那一聲鞭響震得眾人心神欲裂，紛紛焦急地看向寧遠舟，又怒視如意。

如意看著錢昭，冷冷道：「慈不掌兵，連這點道理都不明白，難怪護不住殿下。」

錢昭不由得一怔。

如意又看向眾人，一指寧遠舟，道：「你們以為他願意挨打嗎？不，他只是想以身作則，讓你們再警醒一點！現在你們已經在安國的地盤了，再也沒有以前那種只要闖過天星峽，就能鬆一口氣的好日子了！以後，你們的周圍到處都會是敵人、陷阱和危機，只要稍有失誤——」她運鞭如風，啪啪啪連打三記，道：「這就是下場！」

寧遠舟被抽得鮮血淋漓，卻仍然挺直了身體，告訴眾人：「她說的，就是我想說的。」

眾人都震驚之至，卻也醍醐灌頂。

寧遠舟高喊一聲：「繼續！」

如意舉起手中鞭子，道：「看好了，這些鞭子，他是為了你們才挨的！」說完，她啪啪啪又是三鞭。

眾侍衛緊握雙拳，雙目圓睜，強迫自己看著。杜長史回過頭去不忍再看，楊盈則早已紅了眼圈。

如意揮手又是兩鞭，問眾人：「記住了嗎？」

眾人齊聲怒吼：「記住了！」

如意面不改色，把鞭子遞給楊盈，道：「妳是統率使團的禮王，最後一鞭，妳來。」楊盈顫抖著接過鞭子，眼中已全是淚水，卻還是走上前去。她閉上眼睛，堅決地揮出了最後一鞭。

那一鞭落下，寧遠舟強忍住疼痛，伏身叩謝：「謝殿下賜鞭。」說完身子一歪，暈倒在地。

眾人大驚，慌亂地擁上前去扶他。

✵

寧遠舟躺在榻上昏迷不醒，眾人裡三層外三層地擠在周圍，卻都幫不上什麼忙，心裡又是焦急又是愧悔。

錢昭專心地給寧遠舟把著脈，元祿在一旁急著描述寧遠舟的病情：「寧頭兒剛才就咳了血，他昨晚內力耗盡，肺上也有傷。」

錢昭被鬧得煩亂，喝道：「別吵！」眾人立刻噤聲。

半晌，錢昭才收回手，道：「新傷老傷交作，突然氣衝血海，但死不了，我去熬藥。」眾人都如釋重負，連忙給他讓出一條道來。

錢昭起身正要去煎藥，忽見一直遠離眾人、獨自站在門口的如意正轉身離開。他心念一動，連忙追了上去，追到遊廊上，見如意絲毫沒有停步的意思，便開口喚道：「等等！」

如意站定，冷漠地看著他。

錢昭猶豫了片刻，問道：「妳不去看他？」

如意冷笑著，反問：「我是朱衣衛，他是六道堂，剛才他還是被我打暈的，我為什麼要去看他？」

錢昭心中愧悔，知她心中有氣，乾脆拔出匕首遞了過去，道：「我不會為昨晚的事情道歉，但是妳救了殿下，所以，要殺要剮，隨意。」

如意看都不看那匕首一眼，冷冷道一聲：「懶得動手。」說罷轉身就走，一回頭，卻見于十三、孫朗兩人齊齊跪在身後，都面帶愧意。

孫朗「啪啪」給了自己兩記耳光，仰頭道：「我不該罵妳。寧頭兒說得對，我爹走那會兒，妳才幾歲，我對朱衣衛的仇怨，不該挪到妳身上。」說罷抱拳垂頭，等候發落。

于十三也抱拳垂首，道：「我于十三平生從不辜負美人恩，可昨晚我實在太糊塗了。妳在天星峽救了大夥兒，我還那麼對妳。我欠妳一條命，妳什麼時候要，我隨時給。」

如意掃他們一眼，冷冷地道一聲：「不稀罕。」繞過他們，逕直離去。

錢昭心中一急，忙要追上去，于十三卻起身攔住了他，直接推著他往回走，「趕緊熬藥去。」

孫朗道：「可是……」

于十三嘆了口氣，道：「你們都不懂女人。她肯定不會輕易原諒我們，但她既然回來了，就不會走。」

錢昭有些猶豫，「你確定？」

于十三點頭，「第一，她的身分暴露了；第二，她知道我們恨她；第三，她受的傷比老寧重多了。可她還是回來了，」他含笑看向兩人，「你們覺得，這會是為了誰呢？」

錢昭、孫朗恍然大悟，對視一眼，同時看向寧遠舟的房間。

✵

寧遠舟甦醒時，夜色已深，只見房中一燈如豆，昏暗寂靜，如意坐在桌邊，單手支著面頰，清冷的面容暈著昏黃燭光，透出些紅塵暖意。這情景似曾相識，他一時竟有些恍惚，便聽如意道：「醒了？」

他活動了一下身體，能動，便笑道：「還好，看來這次，我沒中蒙汗藥。」

如意拿起桌上的藥遞了過去，「這裡頭有。」

寧遠舟接過來，一口喝乾，笑道：「味道不錯。」

如意伸手去接藥盞，寧遠舟卻沒有放手。他只靜靜地看著如意，問道：「為什麼回來？」

如意道：「因為你。」

寧遠舟猝不及防，目光微微震動，卻不知她是戲言還是真心，只知自己心臟跳得劇烈，一時竟不知今夕何夕。

他們靜默地對視著。良久之後，如意忽地移開目光，故作凶狠道：「因為我不相信你的承諾。你們這些梧國人，一會兒騙我，一會兒殺我，太陰險狡詐了。找到害死娘娘的真兇，是我一生的夙願，你光憑幾行字就想打發我？沒門兒。我跟你的交易還沒完呢，我一定會護送公主平安入安，一定要看你親手將害死娘娘真兇的消息交給我。」

寧遠舟面色平靜，眼中卻有著隱藏不住的歡喜。他連忙點頭道：「說得對。事關重大，妳是得親自盯著才能放心。」

說完，兩人便又陷入沉默。片刻後，如意冷然道：「我以後會儘量不跟朱衣衛接觸，不把危險帶給使團。」

「你讓我放心，我便讓你放心」，這正是間客的行事準則。寧遠舟明白如意為何會如此說，當下便道：「好。」

如意又道：「我還沒想好怎麼應對錢昭他們，以後，你不許處心積慮地再要我和他們接近，當什麼鬼同伴。」

寧遠舟依舊道：「好。」

如意冷冷一笑，「怎麼什麼都說好？難道我要跟你生孩子，你也說好？」

寧遠舟一滯。如意不以為意，拿過藥盞轉身離開。可寧遠舟突然道：「好。」

如意瞬間僵住，愕然地轉過身看著寧遠舟。

寧遠舟有些尷尬，臉上微微發熱，目光飄忽道：「只是我們現在都五勞七傷的，我身上還帶著一旬牽機的毒。如果現在就……」他悄悄抬眼看了看如意，帶了些商議的語氣，「只怕對孩子不好，不如等一切安排好了，再說。」

如意盯了他半晌，突然一笑，「又想來緩兵之計？」

寧遠舟也笑了，「計不必多，管用就行。」

他終於不再遮掩內心情思，目光溫柔地凝視著如意。如意反而不習慣起來，伸手去探他的額頭，疑惑道：「真的沒有被我打糊塗？」

寧遠舟順從地任她摸著，還不忘調笑，「任尊上鞭法出神入化。剛挨第一鞭的時候我就知道了，外頭看起來鮮血淋漓，但只傷皮肉，不傷肺腑。」

如意一挑眉，道：「我只是受了傷內力不足，否則，一鞭就送你歸西。」

寧遠舟含笑道：「好。」

「又來。」如意一哂，轉身要走。寧遠舟卻突然抓住了她的手，仰頭凝視著她，輕輕道：「謝謝妳剛才幫我說的那席話。說得很好、很準，正是我心中所想。」

如意僵了一下，卻沒有抽回手，只平靜地道：「那當然，畢竟我也曾經做過一人之下、萬人之上的左使，我自然懂得站在你的立場，會怎麼想、怎麼做。」

寧遠舟握緊了她的手，眸子裡星光浩瀚，「所以，只有妳懂我。」

如意看著他的眼睛，忽然俯身把他壓在枕上，輕聲問道：「你剛才說的是真心的？等一切結束之後，你當真願意？」

寧遠舟道：「我願意。」

如意笑了，「你得證明給我看。」

她緩緩逼近寧遠舟，兩人距離越來越近，幾乎鼻尖相接。寧遠舟一時口乾舌燥，輕輕閉上了眼睛。

不料如意卻在最後一刻改變了方向，伏在了他的胸膛上聽著，故作不滿道：「心跳得這麼快，八成又是在騙我。」

寧遠舟錯愕又無奈，長嘆了口氣，道：「妳到底會多少這些磨人的手段？」

如意輕輕往他懷裡蹭了蹭，尋了舒服的姿勢，笑道：「很多，你不是說我這隻白雀學藝不精嗎？以後慢慢來，我慢慢一招一招地炮製你。」

寧遠舟輕撫著她的頭髮，暖暖地笑道：「好。」

兩人靜靜地相擁著，透過薄薄的衣衫，感受著彼此肌膚的溫度、脈搏的跳動。

一時之間，寧遠舟只盼著夜色更悠長些，時光走得再緩慢些。

❋

旭日初起，晨霧消散，溫暖的晨光鋪開在庭院中，枝頭傳來晨鳥的鳴叫聲。

元祿一早起身，先去寧遠舟房中確認他的狀況。他推門進去，喚了一聲：「寧頭兒……」後面的字就卡在了喉嚨裡——屋裡床榻正對著門，榻上寧遠舟和如意依舊保持著昨夜的姿勢，正擁在一起沉沉睡著。

元祿捂住自己的嘴，片刻後又趕緊改成捂住眼睛，迅速地替他們關上了門。陽光射在他的指間，有什麼東西晶瑩地閃爍了一下。

寧遠舟卻已被聲音喚醒，仰頭一望，便見元祿捂著眼睛退了出去，不由得默然。如意也被他的動作弄醒，迷迷糊糊地睜開眼睛。

門外傳來了楊盈不滿的抗議聲：「為什麼不讓我進去？」

如意還睡眼矇矓著，沒搞清楚狀況，聞聲揉了揉眼睛，張口正要說些什麼。寧遠舟一臉尷尬，連忙示意她不要作聲。

門外元祿攔住楊盈，滿面通紅，心虛地扯謊道：「寧頭兒還沒醒呢。」

楊盈哪裡管這些，探身就要上前，「沒關係，我就進去看一眼，不然我實在放心不下。昨晚你們就不讓我守著……」

這時如意也聽到了楊盈的聲音，驟然清醒過來，迅速地從寧遠舟懷中起身，不想下床時卻腳下一軟，險些摔倒。寧遠舟連忙上前扶住她，如意卻不小心撞倒了床邊的花瓶。

門外楊盈聽到聲音，興奮地歡呼：「他醒了！」立刻就要伸手去推門。

元祿急得不行，連忙展開手臂擋住她，「不行，妳不能進去，就算醒了也不方便！」

楊盈不滿地看著他，「為什麼？」

元祿結結巴巴，絞盡腦汁地編造藉口：「因為……因為錢大哥正在裡頭給寧頭兒扎針，不能見風，寧頭兒就是被扎醒的。」

楊盈疑惑道：「可是我剛才過來，才看見錢都尉在外頭熬藥啊。」

元祿目光飄忽道：「噢，他和于大哥臨時換了班。總之妳不能進去。」他紅著臉，小聲解釋：「扎針是得脫光衣服的。」

楊盈也霎時紅了臉，忙後退道：「哦，那我先去前院，一會兒再來。」

元祿這才鬆了一口氣，快步追上她，「我也要去前院，我陪妳一起去。」

楊盈走了幾步卻忽地停住腳步，醒悟過來：「不對。我剛才去找如意姐，她也不在房裡。」她眼睛一亮，立刻看向元祿，「你騙我，房裡不是錢都尉，而是如——」

元祿著急地一把捂住了她的嘴，壓低聲音道：「別出聲！大家都裝不知道呢！」

楊盈拚命點頭，大眼睛忽閃忽閃，興奮不已。元祿這才放開了她。

剛得到自由，楊盈便激動地問道：「難道遠舟哥哥和如意姐真的——」見元祿點頭，楊盈捂著嘴興奮地原地直跳，「啊啊啊！我早就覺得不對！太好了，我早就覺得他們兩個就該像是話本裡寫的那樣，是一對！」

恰好孫朗也走了過來，見兩人湊在寧遠舟房門前嘰嘰喳喳，疑惑地問道：「殿下，您這是在——」

楊盈忙道：「啊……我和元祿剛才在這裡看到一隻小兔子，毛茸茸的，好可愛，就這麼跳跳跳！」她比著兔耳朵，跳了起來。

元祿趕緊附和道：「是啊，就這麼跳跳跳！」也學著楊盈的樣子跳起來。

孫朗熱愛一切毛茸茸的小動物，聞言眼睛一下子亮了起來，急切地問道：「真的？在哪兒？快帶我去看。」

元祿一指遠處，「在那邊。」他和楊盈立刻默契地一左一右引著孫朗往遠處去。

孫朗興致勃勃地邊走邊糾正他們：「哎呀！你們跳錯了，兔子是這麼跳的。」說著也蹦蹦跳跳地演示起來。

✵

聽到一行人走遠了，寧遠舟才長鬆了一口氣，放開如意，有些尷尬地問道：「沒摔著吧？」

如意有些懊惱，搖頭道：「沒。明明昨天已經好了不少，怎麼今早又下盤無力了？」說著便逕直坐下，盤膝運功，道：「丹田裡還是有股雜氣在亂竄。」

晨光透窗而入，落在她白皙的頸子上。她耳根處還帶著淺淡的壓痕，碎髮映著金棕色的晨光，在耳後打了個新月似的彎兒。

寧遠舟莫名地有些不敢看她，道：「妳先回去，待會兒我安頓好，再去幫妳疏理。」

如意不解道：「為什麼不能現在？」

寧遠舟窘迫地移開目光，道：「十三他們肯定馬上會來看我，要是發現妳在這裡，會誤會的。」

「誤會？他們誰不知道我和你的事？前陣子還故意那樣子在我面前走來走去。」

寧遠舟大窘，聲音飄忽道：「殿下就不知道。她年紀還小，不懂這些事情……」

如意大奇，道：「她怎麼會不懂，你難道不知道她和那個鄭青雲……」對上寧遠舟的目光，突然明白過來，「啊，寧遠舟，你不好意思了。」

寧遠舟整了整衣領，掩住發緊的喉結，辯解道：「我沒有。」

如意一笑，「別一副我要強搶民男的樣子。你不就是怕在別人面前尷尬嘛，放心，既然昨晚都說定了，你就安心地去救你的皇帝。」她伸出手指，作勢一挑他的下巴，向他保證，「在那之前，我絕對不碰你一根手指頭。」說罷俐落地收手起身，眼角如勾牽著他，輕笑道：「刺客，都是很有耐心的。」說著便已推開後窗，縱身躍了出去。

寧遠舟正自無語，門外又響起了輕輕的敲門聲。

這一次是于十三。只聽他壓低聲音，輕咳一聲：「老寧，你們好了沒有，錢昭馬上就要來送藥了，杜大人也要過來問你今天的安排，元祿讓我趕緊過來報個信——」

寧遠舟沒好氣地拉開了門。

于十三迅速瞟了一眼，訕笑道：「哦，已經走了啊。」

✵

院子裡，使團眾人終於再一次齊聚一堂，商議後續行程。

寧遠舟也趁著眾人都在，當眾宣布道：「既然風波已平，一會兒我們就辭別申屠赤，繼續前往安都。但為了確保殿下的安全，使團和商隊從今日起就合二為一。」

眾人譁然。雖說昨日如意為救下楊盈，暴露了楊盈身邊有六道堂暗中保護一事，但朱衣衛未必就能查出六道堂潛藏在何處，他們還有許多周旋空間。可一旦公開，他們的後續行動就盡數暴露在朱衣衛監視之下了。

眾人都感到不解。杜長史也擔憂地問道：「這樣殿下倒是安全了，可救駕的事怎麼辦？」

寧遠舟道：「原本設立商隊，是為了方便暗中行事。可昨天有人的一句話提醒了我。既然是一國親王出使，於情於理，六道堂都應該參與其中，否則，安國人也會起疑。現在想來，當初我讓六道堂扮作商隊，和使團分開行動的決定，確實有些一葉障目了，可能是因為離開六道堂太久，一時……」

杜長史、于十三、元祿幾個都齊刷刷地望向一邊的如意。如意不做理會，只仰頭專心聽寧遠舟說話。

寧遠舟輕咳一聲，喚回眾人的注意，道：「如果我們和朱衣衛易地而處，大家想想，他們會怎麼猜測使團的行動呢？第一，使團裡多半會有六道堂的人。第二，使團到達安都之後，一定會使盡各種或明或暗的手段營救聖上。既然如此，我們就不該費心遮掩，而要讓安國人以為我們有人卻無能。這樣，反而能讓他們減少提防。」

眾人立刻領會，隨即眼前都是一亮。

孫朗連連點頭：「對對對！畢竟寧頭兒重任六道堂堂主的事是密旨，安國人不可能知道。朱衣衛梧都分堂的人也全沒了，未必能查得到我們的底細！」

于十三目光依次掃過眾人，「殿下是新封的禮王，杜大人是致仕後重新出山的，寧頭兒犯過大罪剛被充軍，我是從大牢裡提出來的，元祿還是個小屁孩兒……」說著自己先笑起來，「嘿，我們使團，還真是歪瓜裂棗一大堆！」

眾人也都跟著笑了起來。

楊盈故作不滿地板起臉，呵斥道：「不許對孤和杜大人無禮！」

寧遠舟也笑了，目光掃過眾人，卻是滿含驕傲和信賴，道：「那就讓他們看看我們這群歪瓜裂棗，在安國能搞出怎麼個天翻地覆！」

眾人豪氣頓生，紛紛鼓足了勁頭。

如意看著寧遠舟，唇邊不知不覺也揚起了一抹微笑。

元祿站在如意身邊，悄悄地湊近她，低聲道：「如意姐，妳能回來，我真的特別特別高興。」

如意想了想，也低聲道：「你剛才幫我和他遮掩，我也很高興。」

✵

使團再次上路。這一次，寧遠舟等人都不再做商人裝扮，而是光明正大地換上了六道堂的制服。

之前朱衣衛派來的侍女瓊珠扮成農婦，遠遠地跟隨著隊伍。但錢昭銳利的目光一掃，孫朗便策馬前去驅逐，「貴人車駕，不許私自跟隨！」瓊珠無奈，只得賠笑停步。

馬車顛簸前行。楊盈忍了一路，終於心癢難耐地湊上來，大眼睛亮晶晶地看著如意，「如意姐，我想問妳一件事……」

如意還沒回答，就有人在外面輕敲車窗。如意掀簾，見是寧遠舟。

寧遠舟輕咳一聲，當著楊盈的面，一副公事公辦的平淡模樣，「聽說妳受傷後丹田內力不暢，是否需要我幫妳看看？」

如意還沒回答，楊盈便立刻大聲道：「當然要！啊，如意姐的傷，當然得儘快好，不然進了安國怎麼辦？咳，孤正好想騎騎馬。」她立刻邁著方步從車廂裡鑽出來，慷慨地一揮手，「寧大人，你跟孤換換馬。」

寧遠舟進了馬車，楊盈也在元祿的幫助下，翻身跨上寧遠舟的馬。

她興奮又得意地一抬下巴，向元祿使了個眼色，元祿也同樣得意地向于十三使了個眼色，于十三立刻把眼色傳給錢昭，錢昭面無表情抬頭望遠。眼看這個眼色就要拋空，孫朗恰好抱著一隻兔子策馬趕回錢昭身旁，被于十三的眼色砸了個正著，不由得一陣惡寒，打了個哆嗦，嫌棄地靠向錢昭，「老于這是怎麼了，幹麼對我拋媚眼？」

錢昭眼皮一耷拉，依舊是一副死人臉，「可能因為你抱的是隻母兔子吧。」

孫朗警惕之心大起，一把抱緊兔子，咬牙切齒地躲到錢昭身後，「壞人！咱們離他遠一點！」

車廂裡，如意和寧遠舟掌心相抵，盤腿坐著運功療傷。如意似笑非笑地看著寧遠舟，寧遠舟臉皮厚，知道她在笑他私事公辦，卻依舊鎮定從容，還一身正氣地提醒她：「專心點。」

突然外面傳來一聲輕響，隨即楊盈發出一聲驚呼，錢昭拔劍高喊：「保護殿下！」

寧遠舟一驚，急忙收手，躍出車外：「發生什麼事？」

護衛們早已持劍將楊盈團團護衛起來。楊盈靠在元祿的身後，顯然受了驚嚇，臉色蒼白。元祿指著路邊樹林向寧遠舟解釋道：「有人扔了塊石頭過來，還好被我擋住了。」

正說著，于十三便拎著個少年從路邊的樹林鑽了出來，道：「就是這小子。」

那少年身著麻衣草鞋，看上去十四、五歲年紀，瘦得竹竿兒一般，在于十三手裡不住地扭動掙扎，嘴裡罵著：「放開我！」

于十三按著他後頸，逼問道：「說，誰指使你的？」

少年梗著脖子瞪著楊盈，眼中滿是仇恨：「沒人指使我，我就是要打死他！我娘說啦，你們要是把皇帝接回來，我們就又要變回梧國人啦！」說著便要跳起來，「我不想當梧國人！」

楊盈又驚又怒，不顧元祿的阻攔，驅馬就要上前，「你說什麼？為什麼?!」寧遠舟和眾人卻都沉默下來。杜長史嘆息一聲，揮手道：「放他走吧。」楊盈還要再問，寧遠舟伸手攔住，對她搖了搖頭。楊盈委屈地抿了抿嘴唇，沒有再作聲。

于十三將少年扔到樹杈上，車隊繼續前行。一路上再也沒有人說笑，所有人都沉默地望著這片淪陷的山河，心情複雜又沉重。

晌午時，他們在附近的村落外停歇。他們來時，還能遠遠望見村中往來的行人，雖不免有些蕭條，卻也不至於荒無人煙。可他們到來後，家家閉門鎖戶，四下裡空無一人，沉悶寂靜，只偶爾有幼童透過木窗的縫隙向外窺探，卻也很快便被大人喝走了。

他們自知使團一行對淪陷之處的鄉民是麻煩，也不入村，只在村外大樹下落腳休整，吃著自帶的乾糧。

有侍衛從井裡打了一桶水上來，給眾人分飲。于十三也殷勤地給如意送來一竹筒，如意沉默地接過，正準備喝一口，忽然察覺出有哪裡不對，忙起身向眾人喝道：「別喝！」眾人都一驚。

如意快步走到井邊，抽出劍來，反射陽光照亮井底，道：「你們看。」眾人探頭一望，只見井底赫然漂浮著幾隻死老鼠，大驚失色。沒喝的趕緊丟下手裡的水，已經喝了的連忙去一旁摳著嗓子催吐。

寧遠舟近前看了一眼，道：「還有血……多半是村子裡的人看見我們過來歇腳，剛剛打死扔下去的。」

楊盈終於忍不住了，眼圈一紅，淚水湧出眼眶，「為什麼?!他們憑什麼這麼對我！昨天在街上打我，剛才用石頭扔我，現在又在井裡下毒……」

寧遠舟緩緩道：「他們不是在怪妳，是在怪妳皇兄。」

「可皇兄也不是故意的啊！勝敗乃兵家常事，他現在也在安國受苦啊！」楊盈依舊氣不過，她想不明白，「昨天在許城街上的事，我都忍了。可他們怎麼可以這麼糊塗，明明安國收他們兩成五的重稅，他們還一口一個不想當梧國人！」

寧遠舟沒有說話。于十三輕嘆一聲，開口問道：「殿下，您知道剛才那個孩子有多大了嗎？」

楊盈道：「十四、五歲吧。」

杜長史面露不忍，道：「按我朝規矩，男子十八方為成丁。但聖上這次出兵，為了召集大軍，特旨令邊境五城中，凡十六歲以上的男子都要從軍。」

于十三也道：「他穿著麻衣，多半是在為他爹戴孝。天門關一役，許城死傷的百姓成百上千。他不想當梧國人，多半是因為擔心聖上一旦歸國，就會發動大軍復仇。到時候，他只怕也會跟他爹一樣被徵召入伍。重稅比起送命，總歸要好一些。」

楊盈一時啞然，只得頹然坐下，喃喃道：「可是，男人從軍，女子紡織，不是百姓的本分嗎？」

寧遠舟糾正道：「安居樂業，康順到老，這才是百姓的本分。聖上在時，許城的百姓並沒有得到什麼特別的好處，天門關大敗之後，他們的心就更是傷透了。水既可載舟，也能覆舟。殿下，問別人要忠誠之前，先得問問自己，妳為他們做過什麼。」

如意原本一直靜靜地聽著，此時她的目光突然一閃。

楊盈一滯，思量半晌後，忽地就慌了起來，「那，你們還會陪我去安國嗎？皇兄讓你坐了牢，我之前又那麼胡鬧，我是不是也傷透了你們的心？我之前也沒為你們做過什麼……」她越說便越是愧悔，張惶地看向眾人。

寧遠舟安撫她道：「我們當然會陪妳去安國。我領過朝廷的俸祿啊，食君之祿，忠君之事，杜大人肯定教過妳。」

于十三也道：「沒錯，我們還喝過殿下請的酒呢。我們欠您人情。」

眾人紛紛附和。

孫朗道：「沒錯，杜大人也請我們吃過烤羊呢。就算是為了那幾隻羊，也得去安都走一圈啊！」

丁輝也說：「在天星峽的時候，殿下還救過我的命！」

如意一指寧遠舟，道：「我跟他做了筆交易，得送妳到了安都，他才會付錢。」

楊盈這才放下心來，感激道：「謝謝大家！」她思索了片刻，再次抬起頭來看向眾人，「杜大人、寧大人，等接回皇兄，我一定勸他好好對大家，好好對百姓，這樣才能把大夥兒傷了的心，再重新補起來！」

陽光破開雲霧，照亮了她年輕而堅定的眸子。

✵

安都城外，梧帝抬起麻木而絕望的臉，透過囚車的木柵望向前方高大巍峨的城門。那城門上旌旗招展，值守的門侯戍衛身著金甲迎著烈日，高亢地吹響了號角，號角聲卻隨即淹沒在更為盛大高亢的歡呼聲中。

安帝率大軍凱旋，沿途百姓夾道山呼。這原本也是梧帝為自己所設想的凱旋場景，此刻他卻是囚籠中被人展示的戰利品。他只覺得這次的遊街比之前每一次都更漫長，四面八方都是輕蔑審視的目光、指指點點的閒言。天子之尊在俯視和議論中被踐踏成泥，偷生的苟且之心令他卑怯如豬狗。

待囚車停在宮門之外，這漫長的一路終於走到盡頭。就在梧帝麻木地以為羞辱可就此結束時，負責看押他的大皇子招手叫來官員，道：「父皇要孤找個安全清靜的地方安置他，你看哪兒好？」

官員推薦了永安寺的永安塔。大皇子滿意地點頭，看一眼囚車中的俘虜，道：「不錯，那兒倒是清靜。就把他關在最高那層。對了，每天早上，再把他拎到寺門口示上兩個時辰的眾，百姓們今兒還沒看夠呢。」

✵

長慶侯府。

琉璃跟著李同光一道穿過庭院走進書房，沿途小廝、丫鬟紛紛躬身迎接。

琉璃目光掠過沿途各處的草木畫廊，掃過書房裡的桌椅陳設，見還是許多年前她曾見過的模樣，只是都半舊了，便低聲問朱殷：「這，好像還是以前的長公主府？」

朱殷點頭，低聲道：「侯爺念舊。」

正說著，李同光轉過身來，對琉璃道：「以後妳就住在西廂。」又吩咐眾丫鬟道：「後院事務，以後一應由琉璃處置。」

丫鬟們躬身應「是」，紛紛抬眼看向琉璃，眼神裡都滿是羨慕。

琉璃一怔，不由自主地挺了挺脊梁。

朱殷已上前替李同光解下披風，又有小廝奉上銅盆手巾，李同光淨手後，丫鬟便奉上一盤鮮花。一套動作有如行雲流水，顯然已經做熟了。琉璃想幫忙，卻又無從下手，一時有些手足無措。

李同光接過鮮花後，室內侍奉的下人們便整齊無聲地退下了。李同光打開牆上機關，走進一間密室，琉璃連忙跟了上去。朱殷本想阻止她，猶豫了一下，到底沒有出聲。

密室中掛滿了畫像，琉璃一步踏進去，立刻面露驚訝，忙捂住嘴，輕輕地「啊」了一聲。

李同光知她跟進來，卻並未在意。他親手將鮮花供在香爐前，才提醒她：「出去，以後每三日打掃一次即可。」

琉璃退出密室，小心地替李同光掩好門，再回過神來時，已是雙眼通紅。

朱殷低聲道：「侯爺每次回京都會如此。以前，他只許我一人進密室，以後，妳要對得起他這份信任。」頓了頓，又安慰琉璃：「我說過侯爺念舊，就算以後郡主嫁了過來，妳在府中的地位，應該也不會改變的。」

琉璃拭去淚水，既感動又驕傲，點頭道：「是。琉璃以後一定會盡心服侍侯爺。」

✵

這一日午後，使團一行終於抵達蔡城。

蔡城姚知府的母親是宗室出身，姚知府雖降了安國，對楊盈卻多少還有幾分香火情。得知他們來到蔡城，他特地派人出城迎接，一路將他們護送到驛館裡仔細安頓下來，才恭敬地拜別。

待驛館各處都巡視完畢，寧遠舟便找到錢昭，道：「你看著這兒，我得去一趟這邊的分堂。總堂轉來的密報不夠清楚，還是得當面談。」錢昭擔憂他的傷勢，想陪他一道去，寧遠舟卻道：「不必。人多了打眼。」

離開驛館後，他一路兜兜繞繞，避開沿途跟蹤的朱衣衛暗探。待來到城邊一處破廟前時，打眼看去，他已是個頭戴深笠、斜挎著打了補丁的包袱的遊方術士了。

他走進破廟，正在佛堂裡掃地的廟祝抬頭看他一眼，立刻面露驚喜，忙上前向他合十行禮，將他引到佛堂角落裡，低聲交談起來。

離開破廟，再回到城中街道上時，寧遠舟的打扮已同從驛館裡出來時並無區別了。他腳步輕快地走在街上，目光裡不覺就染上了些笑意，突然停住腳步，道：「還不出來？」

身後一個影子一晃，轉眼間如意便出現在他身邊，「什麼時候發現的？」

寧遠舟也不刻意去看她，道：「剛進廟的時候就發現了。」

「那你不早說，害我白在外頭幫你望了那麼久的風。」

寧遠舟笑道：「因為周圍有沒有朱衣衛的暗哨，妳肯定比我看得更準啊。」

如意咕噥道：「又利用我。」眼睛裡卻也帶上了笑意。

兩人邊走邊交談，保持著一尺的距離，表情平淡，言語之中卻有著一股若有若無的親暱。

如意又問：「吃了解藥沒有？」

寧遠舟一怔，問道：「妳怎麼知道我是去拿解藥的？」

「馬車裡你為我療傷的時候，我就發覺你內息不對了。一算日子，就猜多半又是那個一句牽機發作了。」如意說著便抬眼看向他，問道：「你不許別人跟著，難道，他們都不知道你中毒的事？」

寧遠舟點了點頭，「嗯。各地分堂裡還是有不少原來趙季的勢力，章崧就是把解藥直接用飛鴿送給他們的。老錢和十三要是知道我中了章崧的毒，八成會和他們起衝突。可要完成救皇帝的任務，所有人都必須同心協力。」

如意腳步一頓，「所以，只有我知道？」

寧遠舟笑看著她，「對，只有妳知道。」

如意黑眸子一亮，引著寧遠舟便往前去，道：「聽說那邊有家做飴糖的舖子，味道不錯，要不要去試試？」

寧遠舟也跟上去，邊走邊問道：「妳以前來過蔡城？」

「沒有，可玲瓏的老家杜城離這裡不遠，聽她提起過……」她見寧遠舟腳步頓了頓，似是想問些什麼又怕引她傷心的模樣，便點頭，「嗯……」又道：「那會兒走得匆忙，沒辦法替她好好收殮，只能割了她一縷頭髮，等經過杜城的時候，再幫她葬入祖墳。」

寧遠舟便輕聲道：「到時候我陪妳一起去。」

從店主手裡接過飴糖，寧遠舟自然地分了一包遞給如意。

如意接到手裡，見寧遠舟吃得格外香甜，一時便有些入神。看了一會兒，她便問：「你為什麼這麼喜歡吃甜的？」

寧遠舟道：「我爹死得早，我娘一個人養我長大，那時候我還小，守了三年的孝，沒法出門去玩，也見不到別人，只有師父每個月會來看我。對我而言，師父和他每回都帶給我的糖，就是我小時候最快活的記憶。」他說得平淡，似是對往事已不掛懷，卻又揀了塊飴糖丟進嘴裡，香甜地吃起來。

如意想了想，把自己那包也遞給他，道：「那我的也給你，以後你每次都吃雙份，以前缺的那些就都補回來了。」

寧遠舟笑了笑，沒有接，「有些東西是永遠也補不回來的。」他邊走邊說道：「我知道沒爹的孩子活著有多不快活，之前一直拒絕妳，這也是原因之一。」

如意不服氣地跟上去，道：「我一個人也能把孩子教得很好。」

「妳很會殺人，這我相信。」寧遠舟扭頭看她，「可妳很會教孩子？」說著自己先搖頭笑起來。

如意不滿道：「我有過男徒弟，還教過公主，不管是男孩還是女孩，我都知道怎麼對付他們。」

「親生的孩子，妳用『對付』這兩個字？」寧遠舟愈發忍俊不禁，抬手一指遠處抱著嬰兒的婦人，道，「比如他這麼大，不喝奶，妳要怎麼對付？罰他站？打他手掌心？他想他爹帶他玩，妳又怎麼辦？難道跟他說，娘也可以陪他一起掏鳥蛋、鑽狗窩？」

「我怎麼就不能陪他掏鳥蛋了？再說了，」如意堅定地說：「我只生女孩，不生男孩。」

寧遠舟奇道：「我也喜歡女孩，可妳要怎麼保證只生女孩？」

「我有祕方的。」如意說著便小心翼翼地從懷裡摸出只錦囊，取出一小張符紙給寧遠舟看，「二皇子十歲那年，娘娘想多要個公主，就去護國觀裡齋戒了七天，我親眼看著住持畫了這道符。後來娘娘就有了，雖然小公主後來沒保住，但這道符肯定是靈的。我從安國逃走的時候，特意潛進宮裡，好不容易才偷出來的呢。」

寧遠舟失笑，「妳還信——」他本想說信這些騙人的玩意兒，卻見如意一臉虔誠，便收起調侃之意，改口道：「信這個？」

如意理所當然道：「娘娘信的，我自然都信。娘娘還替我在護國觀裡供了平安油燈，她說我沒了親人，她就是我的親人。」

寧遠舟目光裡不覺便流露出憐惜，輕聲問道：「妳父母也不在了？」

如意點頭，道：「我娘生我弟弟的時候，母子都沒保住。我爹要另娶，嫌我是個累贅，就把我賣給了朱衣衛，才五斗米。」

寧遠舟心疼不已，沉默了一會兒，握住了她的手。

正說著，便聽見前方傳來說笑叫好聲，兩人停住腳步循聲望去，便見不遠處有人在玩雜耍，四面圍了一群看熱鬧的人。人群中不乏傷者，有的頭上包著紗布，有的還拄著拐，都明顯是新近受的傷——想來正是因不久前的那場大戰，卻都指指點點、說說笑笑，看到精彩處，連拄著拐杖的都忍不住騰出手鼓掌高呼起來。

如意微微皺了眉頭，有些不解，問道：「那是個傷兵吧？看他笑得多開心。」

寧遠舟卻很平靜，道：「天下興亡，百姓皆苦。於他們而言，像這樣安寧平靜的生活，本身就是一件很難得的事。」

如意似有所感，不知想起些什麼，立在花樹下垂眸思索了一陣，便抬頭看向寧遠舟，眼睛裡帶了些求索的意味，道：「你在村子那會兒說過一句話，忠誠什麼的，能再多講些嗎？我之前被關在安國天牢的時候，旁邊有一個即將被處斬的高官，他也說過些差不多的話，但沒你講得那麼深。」

寧遠舟便問：「他說什麼了？」

「他說帝王是主，百姓是牛馬，而他和我，還有百官和朱衣衛，都是聖上用來放牧的狗。」頓了頓，又道：「最初我很生氣，朱衣衛為聖上出生入死，怎麼就成了走狗呢？可後來又覺得他說得有道理，聖上應該最知道我對娘娘有多忠心，可他為什麼一點也不肯聽我分辯呢？直到後來逃到梧國養傷，昏昏沉沉了好幾年，傷勢稍好後又被重新捉去當了白雀，進了梧都分堂，我才慢慢想清楚：那個膽敢害死娘娘，而娘娘卻不願意去追究的人，必定是位極有權勢的重臣。聖上那會兒出征宿國在即，怕找出兇手是誰，會動搖朝中的平衡，所以索性就不查，殺掉我這個所謂的兇手，給天下一個交代。」

寧遠舟沉默了一瞬，看向她，「所以妳早就知道，自己只是安帝選出來的替罪羊了？」

如意點頭，「自然，從放火燒了天牢起，我就當自己從此叛出朱衣衛，不再奉聖上為主了。我還記得那個高官的話，他說帝王若是不仁，就不能怨他不忠。而今天，你也說了和他差不多的話。」

寧遠舟問：「妳是怎麼一個人燒了天牢逃出來的？」

「我在朱衣衛雖然獨來獨往，但怎麼也有幾個心腹。」如意說著，便衝路邊的幼犬揮了揮手中的糖，那狗立刻跑了過來，圍著她搖尾巴，如意拋了塊糖給牠吃。她看了牠一會兒，忽地問道：「寧遠舟，你也被你們皇帝充過軍，你覺得，他們真當我們是狗嗎？」

寧遠舟也沉默了片刻，見她抬頭看過來，黑漆漆的眸子裡有探尋，也隱隱有些失落，便輕輕說道：「不管那些上位者怎麼想，我們自己知道自己是人就好。我們有自己的腦子、自己的好惡、自己的理想。現在我們所做的事，也只是為了自己所願，而不是因為身後有鞭子在驅使。」

如意點頭道：「是啊，我一直當刺客，也不是因為我喜歡殺人，而是因為我知道，那些人只要死在我手中，就一定對大安有益。比如鳳翔、定難的節度使，都是性好征戰之人，娘娘說過，每一次他們出兵，就會多數千條無辜百姓的冤魂……」

寧遠舟安然凝視著她，道：「所以妳殺人，其實是為了救人。」

如意也終於釋然，笑看著他道：「說得沒錯，這包也獎你。」她把飴糖放到寧遠舟手裡，又道：「現在我的願望是為娘娘、玲瓏報仇，然後有個自己的孩子。」說完便又抬頭去看寧遠舟，問道：「那等你救完皇帝，替你天道的兄弟們洗完冤，你還想做什麼？」

寧遠舟一滯，目光驟然變得深沉，卻垂了眸子掩去情緒，淡淡地道：「還沒想好，到時再說吧。」

如意不以為意，「難怪我之前怎麼逼你，你都不願意，原來是因為你拿我當鞭子看啊！」說著便一歪頭，笑看著他，「那為什麼後來就願意了？」

寧遠舟一笑，道：「因為妳給我糖吃。」

如意忍不住也笑起來。

一時風過，枝頭落花紛飛。兩人都抬頭望去，只見天青雲淡，枝頭花滿，是難得的好景致。寧遠舟含笑看向如意，見她容色如玉，黑瞳子映著皎潔天光，伸手去接飛花，便又含了塊飴糖，輕輕笑了起來。

✵

安都，永安寺。

梧帝靠在塔頂石柵上，遙望著遠方。

這塔高七層，幾乎是安都城內最高的建築，自上望去，四面景致盡收眼底。北地山河開闊，街道庭院也都修得疏闊宏大，坊市街道都平整得如刀切一般，同江南的靡麗工巧有著截然不同的風貌。只消一眼，便知身在異鄉，陌生得令人感到茫然。

他瞧見遠方街道上的行人，腦海中忽又記起入城時被黔首愚氓肆意圍觀指摘的情景，屈辱混著痛楚湧上心頭。他低下頭去，見塔下花樹搖搖，不由得喃喃道：「感時花濺淚，恨別鳥驚心。」

便聽敲金擊玉般的聲音傳來：「陛下並未國破，江山仍固，何必如此悲切？」

梧帝驚喜地轉過頭去，果然看到李同光拐過樓梯，走進塔頂囚室。他已換下戎裝，一身銀絲暗繡的衣衫，戴著鏨金嵌玉的髮冠，越襯得他俊美年輕。在梧帝面前他並不掩飾本性，眼睛裡總似有若無地帶著股喜怒無常的瘋勁，那美貌便也多了些不好惹的凌厲殺氣。

「陛下身邊的金銀已經不多了吧？」他拋著手裡的金扣帶，道：「捨得拿這麼大一塊金扣帶來賄賂看守傳話，本侯哪敢不來？」說著便逕自在梧帝對面坐下，黑眸子一抬，道：「陛下找我何事，不妨直言。」

他態度輕蔑，卻是整個安國上下，梧帝唯一能說得上話的人。梧帝也只能忍下心中怒氣，好言道：「朕自蒙塵以來，多次受辱，還好有你數次相助。可沒承想到了貴國國都，這種情況卻越演越烈。」說著便一指室內簡陋破敗的陳設，氣得手都在打哆嗦，「你看看這比紙還薄的被褥，照得見人影的稀粥，連恭桶都沒有，這叫朕如何住得下去？更有甚者，朕聽說，自明日起，朕還要每天被拉到寺前示眾兩個時辰。有道是士可殺不可辱，能否請你代為奏告貴國國主……」

他忍辱含垢，正要上前好言請求，卻見李同光涼薄地一耷眼皮，覷著他，淡淡道：「那你為什麼不去死？」

梧帝瞠目結舌，張了張嘴，卻不知是怕是驚，一個字也吐不出來。

李同光卻又轉了笑臉，溫言道：「陛下別誤會，本侯的意思是，置之死地而後生。落難鳳凰的身邊，多的是想啄一口的野雞，就算本侯有心相助，又能救您多少次？倒不如趁著剛到安都，就藉著不堪受辱的由頭，給那些人來個狠的，以後，他們就不敢了。畢竟，」他輕蔑地一笑，「您還值十萬兩黃金呢。」說完便抬手指了指梧帝頭上的房樑，微微近前，低聲道：「上個吊，很容易的。」

梧帝驚惶地擺手，「朕還不想死。」

「蹬掉凳子前叫大聲點，會有人來救你的。」

「可是萬一……」

李同光便又恢復了事不關己的淡漠，重新坐正了，撫平衣上褶皺，道：「賭不賭，隨便你，反正每天受折磨的那個人，不是我。」

梧帝心中掙扎，「說得輕巧，你又沒差點死過，不知道能活著對我有多重要！」

李同光冷笑了一聲，道：「誰說我沒有？幾天之前，我的未婚妻就因為嫌棄我父系卑賤，親自派人來害我。」他再次看向梧帝，「若非念著我身上還有一點梧國人的血脈，起了兔死狐悲之心，你以為我會冒著被聖上發現的危險來偷偷見你？」

梧帝心一橫，道：「只怕不只是兔死狐悲之心，而是你雖然立了大功，卻因為貴國國主的帝王心術而遭到冷遇，所以才想藉著與朕交好，以後在兩國的和談中別有所圖吧？」

終於點頭道：「好，朕若是能僥倖不死，就會繼續絕食，到時除非你來勸朕，否則朕滴水不進。你幫朕脫困，朕也幫你在貴國國主面前露臉。」

李同光一笑，「看來陛下吃一塹長一智啊。那本侯就靜候佳音了。」

蔡城。

✵

驛館房間裡，寧遠舟正和原商隊諸人一道商議後續的行動。

他們越過邊境已有幾日，急需得到安國的情報。寧遠舟今日去蔡城分堂，也是為了此事。

但他被趙季關了一年，這一年裡趙季四處裁撤人手，抹除他當年所做的改革。不但森羅道被裁撤，畜生道在各處組建起來的情報網路也多有削減和廢弛。儘管進入安國境內後，寧遠舟立刻嘗試聯絡安國各處分堂，但收到的回應卻寥寥無幾。

「現在安國的分堂能保持正常聯絡的，只有六處。」寧遠舟向眾人說著眼下困境，「最麻煩的是安都分堂，到現在都一直沒有回音。偏偏我們最需要的就是安國宮廷的消息。」

眾人都用心聽著。錢昭卻不知想到什麼，突然起身道：「這裡還少一個人，等我回來。」他扭頭就走，眾人都有些不解。寧遠舟的目光卻閃了一閃，看向他的背影。

庭院裡，如意迎面遇見錢昭，面無表情地轉彎繞過。

錢昭卻擋住她的去路，一指亮著燈的房間，道：「大家在商議進入安國國境之後的行動，妳也來。」

如意冷冷道：「你們六道堂議事，與我何干？」她再次繞開錢昭，錢昭卻又跟了上來。

「有關，」他毫不猶豫道：「妳是同伴。而且安國的事，妳比我們都懂。」

如意一怔，回頭盯著錢昭。

錢昭直視著她，坦然道：「我說過不會向妳道歉，因為同伴之間不需要道歉。以前，我也失手傷過老寧，可他現在要是敢抱怨，我就敢揍他。」

如意和他對視良久，輕嗤道：「你們六道堂的臉皮，一個兩個，怎麼都這麼厚？」話雖如此，卻還是轉身走向了議事的房間。

錢昭鬆了一口氣，連忙跟上。

房門推開，眾人見如意進來，都是一愣。

錢昭隨手關門，面無表情道：「人齊了。」

眾人這才反應過來，一時有些慌亂。于十三連忙讓座，「坐我這兒，我這邊寬敞。」元祿也趕緊奉茶，「如意姐，妳喝茶。」丁輝四面掃了一圈，迅速把擱在身後的果盤擺到如意面前。

如意剛要落座，孫朗立刻喝道：「等等！」如意疑惑地看向他，孫朗快步上前，用袖子仔仔細細地把椅子擦了一遍，這才恭恭敬敬道：「請。」

如意目光掃了一圈，見所有人都眼巴巴地看著她，便在眾人的注視下默然入座，無語道：「行了。承蒙大家看得起，之前的事情，就當一筆勾銷。」卻又抬眼看向眾人，「不過我醜話說在前頭。第一，我跟朱衣衛的恩怨，不會影響到使團，但也請各位不要插手。第二，我始終都是安國人，你們要救皇帝，我會儘量幫忙，但我不會背叛自己的國家。」

錢昭沒有說話，只是向她一拱手。眾人一下子活潑起來。

于十三道：「那是當然，美人兒肯幫我們，我們就是已經修了八輩子的福氣……」

孫朗嘿嘿笑著，「之前我還擔心等到了安國，肯定會和朱衣衛有一場血戰，私下裡還求了幾次菩薩保命。沒想到現在就天降一位左使來指點，真靈啊……」

眾人紛紛附和：「可不！」「沒錯！」「寧頭兒真是深謀遠慮！」

寧遠舟一直含笑看著他們，此刻才道：「好了，繼續說正事。」

他絮絮地說了起來，不時指點案上的地圖。如意偶爾添上兩句，眾人或點頭，或發問。

一時說起安國朝堂的現狀，如意道：「洛西王和河東王的內鬥，你們六道堂查不清楚，我這兒也一樣。畢竟我五年前就離開了安都，中間一段時間，一直都昏昏沉沉地在鄉下養傷。雖然快一年前重新進了朱衣衛的梧都分堂，但身為一隻小小的白雀，自然也碰不到什麼核心消息。」

寧遠舟思索道：「看來，得去金沙樓問一問了。」

如意有些疑惑，「金沙樓？和宿國的金沙幫有什麼關係嗎？」

寧遠舟道：「就是一家，金沙幫原本是沿江一帶最大的鹽幫，這幾年養了不少間客，兼做起了掮客生意，不管是各國軍報、高官祕事，還是茶鐵生意，都能跟他們打聽。雖然消息未必準，但他們幫眾在各國有數萬之多，有時候比我們自己查得還快一些，所以偶爾，我們也會跟他們買些消息。」

于十三連連點頭，「對，就在他們開在各地的金沙樓，」他目光望遠，一時間心蕩神搖，「呵，那可是天字第一號銷金窟，美女如雲，醇酒似海，骨牌聲震天，就連彈琵琶的樂師，都是從西域請來的胡姬。最妙的是，不管在裡頭怎麼胡天胡地，金沙樓都會為你保密……」

眾人也不禁心馳神往。寧遠舟輕咳一聲，眾人這才回神，見如意似笑非笑，都羞愧地低下了頭。

如意問：「最近的金沙樓在哪裡？」

元祿脫口而出：「就在離這兒七十里的潁城，明天正好路過！」

錢昭面無表情，一敲他的後腦杓。

如意眉眼一彎，輕笑道：「是嗎？」

第十三章

金沙樓頭人如舊

夕陽自天際緩緩沉下，只留一線熔金似的餘暉。

夜色尚未沉落，潁城金沙樓前的街口上，遊冶尋歡之人已往來不絕。金沙樓華燈初上，碧瓦朱簷映著燈火，處處流光溢彩。透過明瓦雕窗，可望見屋裡舞動的紅袖。夥計在樓前敲響金鑼招徠顧客，身纏瓔珞寶鈴的天竺舞娘圍著吐火藝人妖嬈地起舞。柔媚舞動的腰肢、飛旋晃動的寶鈴、歡快的鼓點聲，伴隨著不時呼地噴飛出來的火焰……直令人聲色俱迷，眼花繚亂。到處都人頭攢動，熙熙攘攘。

楊盈和元祿目瞪口呆地望著眼前景象。這一日行程很順利，使團進入潁城，在知府別院裡安頓下來後，寧遠舟和錢昭便出門打探消息。如意說要帶他們出來見見世面，他們便興沖沖地跟著來了。

可原來，竟是這樣的世面嗎?!

如意一身男裝走在他們身後，身長玉立，意態嫻雅。見他們一臉愣怔，被往來行人推搡了都還沒醒過神來，她便一拍兩人後背，不動聲色地提醒道：「沉穩點，進去慢慢看。」她目光越過人群，望向金沙樓上用作裝點的金色龍爪菊，姿態風流地抬腳向前走去。

她身後的楊盈和元祿忙收回心神跟上去。楊盈有些心虛，眼角餘光打量著四面迎來送往的美人少年，以及歌舞昇平的景象，悄悄問道：「如意姐，我們來這兒，真的不要緊？萬一和遠舟哥哥他們迎頭碰上了，怎麼辦？」

如意神態自若，「我之前跟他提過，說要找個合適的時機帶妳來民間的酒樓見識一下，他沒有反對。」

元祿局促地躲避著往來的男女，窘迫道：「可妳沒有說是現在，也沒說來的是金沙樓啊！」

如意對著樓上招袖攬客的美女妖童一笑，反詰：「怎麼，只許他們上這兒來享受，我們就不行？」

楊盈立刻點頭，「對！」

元祿張口結舌，無言以對。

便有個美貌女子迎上來，如意隨手拋給她一個錢袋，道：「開間上房。」

那女子打開錢袋一看，立時眉開眼笑，「是，貴客樓上請！」便親自引著他們上樓。

三人跟著那女子穿過歌舞歡鬧的廳堂，上樓走進雅間。他們剛剛坐好，便聽一陣環佩叮咚、笑語盈盈，一行環肥燕瘦的美人步態輕盈地擁入房中。見屋內三人或從容或拘束或窘迫地坐著，她們立刻歡笑著各自分開，依偎到他們身邊，殷勤勸酒。樂師隨即奏響仙樂，舞姬展袖起舞。

如意倚紅偎翠，風流從容，就著美人手中的琉璃杯啜了口美酒。楊盈和元祿哪裡見過這種場景，坐在一旁面紅耳赤，渾身僵直。

如意飲下美酒，舒適地倚在錦繡堆中，身後花臺上龍爪菊開得燦爛。聽懷中美人口稱「公子」，她便抬手一指楊盈，笑問道：「妳看清楚了，我們真是公子？」

楊盈猛然緊張起來。

那美人瞟楊盈一眼，便往如意懷裡一倚，掩口笑道：「在我們金沙樓裡，客人就是天，您想是公子就是公子，想是娘子就是娘子，奴家都全心全意服侍。」

如意往她掌心裡扣了枚金豆子，笑道：「我帶我妹子出來玩，妳來說說，我們有什麼破綻？」

那美人收了金子，便笑看向如意，道：「姐姐公子您除了長得太俊秀，倒沒什麼別的破綻。妹妹公子嘛，」說著便又笑瞟了楊盈一眼，「一見我們雖然沒躲，可那眼神，就像見了蛇一樣，對我們一點興趣也沒有。」柔荑似的手指又一戳元祿，笑著靠過去，「這位呢，雖然也是正襟危坐，但眼神不住地往雲姐姐身上瞟，一看就是個氣血方剛的少年郎！」

四面美人都吃吃地笑，元祿滿臉通紅，窘迫得說不出話。那美人挪身靠近一步，他便往旁邊躲一步，逗得眾美人愈發歡樂起來。

如意這才笑看向楊盈，提點道：「聽見沒有？親戚們說妳扮得像沒有用，得過了她們的法眼才行。還不趕緊請教請教？」

楊盈當即明白過來，忙拉來個美人，在旁低聲詢問起來。

元祿已被先前的美人逼到牆角逗弄，手足無措，眼見楊盈也同身旁的美人言笑甚歡起來，急得快步脫身出來，催促道：「如意姐，差不多就行了吧？」

如意卻不理他，反而抬眼笑看著領頭的美人，示意道：「光有美人，只怕還是不夠。」

那美人立刻會意，眉眼一彎，掩口笑道：「那奴家再叫幾個俊俏郎君過來陪著如何？」

如意但笑不語，元祿慘叫一聲：「寧頭兒要是知道了，一定會殺了我們的！」

如意從容不迫地啜了口美酒，一笑，「他敢。」

✵

金沙樓另一間上房裡，寧遠舟和錢昭正端坐在桌案一側和一名美婦人交談著。房中陳設典雅，布局開闊，並無第四人在。透過洞開的窗子，可望見遠方鱗次櫛比的屋脊，聽見歌舞聲從樓下傳來。

聽寧遠舟說完他們的訴求，那美婦人略一斟酌，便將錢昭遞來的明珠推了回去，道：「雖說是老主顧，但這回貴客打聽的事情太過機密，只怕得幫主大人才敢拿主意了。」

寧遠舟道：「我幾年前，倒是與沙幫主有過一面之緣。」

美婦人抬頭打量著寧遠舟，道：「沙幫主三年前就不在啦，如今作主的，是金幫主。」

寧遠舟便重新把明珠推了過去，道：「那就請姑娘代為引見。」

他生得俊朗瀟灑，尤其有一雙沉靜清明的好眼睛，縱使身在這紙醉金迷的風月之地，抬眼看人時，眸子裡也無絲毫輕佻不敬。

那美婦人看了他一會兒，莞爾一笑，終於收下明珠，道：「幫主今日不在，奴家不敢自專，只能明日再去稟報，還請貴客們明日再來。」

寧遠舟垂眸致意：「多謝。」

美婦人掩口笑著點了點頭，便起身飄然而去。

待她走遠，寧遠舟略鬆了口氣，便示意錢昭：「走吧。聽這口氣，有戲。」

他無意久留，和錢昭一道走出房門，沿著樓中長廊，向樓下走去，邊走邊閒聊著。不時便有美女妖童嬉笑著從他們身邊走過，他隨意側身避讓著，熟視無睹。

只瞧見樓裡金碧輝煌、人聲鼎沸，他不由得感慨：「幾年沒來，這金沙樓的規模倒是越來越大了。」

錢昭道：「金幫主比沙幫主能幹。」

寧遠舟點頭贊同，卻忽見錢昭停住腳步，便問：「怎麼？」

錢昭側耳傾聽，皺眉道：「我聽到了元祿的聲音。」

寧遠舟一凜。

錢昭一指遠處的房間：「那裡。」兩人忙快步趕上前去。

❈

房內歡聲笑語，一行人正玩得興起。如意斜靠著隱囊，迤迤然坐在堆錦疊繡的軟榻上聽著小曲兒，身旁纏著兩個美少年。一個在替她打扇，另一個在為她捶背，不時還笑盈盈地湊到她耳邊，同她低語說笑著。

一旁元祿被美人逼得連連後仰，推拒著殷勤遞過來的酒杯，滿臉通紅地搖著頭，「不行不行，我真的不能再喝了！」

楊盈則坐在桌案另一側，正興致勃勃地跟四周美人們學著如何投壺，手中羽箭一拋，劃出完美的弧度，只聽咕咚一聲，穩穩入壺。她正要興奮地跳起來，便見房門霍地被推開，寧遠舟和錢昭的面容出現在門外。

楊盈的笑聲便老老實實地卡在了喉嚨裡，拍手的動作也僵在肩膀上。見寧遠舟的視線直直地落在如意身上，她才悄悄縮了縮脖子，心虛且僵硬地偷眼看向如意，卻見如意絲毫沒察覺到寧遠舟的目光，正含笑聽身後的美少年低語。

而元祿看見寧遠舟的瞬間便已慌亂地站起身，手中酒杯啪地落地。一聲脆響，屋內熱鬧的歌舞說笑聲戛然而止，所有人的目光都齊聚向門外。

卻是先前侍奉過如意的美人先回過神來，一聲嬌笑打破了寂靜，邊說著邊迎上前去：「喲，這該不會是姐夫打上門來了吧？您放心，奴家們只是陪著聊天，別的什麼都沒敢做。」

寧遠舟只看著如意，他此刻的心情很是一言難盡。

如意卻是毫不緊張，只笑著掃一眼寧遠舟，招呼：「你們也來了？快進來一起喝兩杯。」便笑著對上前去迎寧遠舟的美人解釋道：「他跟我沒關係，只是這位妹子的大哥。」

寧遠舟都已抬步進屋了，便聽她說自己跟她「沒關係」，腳步都隨之僵了一僵，卻還是平靜地走上前去，在如意身旁坐下。如意察覺不出，但那些迎來送往的美少年哪裡察覺不出他身上氣性，忙都離遠了些。

錢昭也在元祿身邊坐下，一揚手就把元祿面前的酒倒了。元祿哪裡敢吭聲，心虛地賠著笑。

樂曲再次奏響，先前說話的美人已自覺代替兩個美少年侍坐到如意身側，抬頭瞄一眼寧遠舟那張坐懷不亂的臉，忍俊不禁，湊過來同如意低語了些什麼。如意便也看了眼寧遠舟，笑道：「是啊，他這個人，平常最是古板沒趣。」

美男美女們都吃吃地笑了起來。

寧遠舟抿唇一笑，「誰說的？」一拍案上的酒壺，那酒壺應聲高高飛起，壺身傾斜，壺中之酒瀉出。他抄起只空酒杯，隔空接住酒液，接滿後飛快地換上另一只酒杯。待酒壺落進他左手時，右手的第二只酒杯堪堪倒滿。

那動作行雲流水，倜儻風流。眾人驚異之下，紛紛鼓掌。

寧遠舟把第一杯酒放在了如意面前，緊盯著她，眸中如有風暴暗湧，「請。」

如意卻並沒有感受到寧遠舟暗流湧動的情緒，笑吟吟地道：「呀，失策了。沒想到你居然還會這一手。」便接過酒杯，一飲而盡，信手一翻，瀟灑地亮出杯底。在場的風月男女立刻鼓掌叫好起來。

如意笑看著他，反問：「你怎麼不喝？」說著便想起些什麼，「啊，你有舊傷，不能喝，我忘了。」她便推了盤點心過來，殷切道：「那快嘗嘗這個果子，特別香甜，我原本還想給你帶些回去呢——」見寧遠舟面色糾結，欲言又止，便疑惑地問道：「你怎麼了？」

寧遠舟目光追著她，卻只見她坦然關切，竟是絲毫都不作偽，哪裡還不明白是怎麼回事。他心中一口氣憋著，卻是無處訴說，只一笑，道：「沒什麼。」舉起酒杯向如意一敬，「捨命陪君子。」便也仰頭一口乾。

他喝得悶且急，也不知是嗆著還是激了氣血，立時咳嗽起來。

楊盈忙討好地湊過來替他拍背，小聲解釋道：「如意姐真的只是帶我過來見見世面，別的什麼都沒——」

寧遠舟打斷她，道：「我知道。」就是知道，才更有苦說不出。

如意見他倆低聲說著話，便也轉頭同身旁美人低語起來：「剛才我們正說呢，這些龍爪菊都不是凡品，也不知是妳們哪位蘭心蕙質的姑娘養的。」

美人笑了起來，比了比手勢，「您猜錯啦。這些花雖然是我們吳樓主親自料理的，但他的鬍子有這麼長——」

如意眼中閃過一抹失望，喃喃道：「是嗎？」

✵

離開金沙樓時，已是半夜。街上寂靜，上車不多時，楊盈便困倦地靠在車廂壁上睡著了。寧遠舟便打起車簾低聲示意外面駕車的元祿和錢昭：「慢一點。」

車簾放下，才察覺到車廂裡只他和如意兩人清醒著對面而坐了。四目相對，一時無語。寧遠舟正要扭頭避開，如意已開口詢問：「你今天到底怎麼了？奇奇怪怪的。」

寧遠舟的心早麻木成了一個苦澀的柿子，他只能隨口掩飾道：「在想金沙樓的事。」

如意卻隨口道：「你該不會因為我沒經你准許就帶他們出來，生氣了吧？我可是事先跟你打過招呼的啊。而且你之前也說過，潁城從別院到金沙樓這一片，都是你們六道堂的地盤。」

如意確實打過招呼不錯，潁城也確實比先前所經過的許城和蔡城更安全不錯。然而……寧遠舟憋了一憋，見她一副坦然的樣子，到底還是嘆道：「生氣也沒用，反正妳要麼不聽，要麼陽奉陰違。」

如意仍舊不以為意，「其實我原本也沒想去的，只是進城的時候，無意間看見了金沙樓幡旗上的圖案……」

「妳的熟人？」

如意點頭，「我以前有個很信得過的手下，經常用龍爪菊做自己的代號。」

寧遠舟了然，道：「難怪妳會那麼問那些舞姬。」

如意卻有些失望，嘆道：「可惜不是她，不光姓不對，性別也不對。」

寧遠舟頓了一頓，抬眼看向她，「妳很信任她？」

「嗯，她是我一手帶出來的緋衣使，當年就是她幫我逃出天牢的。」搖晃的車廂和轆轆的車輪聲令人眼皮發沉，如意說著便也打了個哈欠，喃喃道：「啊，我酒勁也上來了，到了叫我……」話音未落，便已合眼睡著了。

寧遠舟想了想，將自己的披風脫下，蓋在了她和楊盈的身上。他靜靜地看著如意了無心事的睡顏，良久之後，才無聲地嘆了口氣。

✻

回到驛館各自安頓好後，寧遠舟走回自己房中。夜色已深，四面蟲鳴寂冷，他卻依舊毫無睡意，便踱步到桌前，翻出酒壺，給自己斟了杯酒。清凌凌的酒聲響起，腦海中又是金沙樓裡如意坦然笑看著他的模樣。他嘆了口氣，抿一口酒，卻不防又激了氣血，低聲咳嗽起來。

正要再斟一杯，于十三忽地推門而入，興沖沖地說著：「老寧，你知不知道——」瞧見他手中酒壺，嚇了一跳，「你不要命了？剛從金沙樓回來就又喝酒！」

寧遠舟舉起酒壺，苦笑一聲，「一起？」

「得，事情還不小，」于十三了然，直接進屋在他對面坐下，抬眼看他，「又是因為美人兒的事吧？」

寧遠舟沒說話。

于十三截過酒壺。說到男女情事，他眼角眉梢都是戲，邊斟酒邊言辭諄諄地勸：「吵架了？這兩天你們不是還挺好的嘛，哎呀，其實有些事，男人就得大度點，畢竟那天人家在你房間都待了一晚，你還那麼三貞九烈的，不應該！」說著便和寧遠舟一碰杯，豪邁地仰頭喝下，「不就是個孩子嘛，一閉眼，給了！」

寧遠舟冷不丁地道：「我已經答應她了。」

于十三一口酒沒咽下去，嗆得驚天動地，「啊?!」

寧遠舟兀自訴說著：「但不是現在，而是整件事情結束以後。不是空口許諾，也不是緩兵之計。」

「咳咳咳，」于十三強忍下咳嗽，趕緊追問後續，「那她應該高興才對啊，你們還吵什麼架？」

寧遠舟憋悶道：「她一直都很高興，不高興的是我。」

于十三有些跟不上了，「啊啊?!」

寧遠舟嘆了口氣，傾訴道：「我答應她了，她好像就覺得一切都塵埃落定了，對我一如從前。不，好像是多了一些關心。可那種關心，更像是你為馬廄裡那匹要被送去配種的菊花青，多加了幾塊豆餅。」

于十三連連點頭，繼續追問道：「但是能讓你一個人喝悶酒，絕對不止她的態度不對那麼簡單。今晚，就剛才，發生什麼事情了？」

寧遠舟端起酒杯在手上把玩著，看那杯中清酒粼粼生波。煩悶凝結成塊，墜得他喉嚨發苦。

「她也去了金沙樓，然後，叫了幾個美女妖童進房間。」

「啊啊啊?!」

「當然她也沒做什麼。甚至連我生氣，她也沒太看出來。她很坦然，在我面前跟那些少年臉貼臉地說話，一點也沒有顧忌。但就是這種毫不避諱，才讓我覺得……」寧遠舟再也說不下去，譏諷地一笑，仰頭灌下一口酒。

于十三心情複雜地看著他，強忍著笑意，滿面同情，「就為這個啊，可你以前不是都想得很明白嘛，美人兒她雖然美，但有些地方也實在是沒開竅……」

「我當然知道，我已經在心裡無數次地跟自己這麼說了——她不是故意的，她只是根本沒想過；你和她之間只有一個孩子的約定，並沒有其他任何的承諾……可聽到她跟別人說那句『他跟我沒關係』時，我真的是——」寧遠舟一時氣結，滿面苦澀。

于十三再也忍不住了，捂著肚子笑出聲來，邊笑邊捶桌子，「老寧啊老寧，你也有今天！認識你這麼多年，還以為你天生就是個八風不動的泥胎，現在看你惱了、頹了，才總算有點人樣了！」

寧遠舟斜了他一眼。

于十三笑嘻嘻地坐回去，道：「別惱羞成怒，還想不想我幫你了？」

寧遠舟憋悶道：「說。」

于十三又笑了一陣，才認真說道：「以前我就覺得美人兒有點古怪，但說不出為什麼。後來知道她是朱衣衛，一下子就懂了。朱衣衛裡的姑娘們，漂亮是漂亮，可活得就別提有多糟心了。當白雀的，就是個玩物，一輩子都被藥物控制著；就算進了內門，不管是刺探還是殺人，按朱衣衛那種寡恩薄義的作派，能活到三十的就沒幾個。這種朝不保夕的日子過久了，美貌少年什麼的，在她們心裡，那就跟花啊鳥啊一樣平常。」他便將椅子拉近了，示意寧遠舟湊近些，道：「也就跟你抱著菊花青那匹馬的感覺差不多。所以，真不必往心裡去。」

「這些我都知道——」

于十三打斷他：「聽我說完！美人兒現在不在乎你，是因為她不懂你在她心裡的地位。要讓她明白過來，就得讓她發現你不只是一匹菊花青，你得讓她吃醋、嫉妒，讓她對你有那種獨占的欲望……」

寧遠舟抬眼看他，「怎麼能有？使團裡除了她和殿下，還有別的女人嗎？」

于十三嘿嘿一笑，低聲道：「這你就不懂了吧，她找你有事，你可以說自個兒忙；她送你東西，你可以無意地提一句之前相好的姑娘們送過你什麼；她要再和別的男人太過接近，你得馬上翻臉就走，讓她知道你生氣了，不想當孩子的爹了。像你這樣一邊裝大度，一邊悶在心裡算怎麼回事啊，既害人又害己。」

寧遠舟沉吟半晌，還是不怎麼敢信，「你這些主意靠譜嗎？」

于十三「切」了一聲，「天下還有比我于十三更瞭解女人的男人嗎？」一拍寧遠舟肩膀，慫恿道，「聽我的，明兒就試試看！」

✵

不論寧遠舟再如何糾結煩悶、輾轉難眠，第二日的晨光也還是準時照亮了天際。

因約好了今日要再去金沙樓，使團並未急著啟程。一早寧遠舟便忙碌起來，先是聽使團眾人彙報各處狀況、商議行程，又要處置各地匯總送來的情報。

潁城是原梧國境內最後一座大城。過潁城再往前走，就真正進入安國國境，連姚知府那般肯念舊情的降臣都無了。因此和杜長史說起來時，寧遠舟便提醒道：「再過三、四天，我們就要正式進入安國了，您看要不要多採買一些物品，以免沿途不便……」

杜長史點頭要去，起身時卻有些吃力。他年歲畢竟大了，一連騎了半個多月的馬，身上受不住，又犯了腰病。

寧遠舟才將杜長史送出門去，便見如意走進來。

昨日的事如意顯然早已拋諸腦後了，她雙眼清黑，心無掛礙，開口便問正事：「你們今晚還要去金沙樓？那我們哪一天離開潁城？」

察覺到她來時，寧遠舟的心臟便本能地歡跳起來，然而他未及抬頭便聽她開口就是金沙樓，心又沉悶下去。

寧遠舟低頭翻閱著厚厚的一遝密信，隨口道：「明天吧。」

如意道：「那我想易了容出去一趟，找潁城這邊的朱衣衛再探一下風聲。」已準備離開了，卻見寧遠舟那邊毫無回應，只低頭忙碌著，彷彿沒有聽見。如意略覺怪異，沉聲道：「寧遠舟？」

寧遠舟這才回過神來，草草點了點頭，「哦，好。妳自便吧。」一指桌上書信，道：「總堂森羅殿送來的密報。」便又低頭繼續忙碌起來。

如意微微皺眉，道：「那晚一點，你能幫我再疏通一下內息嗎？」

「妳找十三吧，他對女子的內功比我還精通些。」寧遠舟說著便拾起一份文件，越過如意，揚聲喚道：「元祿，把輿圖拿過來！」

如意見他完全不理會自己，當即轉身離去，走出沒幾步，便見于十三和孫朗從屋簷那頭走來。

于十三眉飛色舞地說著：「那堆密信裡頭，還有裴女官寫的一封信！」

「嘿嘿，肯定是情書，難怪寧頭兒一直盯著看……」

察覺到如意也在，于十三連忙清了清嗓子。孫朗立時回神，乾咳一聲，正色道：「潁城這邊的知府……」

如意狐疑地看著他們遠去的背影，又轉身看了看正堂裡仍在低頭讀信的寧遠舟，眼睛危險地瞇了起來。

于十三從拐角處探頭出來，望見如意氣沖沖地離開的背影，立刻抿唇一笑，轉身鑽進正堂裡，指給寧遠舟看，「瞧瞧，已經開始生氣了。不過現在還不能下猛藥，得多熬一會兒，味道才夠香濃。」

寧遠舟手裡捏著信，卻一個字都沒讀進去。此刻他望見如意闖出去的背影，更是心煩意亂，將信一把丟開，搖頭道：「我真是瘋了，才會跟著你一起胡鬧。」

于十三大笑，「人生得意須盡瘋，莫使青春空對月！」

寧遠舟一把拎住他，將他拽到那堆密信前，道：「別瘋，過來幫我，今晚上還要見金沙幫的新幫主，你覺得該怎麼試試他的深淺？」

✵

如意裝扮成尋常的買菜婦人，不動聲色地沿街閒逛著，尋找著朱衣衛在潁城的駐點。望見遠處成衣鋪前懸著一溜鳥籠，她目光一閃，低頭拐進了旁邊的小巷子裡。

自小巷子裡七拐八繞，不多時便繞到成衣鋪後牆。自後牆可望見院中正房，房頂上鋪滿了茅草。如意避開耳目，悄然翻上屋頂，在茅草下潛伏起來，透過屋頂縫隙，監聽著正房裡的對話。

房中，朱衣衛緋衣使珠璣正對著屬下發火——自離開許城之後，朱衣衛中便再無人能靠近使團獲取情報。安都總堂催逼得急，聽聞右使迦陵又在指揮使那兒受了掛落，她這邊卻是毫無進展，不由得便對這幫無能的下屬失了耐心。

「梧國使團好端端地就住在那兒，怎麼就接近不了？」

先前被派去跟蹤過使團的瓊珠低聲辯解著：「他們住的是知府的別院，周圍幾條街都由他的親兵和六道堂聯手護衛著，屬下們試過好幾回，確實難以接近！這知府據說和使團的杜長史是舊友，雖然降了我們大安，但是聖上親口允諾，此地軍政仍由他親裁……」

「近不了知府的私宅也就罷了，為什麼連金沙樓也去不了？」

「我們分堂最近剛得罪了金沙樓。他們對我們朱衣衛也很是熟悉，所以……」

珠璣煩躁地打斷她：「夠了！光說這些推脫之語有什麼用？查不出使團裡新冒出來的那幾個六道堂的身分，鄧指揮使一旦降罪下來，不光尊上和我，所有的人，都等著一起下冰泉，受那萬針刺骨之苦吧！」

堂內一行朱衣衛都不由得驚恐起來。

珠璣焦躁地來回踱步，自言自語道：「那個如意也一直沒有下落。她為什麼要殺越三娘？褚國派不良人出來搞了這麼多事，到底想幹什麼？」回頭見一行人還縮在那裡，氣惱道：「再去查，把所有跟如意、玲瓏、玉郎打過交道的人都查一遍！」

如意目光一閃，如貓一般輕手輕腳地悄悄離開。

回到別院，如意偽造好信件，便直奔元祿而去。得知如意要找和六道堂合作的信客，元祿略有些疑惑，卻還是點頭道：「當然有。妳要送什麼信？」

如意便將信遞給他，道：「這一封，還需要你幫我做舊一下，讓人感覺是幾個月前就寄出來了，只是由於中間耽擱了，這些天才送到玉郎家裡。」

「玉郎是誰？」

「越三娘的情郎，也是玲瓏的未婚夫。」

元祿拿著信的手就僵了一下——如意襲殺越三娘時，他和寧遠舟都在場，當然知道此人是誰，也立刻便意識到如意是想對朱衣衛下手。

如意自然明白他的顧慮，見他遲疑，便道：「你打開看就是，既然找你做舊，自然就沒想著瞞你們。」

元祿忙展開信讀了起來，見信上寫的是：「大哥見信如晤，弟不日將遠行，恐數年方歸。幸得橫財百金奉養老母。為策安全，大哥可持此信，於五月十五日合縣劉家莊清風觀尋一綠衣女子索取，暗號即是弟之小名。伏惟平安。弟玉郎上。」

如意道：「那個叫珠璣的緋衣使多半知道內情。我想找她逼問，但又不想影響到使團。所以索性就把她誘到在梧、安兩國邊境附近的合縣去動手。」

元祿便也安心下來，立刻回頭翻找工具，「好，我現在就弄。」

日影西斜，不知不覺便又臨近傍晚。

寧遠舟和錢昭已準備好動身去金沙樓，正要出門，便聽前院傳來一陣驚呼：「杜大人！」

兩人都是一驚，急忙奔去前院，卻見杜長史坐在地上，侍衛們正忙著扶他。杜長史扶著腰，面色慘白，不住地痛呼著，縱使有侍衛攙扶也站不起身來，半坐半仰著，疼得滿頭是汗。

孫朗見他們匆匆趕來，便上前解釋道：「剛下臺階的時候閃了下腰，沒走幾步就這樣了！」

錢昭連忙上前查看，片刻後便明瞭原委，見他還要強撐著坐起來，忙阻攔道：「別坐起來，這是犯了腰痹，得躺著靜養！」又回頭示意孫朗：「我這就抓藥，你們趕緊把杜大人送回房去。」

杜長史阻攔道：「不行，郭知府過來拜會，我著急出去就是想見他。」

寧遠舟倍感無奈，規勸道：「你好好休息，讓殿下見他就是了，殿下現在已經能獨當一面了。」

「不行！」杜長史焦急地示意寧遠舟近前，寧遠舟只好附耳過去，便聽杜長史低語道：「郭知府是來送皇后祕信的，裡面事關丹陽王，殿下不適合知道。」說話間又扯動了腰傷，「啊」地痛呼起來。

錢昭哭笑不得，「您這樣子，誰也見不了。」

杜長史抓緊寧遠舟的手，叮嚀道：「寧大人，你替我去！」

寧遠舟無奈，沉吟片刻，點頭道：「好。」

杜長史這才肯讓眾人抬著他回去。

金沙樓寧遠舟今夜顯然是去不成了，但安都的情報不能不問。幸而金沙樓新上任的那位金幫主並不認得他，而該如何同這位金幫主打交道，他也專門請某人參詳過。

寧遠舟便轉頭喚道：「于十三，你替我去！」

✵

金沙樓繁華如昔，熱鬧歡樂還更勝昨日。

于十三褒衣博帶，腰佩美玉，雍容風流地跨進樓裡。進門前他還記得要擺出堂主的姿態，進門一見那燈紅酒綠、鶯歌燕舞的景象，霎時間便被亂花迷了眼，如鳥投林，如魚歸海，自在快活無邊。他一會兒同起舞的異國舞娘來個呼應，一會兒手勢嫻熟地拋銀角子給帶路的小廝打賞。

錢昭不得不低聲提醒他：「收著點。」

于十三這才回過神來，趕緊收斂神色，「不好意思，身子習慣了，都沒過腦子。」

兩人跟隨一個美婦人走進雅間，傳說中的金幫主卻還沒有到。

美婦人盈盈笑道：「請貴客稍坐，我們金幫主馬上就來。」便轉身離去。

燈火明亮，映得牆壁玲瓏光潔。貼牆懸掛著字畫琴劍，花架上陳著瓷器香爐，都雅致不俗。四面錦帳低垂，紗幔輕籠，更襯得室內暖光瑩潤，確實是溫柔富貴的銷金窟。

于十三端起桌上茶盞，手指一合便知用器好壞，點頭道：「邢窯的白瓷，不錯。」一聞茶水，再點頭，「湖州紫筍，真不錯。」品一口茶，愈發讚嘆，「南零水，確實不錯！」

雖還沒見著人，但主家品味已令他讚不絕口，他低聲對錢昭誇道：「這位金幫主，能把揚子江的南零水弄到這兒來泡茶，大手筆。」忽聽門外傳來腳步聲，眼前一亮，「咦，來了。」側耳傾聽了片刻，卻又皺起眉來，「不對，怎麼全是女的，還有個喝醉了？」

話音剛落，門就被推開了，便有個絳紅衣裳、雲鬢半斜的女子跌跌撞撞地走進來，一雙雪白赤足踏在厚厚的地毯上，足踝上繫著金鈴，足尖一動，那金鈴便叮噹作響。燭火搖曳，只照亮了她半張臉，卻愈發顯得風情萬種。

那女子眼尾一勾，目光掃向四周，眼角胭脂紅豔如霞光，聲音如浸在溫水中一般，懶洋洋地撓著人，「誰要見我？」

她踉蹌了一下，身旁的美婦人連忙扶住她，「幫主小心。」

竟就是金沙樓的金幫主。

于十三早看得丟了魂，被錢昭一捅，這才醒了過來，忙起身行禮道：「六道堂寧某，今日得見金幫主，不勝榮幸。」

那女子聽到于十三的聲音，似是一愣，踏著地毯走上前來，湊到他面前，細細地打量著他：「寧？你姓寧？」

于十三被她看得有些發毛，仍含笑道：「正是。幫主芳儀風流，引無數人寧為牡丹花下死的那個寧。」

金幫主打量他半晌，突然嬌媚地一笑，「你怎麼不說初見佳人，只覺前生似曾相識？」

「原本是想這麼說的，可幫主執掌偌大一個金沙幫，膽識謀略皆非凡人，寧某哪敢唐突？」

金幫主放聲大笑：「好！說得好！」她擊掌，「都愣著做什麼，唱起來啊，舞起來啊！」說著身子便一歪，跌進了一旁的美人懷中。

隨她一道進屋的美人們聞言，立刻各自歌舞歡鬧起來，房內一時熱鬧非凡。金幫主也拾起身邊的一只西域鈴鼓，給眾人打起了節拍，暢快地歡笑著。

歡鬧聲中，唯于十三和錢昭跟不上事態進展。于十三有些愣怔地看著四周，悄悄拐了拐錢昭，「這是怎麼個路數？」

「你不是最懂女人嗎？我怎麼知道？」

于十三乾脆也拾起一旁的琵琶，道：「不管了，先把她哄高興再說！」說著便將琵琶抱在懷中，手腕一揮，錚錚地彈了起來。一時間滿屋笑鬧，眾人隨著音樂且歌且舞，觥籌交錯，熱鬧至極。

❋

歡快的樂曲聲飛出房間，越過長廊，自金沙樓高高的中庭飄向夜空。

夜色之下，使團駐紮的別院裡燈火明亮，寂靜祥和。正堂裡，寧遠舟、楊盈正和潁城知府其樂融融地交談著。臥房裡，如意把寧遠舟送她的木偶削成了不倒翁，正托著臉頰含笑坐在桌旁，一戳一戳地推著不倒翁玩。

而金沙樓會客的雅間內，熱鬧的歌舞還在繼續。于十三彈到興起，起身湊到金幫主身旁，樂舞相邀。金幫主也起了興致，手執鈴鼓，足震金鈴，與他一道起舞。兩人一個俊朗，一個妖媚，都是難得一見的美人，互以舞蹈挑逗，曖昧卻又賞心悅目。

一曲終了，金幫主端起酒杯，仰頭一飲而盡，大呼：「爽快！」

于十三親手執壺為她滿上，笑道：「能讓幫主一展笑顏，是寧某畢生之幸。不過現在酒也喝了，舞也盡了，幫主可有興致談談正事了？」

舞曲漸漸停了下來，歡鬧過後眾人都已盡興，四散在側看著兩人。而金幫主長睫一抬，也看向了于十三：「你說。」

「寧某想知道，」于十三便湊上前去，低聲同她說起正事，「安國朝中，河東王與洛西王兩位……」卻被一把推開了，金幫主意帶譏諷地看著他，似笑非笑道：「原來你這般打疊精神討好我，也只是為了打聽消息啊？」

「投我以木桃，報之以瓊瑤嘛。」于十三笑盈盈道，「寧某既然身為六道堂堂主……」

金幫主面色卻突然一變，不耐煩道：「寧某寧某，一晚上我都聽煩了！」話音未落，她便突然出手，于十三防備不及，剛過一招便被她制住咽喉要害，動彈不得。

見對面美人面帶怒意，于十三屏息凝神，強笑道：「金幫主這是怎麼了？」

電光石火間，金幫主已拔下簪子直指他的喉嚨，「于十三，你認真看著我，你當真不記得我是誰了？」

性命攸關，于十三哪裡還敢嬉笑，竭力辨認著，突然腦中靈光一閃，一個名字脫口而出：「媚娘?!妳是媚娘！妳臉上的傷全好了?!太好了，自從那日江口一別，我從來就沒忘記過妳……」

「錯了，」金媚娘咬牙切齒地笑著，又怒又恨，「你不單第二天就跑了，還把我忘得乾乾淨淨！」

「這是個誤會，說來話——啊，」于十三伸手向下一指，「妳踩到我腳趾了！」

金媚娘下意識地讓開，手上略有鬆懈。于十三已趁機暴起，飛身躍出窗外，「老錢，跑！」錢昭早有準備，當即從另一個窗子躍出。

金媚娘大怒，「追！」

金沙樓卻是「回」字形的建築，躍出窗子便是中庭，一時逃不出去，錢昭和于十三在中庭裡左突右轉，驚險奔逃著。金媚娘俯身探出欄杆，惱羞成怒地指揮著底下的護院攔截。

往來的舞女賓客尚不知發生了什麼，自也來不及躲避；也有人見多了此等場面，依舊忙碌如常。于十三穿梭在回廊、護欄之間，向樓下正門奔逃，沿途不留神撞倒舞女，他忙抽空回身致歉，一時又踩在小廝抱著的酒罈上借力跳躍，一時間雞飛狗跳。

眼見于十三和錢昭要衝出正門，金媚娘拿出哨子響亮一吹，大門和各走廊的小門立刻同時關上。于十三和錢昭被堵在了樓中，兩人對視一眼，同時向頭頂看去，見頂窗大開，便又轉身向著高處躍去。

兩人躍上二層、三層……正要翻上頂樓，便又聽兩聲急促的哨響，隨即一張大網從天而降，將兩人迎頭兜住。

于十三反應機敏，摸出匕首雙手狂揮，當即破網而去。錢昭卻突圍不及，四面網口向下一墜，那網隨即收緊，他被緊緊兜在其中，隨著網一道墜下樓去。

金媚娘身旁的美婦人望向夜空，氣惱道：「被他逃了，怎麼辦？」

金媚娘冷笑一聲，「看他能跑到哪兒去！」

✵

于十三一口氣躥回別院裡，直奔正堂而去。見了寧遠舟，不及喘一口氣，他先三言兩語將原委交代明白。

但有求於人卻偏偏遇上心有怨懟的舊情人，他還沒認出來，以至於讓全護衛團最靠譜的錢昭落在人家手裡這種事，正常人哪裡是聽一遍就能轉過彎來的。

眾人也只能齊聲問一句：「什麼?!」

「我發誓，我沒對她怎麼著！」于十三一身狼狽，直喘粗氣，指天發誓，「她那會兒受傷毀了容，我不單救了她，還誇她是世上最好看的女子……」

寧遠舟打斷他，直接問道：「你跟她一共待了多久？」

于十三聲音一低，心虛道：「一個月吧。」

元祿脫口驚呼：「一起待了一個月，你還能認不出人家？」

「不是說了她那會兒傷了臉嘛！臉上七、八條口子！」于十三聲音更低，目光游移，強行辯解著，「而且那會兒她也不姓金，好像姓林！」

孫朗直擊關鍵：「你是怎麼離開她的？」

于十三的聲音低到了塵埃裡，他無力地咕噥著：「她說她想嫁我，我當天晚上就溜了。不過我留了錢給她，留了玉容丹，還留了一封情真意切的信……」

眾人齊聲鄙視：「切！」

寧遠舟頭痛道：「你們的恩怨我不管，但得把老錢救回來。」

話音剛落，便聽到敲門聲，女子的聲音自外傳來：「有人在嗎？」

四人對視一眼，孫朗忙去開門，便見一個美婦人挑著燈籠，亭亭站在門外——正是金沙樓上陪在金媚娘身旁的那一位。

「幫主派我來傳句話，」美婦人從容說道：「除非用于十三的人頭來贖，否則我們金沙樓願意一輩子留著那位錢官人作客。不過，我們幫主的心情不是特別好，所以下回過來的，可能就不是我，而是錢官人的指頭或者眼睛了。」言畢，她盈盈一福，轉身離去。

寧遠舟拎起于十三，丟給孫朗一句：「你看好這裡，我跟十三再去一趟。」便往門外走。

于十三早就被舊情人嚇破了膽，拚死掙扎著：「我不去！我好不容易才逃回來的！你沒聽見嗎，她想要我的——唔！」話沒說完，便被寧遠舟堵住嘴扔到了車上。

✵

如意正陪著楊盈在房中上課。楊盈沒精打采地支著下巴，聽到外間吵鬧，越過窗子回頭看了一眼，隨口問道：「如意姐，妳不出去看看？」

如意看了一眼匆匆向外走去的寧遠舟，想起他日間的冷淡，心裡便有一股無名之火。她面無表情道：「真要有事，他們自然會來找我。既然沒來，我為什麼要自作多情？」

楊盈「哦」了一聲。

如意看了她一會兒，察覺到她心不在焉，便問：「妳平日裡不是最喜歡湊熱鬧嗎，現在怎麼不出去了？」

楊盈道：「我心裡難過，空落落的。」

「又想那個鄭青雲了？」

楊盈點點頭，又搖搖頭：「也想他，但更想這裡。」她留戀地摸了摸桌子。這屋內陳設所用、飲食所習，都還是故鄉的況味，但再往前去，怕是再不能見了吧。她喃喃說道：「剛才跟遠舟哥哥一起見了這裡的知府，他雖然還是江南口音，提起皇兄也一口一個『聖上』，但已經換了安國的官服。我這才發現，一旦離開潁城，就算真正進入安國了……」落寞與不安同時湧上來，她咬了咬唇，道：「我怕以後遇見的，全都是申屠赤那樣的人。」

如意雖不解她的鄉愁，卻聽懂了她的不安，便放緩了聲音，安慰道：「申屠赤是安人，我也是安人。」

「我知道。」楊盈靠進她懷中，「可我還是有點害怕，」她抬頭仰望著如意，「如意姐，如何能像妳這樣，什麼都不怕啊？」

如意卻沒有推開她，便讓她靠著，輕聲道：「不會害怕未必就是好事。妳會害怕，妳想依靠，是因為妳還有能依靠的人。」

楊盈一震，緩緩坐起身來看向她，良久才道：「如意姐，妳為什麼對我這麼好？妳雖然總說是和遠舟哥哥做了交易才來做我的教習。可算上顧女傅、裴女官、明女史，我也有過好幾位師父了，我知道妳所做的，已經超過她們太多太多了……」

「可能是因為我對之前那個徒弟不太好，所以心裡有點愧疚吧……」如意一時也有些失神，卻忽地想起些什麼，立時提起精神，「裴女官也教過妳？」

楊盈被她嚇了一跳：「嗯？」

如意眼波一閃，冷聲道：「那妳好好講講，她到底是個什麼樣的人。」

✵

夜色已深，正是銀燭高照、拋錢買笑的好時候，金沙樓前卻行人寥寥。華麗的招牌之下，樓門洞開著，可望見樓內仍是燈火通明、金碧輝煌，細看卻是一個客人也無，扶欄樓梯間都空蕩蕩的，空曠明亮得近乎詭異。

元祿和錢昭駕著馬車停在金沙樓下。寧遠舟從車裡出來，抬頭看了一眼樓上招牌，便從容地走進了金沙樓。隨後于十三也滿臉不情願地鑽了出來，跟著他走了進去。

金媚娘就在「回」字形的中庭裡，大馬金刀地斜踞在交椅上，身後站著一排持劍的侍衛，錢昭則被吊在一旁的樹上。見于十三跟在寧遠舟身後進門，金媚娘目光立刻一寒，一彈指，侍衛們立刻團團擁上，把劍架在了于十三頸上。

「把這個始亂終棄、負心薄倖的混帳給我扔進去！」

于十三連忙高呼：「媚娘，這真的只是一個誤會。」

寧遠舟卻殊不驚惶，只是平靜地一拱手，「寧某見過金幫主。」

金媚娘這才注意到他，似笑非笑地打量了他一下，「這回又是哪個寧？」

寧遠舟淡然道：「六道堂堂主寧遠舟的那個寧。」

話音剛落，他已身如鬼魅倏然近前，袖劍一揮，便將架在于十三頸上的數把利劍全數削斷。隨後他看也不看，信手便是一擲，飛劍破空削斷了吊住錢昭的繩子。他身後的元祿幾乎同時扔出飛爪，眾人尚未來得及反應，飛爪已拉著錢昭落到了寧遠舟身邊。于十三早已掙開侍衛重獲自由，旋即便用匕首削斷了錢昭手腳上的繩子。

整個過程四人配合默契，猶如電光石火。

待侍衛們回過神時，錢昭、于十三、元祿已做好了防備。金沙樓諸人都震驚至極。而寧遠舟從容立於中央，對金媚娘道：「幫主想留我兄弟作客，只怕還欠了點火候。」

金媚娘臉色一變，玉足輕抬，終於從交椅上起身。她鼓著掌走上前來，眸子裡精光閃爍，上下打量著寧遠舟，緩緩道：「好，好，好，不愧是大名鼎鼎的寧遠舟。」

一語未完，她突然閃電般出手，襲向寧遠舟。寧遠舟一手負於身後，只用單手與金媚娘過招，身姿瀟灑至極。兩人近身纏鬥著，一路從院中戰到了樓上。

金媚娘幾次強攻，都被寧遠舟避讓了過去，不由得心生羞惱。她一邊不斷出招，一邊嬌笑道：「寧堂主如此狠辣，難道不怕我一氣之下，從此就不和六道堂合作了？」

寧遠舟始終都是單手對敵，聽她問話，一面從容閃避著，一面好整以暇道：「如果從此江湖上到處都是六道堂跟金沙樓為敵的消息，害怕的應該是金幫主妳自己。」

金媚娘一凜，抄手便撒出一把鐵蓮子，寧遠舟也當即撒出一把銀彈還擊。如暴雨打冰雹，只聽一陣金石亂撞聲響，銀彈已將鐵蓮子悉數擊落在地。多餘的銀彈去勢未盡，打在牆上便是一個孔洞。眼見有銀彈撲面襲來，金媚娘大驚失色，忙使了個鐵板橋後仰躲避，卻因用力過猛，撞塌了身後的欄杆，眼看就要直摔下樓。

樓下眾人不由得驚呼出聲，卻見寧遠舟閃身而上，堪堪扶住了金媚娘的腰，「小心。」

金媚娘抬頭望去，只見眼前男人手神如玉、英姿俊朗，一雙漆黑的瞳子映著光，平穩冷靜。

她驚魂未定地站好，而寧遠舟已如同什麼事都沒發生過一般退開，淡然道：「幫主可還要再戰？」

金媚娘看著他，突然一笑，「我累了。」

「幫主如果願意，我們可以坐下慢慢談。」

「不用慢慢談了。」金媚娘一扯臂上輕紗，便當著寧遠舟的面回過身去，儀態萬千地款步走下樓梯，邊走邊毫不在意地笑道：「你們不就是為了護送禮王去安國，想知道那幾個皇親國戚內鬥的事嘛，我可以告訴你。」

寧遠舟微鬆了一口氣，道：「多謝。」便示意樓下，「元祿——」

元祿和錢昭立刻打開早已放在地上的箱子，只見箱中堆金積玉，映著燭火，分外醒目。

金媚娘走下樓去，指尖隨意撥弄著箱中財寶。看她眸中笑意，心情當是不錯。

寧遠舟道：「這些財物，換金幫主的消息，應該還算價錢公道。」

金媚娘一笑，嗔道：「我缺錢嗎？我缺的是人。」她曳著披帛婆娑旋身，含笑看向寧遠舟，眸中波光盈盈，柔情似水。只見她朱唇輕啟，嗓音嬌媚帶笑，「只要寧堂主願意做我金媚娘的入幕之賓，我什麼消息都可以免費奉上。」

饒是寧遠舟，也被這話砸得有些蒙，動作都僵了一下。錢昭的表情也被震得坍塌，他猛地扭頭看過來，脖子都差點扭斷。于十三和元祿更是直接驚呼出聲：「什麼?!」

「如果你答應，」金媚娘上前一步，笑盈盈地加碼道，「我跟于十三的恩怨，也可以從此一筆勾銷。」

被當籌碼的于十三悲憤交加，「金媚娘！妳才是見異思遷，朝三暮四！」

金媚娘理都不理他，只盯著寧遠舟，笑得嬌媚可親，「如何？」

寧遠舟終於回過神來，正色道：「抱歉，我志不在此，恕不能奉陪。」

金媚娘也不惱，輕嗔淺笑，意帶威脅：「那你就永遠別想知道那些消息。」

「天下做密報生意的，並不止金幫主一家。」寧遠舟卻絲毫不為所動，拱手道：「告辭。」說罷便要轉身離開。

金媚娘三聲擊掌，手下立刻堵住了寧遠舟一行人的去路。

寧遠舟道：「妳攔不住我們的。」

「可只要我的人全力攔阻，至少能拖延你們半個時辰。」金媚娘不疾不徐道：「這已經足夠朱衣衛的人接到我的通知，去知府別院掠走你們的禮王了。」

寧遠舟平靜道：「禮王身邊自有重兵護衛，幫主若想從此和我們六道堂為敵，大可一試……」

兩人唇槍舌劍之時，元祿悄悄地縮到角落，摸出早就藏在角落的鴿籠，放出一隻飛鴿。

✵

潁城別院裡，楊盈正和如意說著裴女官。待說到裴女官和寧遠舟定過親，如意聲音一冷：「寧遠舟還跟裴九娘定過親？」

楊盈本能地身子一縮，支支吾吾道：「這個……這個我也只是聽宮女們瞎說，不一定準。不過後來他們肯定是退了……」

正說著，孫朗突然衝了進來，「殿下、如意姐，不好了！」他手捧飛鴿，奉上密信，「元祿傳來的急信！」

如意接過密信，低頭一掃，「金沙幫的幫主看上了寧頭兒，要強搶民男，快叫如意姐來救人！」

如意柳眉一豎，閃身而起。眾人只覺眼前一花，已經不見了她的身影。

✵

金沙樓裡，寧遠舟和金媚娘還在唇槍舌劍，言語交鋒。

金媚娘循循善誘，卻也因寧遠舟油鹽不進而漸漸有些沉不住氣。「我難道不夠美嗎？不夠媚嗎？金沙幫消息遍天下，和我好了，對你們六道堂的森羅殿，不是更有助益嗎？」

寧遠舟依舊毫不動搖，「寧某願意跟金幫主合作，但不是妳期望的那種。」

「我又不是要你娶我，只要你和我偶爾春風幾度就行了，這對你並沒有損失啊。」

敢情天底下不必負責的好豔遇全奔著寧遠舟去了，于十三忍無可忍地上前抗議，悲憤道：「妳們怎麼一個兩個都是這副腔調？金媚娘，妳當初還逼我娶妳呢，現在憑什麼不逼他啊！這不公平！」

金媚娘一腳踹開他，「一邊去！」轉頭看向寧遠舟時，又是柔情萬種。她纖白的指尖一攀寧遠舟的胸膛，語氣輕柔：「告訴我，你為什麼不願意？」

寧遠舟避開她，不知想到些什麼，眼中似是泛上些笑意，淡淡道：「我怕我孩子的娘會不高興。」

金媚娘不服氣，輕笑一聲，「你孩子的娘是誰？要不要我去好好勸勸她？」話音未落，忽有一根銀針破空而來，直刺她的眼珠。一個冰冷的聲音隨即逼來：「好啊，妳勸啊！」

金媚娘大駭，閃身滾地，方才避開襲擊。如意旋身將寧遠舟往自己身後一帶，不悅道：「你怎麼跟她那麼多廢話！」

錢昭和元祿都鬆了一口氣，于十三都快哭了，「如意！美人兒！妳終於來救我們了！」

金媚娘紅衣染塵，髮髻散亂，狼狽地起身，抬頭看清如意的面容時，面色隨之一變。她驚疑不定地開口喚道：「尊上?!」

如意霍地回身。金媚娘舉著手中銀針，似在向如意確認些什麼，眼含期待卻又不敢置信，「真的是您？」

如意疾步走到了她的身邊，仔細辨認著她的臉，「妳是——琳琅？」

金媚娘臉現狂喜，立刻單膝跪地，「尊上！」瞬間便已淚盈於睫，她把著如意的手臂仰頭端詳，猶恐相逢是在夢中，「屬下終於……終於又見到您了！」

第十四章

朱衣衛中事如煙

安都。

梧帝果然如和李同光商議好的那般，在房樑上了次吊。他喊得夠大聲，侍衛們及時趕來將他放下，未出什麼紕漏。他又旋即鬧起絕食，誰勸都不聽，直到李同光出面，才肯再吃東西。

他身上還繫著十萬兩黃金，安帝為此頗傷了些腦筋。得知他安分下來，安帝才略鬆了口氣。

李同光回宮覆命時，安帝看他的目光便愈發欣慰慈祥，笑著拍了拍他的肩膀：「你算是立了一功。」

李同光謙遜辭讓道：「臣不敢居功，臣與鴻臚寺諸官無非是一個唱紅臉，一個唱白臉而已。」又露出些疑慮的表情，向安帝請示，「那以後梧帝永安塔示眾之事，是否還要奉河東王之令繼續進行？」

安帝當即道：「全都停了。以後楊行遠的一應供奉，比照五品官員之例，不得再有侮辱之舉。」想到河東王做下的蠢事，安帝就氣不打一處來，「呵，朕一路帶著楊行遠坐囚車回京，只是為了撫民揚威。老大那個蠢貨，居然還在京城給朕來個變本加厲。他也不想想，楊行遠怎麼也算是個皇帝，要真把人給弄死了，朕還怎麼拿捏梧國？後頭幾場大戰，還指望著禮王帶過來的那十萬兩黃金呢。」

李同光目光一閃，小心問道：「聖上莫非又想對褚國用兵？」

安帝點頭，「等到入冬，水流乾涸，正是渡河用兵的絕佳時機。」他自得道：「褚帝多半以為我們和梧國大戰之後，國力必定空虛，殊不知朕用兵從來不循常理……」

李同光猶豫良久，終還是跪地勸諫道：「聖上，臣自知無狀，但仍欲勸諫聖上暫罷兵事，讓百姓多休養生息幾年。」

安帝冷冷地盯著李同光，「多嘴的言官，朕都已經殺了。」

李同光心下一寒，忙低頭道：「臣不敢。」

安帝目光陰鷙，「朕當年不過是個不得寵的皇子，靠著手中的軍功，才能鬥敗皇兄，走到如今的位置。你以後若還是想得朕重用，最好管住自己的嘴。別以為朕給你和初家賜了婚，你就有資格以重臣自居了。」

李同光急中生智，忙道：「聖上誤會了，臣是跟著您一路打上來的，怎麼會不看重軍功？臣盼著聖上別打褚國，其實只是想多積攢幾年實力，好一鼓作氣滅了宿國。畢竟母親當年早亡，就是因為宿國背信棄義……」他說著便紅了眼圈。

安帝這才緩和了顏色，安撫他道：「起來吧。你娘的事，朕都記得。總有一天，朕要統一了這中原，讓全天下都是我們李家的江山！」

李同光也神色激動，「臣願為聖上永效犬馬之勞！」一叩到地，方才站起身來。

安帝終於滿意了，眼含贊許地看著他，緩聲微笑道：「這才是朕的好外甥。對了，既然楊行遠肯聽你的勸，那你索性就再替朕辦一件差事。這樣等你回來，差不多也能趕上朕的五十聖壽，朕也好正式為你和初月賜婚。」

李同光忙道：「請聖上吩咐。」

安帝卻道：「不著急，等朱衣衛把梧國使團的新消息呈上來再說。」便揮了揮手，示意李同光退下。

李同光忙行禮告退，恭敬地緩步倒退出殿門。

待走出殿后，他只覺手腳虛冷，長鬆一口氣後，趕緊快步離開。朱殷上前迎他，見他背上竟已被冷汗浸透，不禁一愣，連忙為他披上披風，低聲詢問：「您又惹聖上不高興了？」

李同光點點頭，「好在最後總算圓了過來，也順手給大皇子上了一記眼藥，算是對他想挑起我和二皇子內鬥的報復。」說著便又嘆息道：「只是與褚國的戰事，看來已然無可避免。」

朱殷道：「憑著您的武略與沙西部之助，必能再立戰功。容屬下預祝主上步步高升。」

李同光面上卻殊無喜色，「能升官固然好，只是一將功成萬骨枯，百姓們，多半又得受苦了。」他長嘆一聲，越過宮牆，望向遙遙天際，「也不知道他到底想派我辦什麼差事，聽口氣，多半又得出京了。」

＊

金沙樓。

金幫主人逢喜事，今日樓中宴饗貴賓。俊男美女、丫鬟僕役流水般穿行在簷廊下，將奇珍異果、水陸八珍源源不斷地送上宴席。金幫主身旁女主事親自把控菜品，不新鮮的不行，不是最好的也不行，務要令賓客得到最稱心的招待。

昨夜忽然被請到金沙樓時，使團眾人多多少少還有些疑慮，一夜過後早已毫不懷疑——金幫主同任姑娘絕對是真的不能再真的至交好友。自離開梧都之後，他們一路跋山涉水、風餐露宿，哪裡想過還能享受到這麼無微不至的盛情款待。酒足飯飽之後一個個在躺椅上躺得七歪八倒、舒服自在，一旁還有人服侍巾櫛、打扇捶腿，簡直樂不思蜀。

一時女主事笑盈盈地走進中庭，向眾人一福，道是香花浴湯池已經備好，他們隨時可去沐浴。

丁輝當即便跳起來要去，感慨道：「出京這麼多天了，還是第一回過上這樣的神仙日子！」眾人紛紛爬起來，互相招呼著去洗沐。

孫朗舒舒服服地仰躺著，懶洋洋道：「我可不去，澡哪兒都能洗，可過兩日離了潁城地界，很快就真的進安國了，哪還能像現在這樣舒舒服服、大大咧咧地躺著？」

不料女主事當即回身抱出一隻毛茸茸的小狗，恭敬地遞過去，「那孫爺就先玩著這個，有什麼事，只管吩咐他們。」

孫朗眼睛都直了，抱著狗愛不釋手，聲音都變了，「我的老天爺，這都給我想到了？如意姐，我們，不，不，寧頭兒該是修了幾輩子，才有福氣遇見她啊！」

金沙樓雅間深處的紗帳裡，如意和金媚娘把著手，正親密地輕聲交談著。自昨夜意外相逢後，她們便一直如此。從最初含笑帶淚，到共語平生，除中間金媚娘喜不自勝地出門喚人，吩咐宴請貴客外，兩人始終膩在一起，彷彿有說不完的話——不僅談了別後各自的經歷，也談了如意加入使團的始末。

如意向如今這位大權在握的金沙幫幫主，打聽她最關心的昭節皇后之死真相，以及朱衣衛梧國分堂滅門案的消息。之於前者，金媚娘倒可侃侃而談，畢竟她深知昭節皇后對如意的重要性，即便在如意逃亡後，仍不忘收集被安國朝野刻意抹除的各路消息，但她查知的可能真兇與如意之前推測的並不相符；之於後者，金媚娘卻所知甚少，而這也正好印證了如意之前的推測，滅門之事，授意者僅可能是現任的朱衣衛指揮使和左、右使三人之一，所以才會如此隱祕。

見兩人徹夜深談，寧遠舟、于十三、錢昭、元祿心情複雜地面面相覷著，都不料事態會有眼下的發展。旁人還好些，于十三這一夜實在是受了太多刺激，從被追殺的負心漢驟然變成被棄若敝屣的下堂婦——還是一棄再棄，心中委實哀怨難平。他目光時不時就纏過去，人家卻連眼角餘光都不瞥過來一下。

錢昭實在有些看不下去，道：「別那麼幽怨，人家不想殺你，你就阿彌陀佛吧。」

于十三哀號道：「我寧願她想殺我，也好過她完全無視我。」

錢昭一指寧遠舟，「表妹也沒理他啊。」

寧遠舟趕緊收回目光，端起茶杯掩飾表情，大度懂事道：「咳，久別重逢，肯定有很多私房話。」

卻不防元祿面帶同情，出言安慰：「你就別強撐著了，這江南梅子挺酸的，嘗一口？」

這孩子怎麼這麼多話！

雅間另一側，一行美人正在為楊盈講解安國人常飲的美酒。她們一面說著，一面將各色酒品在長案上一字擺開，最後總結道：「安國人迎接貴客，常用這幾種酒。梨花釀溫和，白馬醉最烈，常用來給人下馬威。」

楊盈端起白馬醉嘗了一口，雖早有準備，卻還是被嗆得輕咳起來。

美人溫和地一笑，舉杯演示給她看，「這麼喝，既顯得大氣，又不會嗆著。」又向一旁看著的杜長史敬酒，「老大人也請。」

杜長史樂呵呵地點頭，「好，好。」

正說著，如意掀開紗簾，召喚眾人道：「我們聊得差不多了，你們進來吧。安國兩位皇子的事情，媚娘知道不少。」

寧遠舟四人忙起身走進內間。于十三哀怨歸哀怨，卻也知道自己早先做的是什麼事，生怕再喚起金媚娘的仇恨，小心翼翼地走在最後。見金媚娘突然起身，他嚇得一蹦老遠，然而金媚娘只是上前向寧遠舟行禮，「寧堂主，媚娘之前言語狂放，多有得罪，還望海涵。」

寧遠舟忙辭讓道：「不敢當。金幫主多禮了。」

金媚娘卻堅持行完大禮，道：「您是尊上的……朋友，媚娘自然得恭恭敬敬。」

一行人入座之後，寧遠舟便看向如意，「金幫主之前也在朱衣衛？」

如意在他身旁坐下，點頭，「她就是我一手從白雀帶出來的緋衣使，之前叫琳琅，現在在江湖上用金媚娘這個名號。我之前跟你提過，就是她幫我從天牢裡逃出來的。我能活到現在，也多虧了她。」

金媚娘忙道：「不敢當尊上謬讚。屬下的命是當年尊上從死人堆裡扒出來的，能為尊上效力，是屬下終身所願。」

于十三心下哀怨又起，嘟囔道：「說得還真好聽，那以前和我在一起的時候，怎麼從來沒聽妳提過美人兒？」話音未落，忽見眼前銀光一閃。于十三驚忙一避，那銀刃寒光便擦著他鼻端險險劈過。金媚娘手持匕首，目光冰冷，「不許對尊上無禮。」

于十三驚出一身冷汗，還未回嘴，已被錢昭按著頭扔到角落裡。在場之人都未把這一擊當一回事，只當于十三活該。

寧遠舟只平靜地看向金媚娘，意有所指道：「昔日的緋衣使，如今搖身一變成了金幫主。這中間的機緣，當真奇妙。」

金媚娘收了匕首，一哂，「寧堂主不用繞著彎子說話。您放心，金沙幫和朱衣衛如今只有合作，並無其他關聯。當年尊上離開安都之後，朱衣衛沒多久也發現了我的蹤跡，四處追殺。我一狠心，捨了這臉，受了一身傷，才保住了這條命。後來遇到了沙老頭子，他待我不錯，幫我治好了臉，改換了大半容貌，我就依著金沙幫的名字改了姓，嫁了他，幫他把這份家業撐了起來。三年前，他舊傷復發去了，大夥兒便公推我繼任。」

寧遠舟這才點了點頭，道：「難怪金沙幫這幾年異軍突起，緋衣使的手段，果然與眾不同。」

「全賴尊上當初教導。」

如意微笑道：「我只懂殺人，可教不了妳這些。妳能有如今的成就，是妳自己的本事。」

「屬下沒有客氣。」金媚娘說著便指了指外間一行美人，道：「尊上不覺得她們行事有些熟悉嗎？」

美人們還在笑盈盈地指點著楊盈安國美酒的品類和與安國貴族飲酒的技巧，不時從容關照著杜長史的興致，不曾冷落席間任何一人，行止儀態周全又妥當，同早先在外接待客人時嫵媚妖冶的模樣截然不同。一人百面，在不同的場合都能做出恰當的應對，一舉一動都收放自如、不著痕跡，顯然是精心調教與打磨的結果。

如意不由得一頓，「她們也是白雀？」

金媚娘點頭，「我的幾個心腹，都是被衛中淘汰的白雀。衛中靠藥物控制白雀，而尊上您很早以前就把解毒的方子給了我。也是您，教會了我得用盡一切法子自立，不能因為身陷泥淖，就放棄掙扎。所以，沒有您，就沒有現在的金沙幫。」

如意思索了片刻，問道：「她們知道我的身分嗎？」

「屬下守口如瓶。」金媚娘頓了一頓，又道：「而且，尊上您離開已經整整五年了，衛中的白雀差不多都換過兩茬了，後來的指揮使又嚴禁提起您的名字，所以……」她沒有繼續說下去。

元祿有些驚訝，「五年換兩茬？你們朱衣衛裡，白雀換得這麼快嗎？」

金媚娘點了點頭，隨口道：「不單是白雀，衛中能活上三十的，就已經很少見了。」

眾人一時無言，都不由自主心生悲憫。于十三更是低聲對寧遠舟道：「我上回說得沒錯吧？」

如意打破沉寂，道：「說正事吧。媚娘，妳把剛才跟我說的那些，再說一次給他們，不必保留。」

金媚娘恭敬地應了聲「是」，便轉向眾人，說道：「安帝膝下現有三子，除三皇子年紀尚幼外，已故淑妃所出的大皇子河東王和已故昭節皇后所出的二皇子洛西王，這幾年都已經長大成人，是以都開始覬覦太子之位。大皇子倚仗的是其岳父汪國公，二皇子身後則有沙東部，但安帝現在應該還沒有立儲之心。這兩位皇子都反對貴國贖回國主。不過大皇子生性貪財，或許可以有所突破。」

寧遠舟聽完，又道：「允許我國贖回聖上是長慶侯的提議，他是我去職之前才開始冒頭的。是以在我們六道堂的密檔中，除了其人野心勃勃、智計百出之外，別的記載不算太多，不知金幫主可有其他增補？」

如意也問道：「這個生擒梧帝的長慶侯是我走之後才冒出來的，近幾年似乎很得聖心？」

金媚娘面帶驚訝，脫口而出：「尊上難道不知道？」

長慶侯雖年輕，卻已是名揚四海，他的出身算不上什麼機密。見如意不知，寧遠舟奇道：「我們之前沒跟妳提過嗎？他是安帝的……」

金媚娘忽地察覺到寧遠舟同如意坐得極近，舉止言談也極是親密，立刻意識到了什麼，忙打斷寧遠舟：「還是讓屬下來說吧。長慶侯李同光之母出身皇族。尊上離開之後，他才跟隨安帝攻打褚國，立下不少戰功，之後才漸漸在朝堂上嶄露頭角。此人目中無塵，也不與任何朝堂派系結交，但私底下和安帝的初貴妃走得比較近。正因為他頗得安帝重用，又得了賜姓，所以兩位皇子都對他頗為嫉恨。」

如意眼睛亮了一亮，「他母親也是出身皇族？那不是和鷲兒很像？」她說著便有些陷入回憶，「啊，說起來，我也好久沒聽到鷲兒的消息了，也不知道這些年他過得如何。」

金媚娘心情複雜，含糊道：「應該是不錯吧。」

寧遠舟目光一閃，卻並未追問，只繼續問起了其餘的情報。

不知不覺便留到了傍晚，如意和使團一行人道別離開，金媚娘依依不捨地出門相送，把著如意的手挽留道：「尊上，您今晚就不能留在這裡嗎？金沙樓肯定比知府別院舒服。」

有人要搶她的師父，楊盈立刻心生警惕，站到如意身邊，公事公辦地推辭道：「多謝金幫主盛情，不過只怕不太方便，明早我們還要和知府議事呢。」

元祿瞟了一眼寧遠舟，也道：「沒錯，多謝金幫主給了我們這麼多有用的資訊，我們可得回去好好合計一下才行。」

如意也道：「就算妳說朱衣衛的人接近不了這一帶，但梧國使團這麼多人一直停留在金沙樓，總會引起他們的懷疑，畢竟以後妳還是要繼續開門做生意的。」

金媚娘見如意面色溫和，對兩個毛頭小子口中著意強調的「我們」沒有絲毫介懷，便也不再強求。她恭敬地道一聲「是」，便帶著一眾手下躬身相送。

待如意上了馬車，寧遠舟卻停住腳步，貌似無意地向金媚娘問起：「鷲兒是誰？」

金媚娘卻不答，只看他一眼，淡淡道：「寧堂主最好還是以後自己問尊上吧。」

✵

回到別院後，天已沉黑。大致梳洗整備過後，使團眾人各自回房睡去。如意獨自翻上屋簷，坐在屋頂上，俯視著住所內外。夜涼如水，繁星滿天。遠處依稀可見寂寥燈火，近處則園林疏密錯落，夜色深淺濃淡不一。沿牆偶有燈火映照處，依稀可見紫薇滿樹，枝影搖搖。

身後傳來微微響動，如意回過頭去，便見寧遠舟正站在屋頂那一側凝視著她。見如意回頭，他便走上前來，問道：「睡不著？」

「有一點。我擔心朱衣衛發現了我們跟媚娘見面的事，就索性上來盯一盯。」

寧遠舟便到她身旁坐下，將手中的披風替她披上，道：「我陪妳。」

如意正要點頭，卻忽地想起些什麼，一皺眉，挪身讓開，淡淡道：「不必了。」

寧遠舟一怔。

如意道：「你有空還是去陪金幫主吧，纏著我做什麼？」

寧遠舟有些無奈，「金媚娘是妳的手下，妳這都不放心？啊，難怪她動不動就要和人春風幾度，原來是跟妳學的。」

「那裴九娘呢？」如意聲音一冷，仰頭追問道：「她為什麼現在寫信給你？你當真和她定過親？」

寧遠舟卻不作答，只看著她，平靜地反問道：「妳不高興，為什麼？」

「我沒有不高興。你別回避，直接回答我的問題。」

「不，妳就是在不高興。」寧遠舟依舊看著她，一雙黑瞳如月下江潭般清潤有光，說道：「如意，認真想一想，告訴我，為什麼？」

如意凝視著他的眼睛，不由得一怔。寧遠舟越是平靜，便越襯得她火氣來得莫名。她確實說過，誰要和你有情愛牽絆？她一時理不清自己的心態，半晌才道：「你答應我會跟我生孩子，所以我不希望你和別的女子有牽連。」

「可妳之前說過，只要給妳一個孩子就行，還說這樣也不會傷害到別的女人。」

如意語塞。

寧遠舟輕聲道：「妳吃醋了。」

如意本能地反駁：「我沒有。」

寧遠舟看著她，笑意漸漸泛上眼眸，「好，妳沒有。」

寧遠舟越是淡然，如意越是急於分辯：「我真的沒有。我只是……」她忽地抓住個藉口，立刻一口咬定了，「我只是喜歡乾淨的男人，你以後可以和別的女人卿卿我我，可生孩子之前，就是不行。」

寧遠舟輕聲道：「那妳為什麼就可以和別的男人卿卿我我呢？」

「我什麼時候和別的……」

寧遠舟道：「那天妳在金沙樓和那幾個少年有沒有這樣，還有這樣……」他模仿著那天如意和陪酒少年們親密的舉動，竟然一步不漏，「妳都忘了？」

「那只是……」

「任如意，」寧遠舟再次打斷她，微微瞇起眼睛，逼上前去，「妳之前瞧上我，是覺得我武功高，個兒也高，長得也還算俊俏，可妳知不知道，我的心眼其實很小？」

如意一時語塞。她這行為，確實有些只許州官放火，不許百姓點燈。她最講公平，也不強辭奪理，乾脆直接認了：「好，最多我以後不那樣了，可你也得老實告訴我裴九娘的事。」

寧遠舟眸子裡便又染上些笑意，一五一十道：「我跟她定過親，義父生前作的主。但是因為我被削職充軍，婚約就此作廢，她另許了人家，現在估摸著已經成親了。她也沒有寫信給我，那封假信是于十三出的主意，他說只有那樣做，妳才會吃醋，才會感同身受，才會明白我為什麼看妳跟別人喝酒會生悶氣。」他笑看著如意，「妳還有什麼想問的？」

如意張口欲言，卻不知說什麼，最終只能悶悶地轉過身：「沒有了。」

寧遠舟再度替她披上披風，如意心氣難平，依舊躲開。寧遠舟不依不饒，還要再披，兩人索性來了一套小擒拿手的對招，你來我往，從屋頂一直打到院外。

兩人手上招式不斷，驚起樹上棲鳥，擾得樹下落花紛飛。卻是寧遠舟一招先得，將如意鎖在懷中。

寧遠舟心下歡喜，在她耳邊輕聲道：「知道嗎？剛才看妳生氣，我其實心裡很歡喜。妳呀，不但招小郎君，還招小娘子。金媚娘和殿下，剛才為妳都差點打起來了。」如意掙了掙，卻沒掙開。寧遠舟輕笑道：「別費勁了，妳讓我吃了那麼多回虧，終於也有今日了。」

如意便不再掙扎。寧遠舟想她該是放棄了，便鬆懈了控制，正要同她再說些什麼，卻不料如意尋機猛地一用巧力，掙開束縛，反將他按在身下。

寧遠舟被她壓在花樹上，一時間樹搖花亂。如意眼中噙著得勝的笑意，飛快俯身在他唇上奪去一吻，便在紛飛亂花中笑盈盈地看著他，賞足了他呆愣的表情，方悠悠道：「不管什麼時候，吃虧的都是你。」

她得意地正想起身，不料卻被寧遠舟一把拉回，腳下一絆，便跌進了寧遠舟懷裡。寧遠舟扶住她的頭，睫毛一垂，眸中便是一脈月映澄江似的瀲灩水光。唇上傳來柔軟的觸感，如意掙了幾掙，那吻卻越深越纏綿。

隔著胸口傳來溫熱的體溫和又促又沉的心跳聲，萬物忽地都寂靜消散了，小小一方天地裡就只有這一個人清晰存在著，是她想要和喜愛的。

✵

東側住房的牆上，有一扇窗子打開著。楊盈從窗內遠遠地看著兩人相吻，又是臉紅心跳，又是開心。

西側住房的牆上，也有一扇窗子偷開了條縫，元祿、于十三、孫朗頭疊著頭，正透過那條縫，嘿嘿傻笑著，窺看著寧遠舟和如意兩人纏綿擁吻。錢昭面無表情地從他們身後走過去，一手拎著一個，將他們從窗戶邊拖走。

最後被拎走的元祿不忘打個手勢示警楊盈，楊盈連忙縮回頭去。

回到房中，楊盈捧著發燙的雙頰，黑眼睛閃閃有光。她抑制不住興奮，在房中亂跺著腳：「他們真在一起了，太好啦，太好啦！」她在床上翻滾了一陣，又把兩個枕頭並排在一起，蹺著腳趴在床上，指著枕頭笑得開心，「遠舟哥哥，如意姐；如意姐，遠舟哥哥……青雲，我；我，青雲……」

漸漸地，她的聲音低落下來，笑容也隨之消失。她舉起一個枕頭，悵然看了半晌，將枕頭緊緊抱在懷中，蜷起身來，喃喃道：「青雲，我馬上就要真正離開梧國了，你在京城還好嗎？我真的好想你。我其實很害怕，真的……」

她閉上眼睛，長睫微微濕潤，便抱著那只枕頭，不知不覺睡去了。

✵

拿到情報之後，使團便不再繼續停留。

啟程離開潁城別院那日，金媚娘盛裝駿馬，親自率領手下縱馬陪行在車邊，護送使團出城。

金沙樓本就是城中最招搖的銷金窟，金媚娘更是風華絕代的美人。如此聲勢，直引得滿城百姓紛紛在路旁圍觀。自也有朱衣衛扮作平民混跡其中，觀察著兩邊動向。

寧遠舟與金媚娘並肩驅馬前行。

寧遠舟自不會拒絕這樣的好意，但不免有些疑惑，「金幫主如此大張旗鼓，難道不擔心朱衣衛誤會？」

金媚娘淡然一笑，照舊是豔光照人的一幫之主，「不擔心。」然而回頭望向車簾後如意的側影時，目光中便又流露出敬重與愛護來，「我與尊上商量過了，與其遮遮掩掩，不如鄭重其事地送使團一程，反而能顯得我們金沙幫手眼通天，能直接與貴國朝廷搭上線。這樣安國人就能知道你們並不是孤立無援，多少有點顧忌。」

寧遠舟也隨之望向簾中倩影，微笑道：「看來等以後到了安國，我們還得多多倚仗幫主了。」

金媚娘點頭，「尊上凡有所吩咐，我必無不從。」卻又看向寧遠舟，昂然道：「但是寧堂主，我醜話也說在前頭，無論您與尊上的關係如何，都請您不要把她捲進營救貴國皇帝的風波裡去。尊上畢竟還是安國人，您別讓她左右為難。」

「放心，我與她早有約定。除了教授殿下，她不會參與使團其他事務。」寧遠舟也並無二話，只是又想起如意的心結，不免一頓，語氣隨之一緩，道：「其實，我還想請妳有機會多勸勸她，讓她放下為昭節皇后報仇的執念。」

金媚娘眸光一凜，驚訝道：「尊上連這個也告訴您了？我原以為她只是——」她突然正色，鄭重地一拱拳，道：「寧堂主，媚娘想請您以後對尊上再好些，她之前的日子，過得實在是太苦了。至於您吩咐的那些事，我必定會辦得妥妥當當。待會兒我就傳信給安國的金沙樓，讓他們全力相助，力保那些失散的六道堂分堂能儘快和你們接上頭。」

寧遠舟也有些訝異於金媚娘的鄭重其事，緩緩道：「多謝。」也看向金媚娘，直言道：「但對如意好，是我自己願意做的事情，不需要任何條件來交換。」

金媚娘一時淚盈於睫，昂首道：「希望您言出必行，否則，您就是金沙幫的敵人。」

寧遠舟失笑，「不勞金幫主出手，我若是有負如意，妳覺得她這個朱衣衛最好的刺客，會放過我嗎？」

金媚娘看著他，不覺也笑了起來。

于十三遠遠望著兩人互動，不滿地咕噥道：「又哭又笑的，到底在搞些什麼，也不怕美人兒大發雌威？」

有于十三不當人在先，何況還有金沙樓款待的情誼，孫朗當然是站在金幫主這邊的，瞥他一眼，幸災樂禍道：「頭一回遇上不把你放在眼裡的女人，老于你心裡挺不好受的吧？」

于十三能承認嗎？

「滾！」

孫朗反倒不解，他現下這般吃味兒，當日為何反倒要逃，「其實金幫主挺好看的啊，人又爽利，你以前不是最喜歡她那樣的嗎？」

「喜歡和娶是兩回事。」于十三信馬由韁，漫不經心地解釋著：「我呀，天生就是個定不下來的浪子，一輩子想做的事，就是看最美的人，喝最烈的酒，交最好的兄弟。我要是一時想不通跟誰成了親，肯定沒兩天就會往外跑，豈不是白害人家傷心嗎？所以啊，待她們一時好就行了，千萬不能追求天長地久，要不然海還沒枯，我就先枯了。」

孫朗不以為然，抬手一指寧遠舟，「寧頭兒之前也這麼說，所以一直單著，定個親也只是遵照老堂主的遺願。可現在呢，還不是遇到如意姑娘就栽了。你呀，遲早也會遇到你的剋星的。」

于十三卻連丁點苗頭都不想有，趕緊道：「呸呸呸，別咒我啊，大吉利是！」

寧遠舟和金媚娘說著話，忽然想起如意同朱衣衛的恩怨，便道：「對了，如意說她設下陷阱，誘朱衣衛總堂的人去玉郎合縣劉家莊的老家，此地距那裡還有多遠？」

金媚娘道：「合縣也是潁城治下，七、八個時辰就能趕到，等過了合縣，就是原來安、梧兩國的國境了。」

「還有一事想請教，前面路上不知哪裡能方便買到一些不常見的藥材，比如曼陀羅、烏頭之類？」

「過了合縣就是安國俊州，那邊的藥鋪肯定有賣的，不過，這些藥軍中常用，他們未必會賣給你。倒是與合縣相鄰的褚國塗山鎮，有好幾個大藥行，只是那裡不是我們金沙幫的地盤……」

寧遠舟眼睛一亮，道：「多謝，我們自己去就是。」說著便向金媚娘一拱手，「到長亭了，金幫主請留步吧。」

金媚娘點頭，翻身下馬，向著車中的如意深深一禮，「尊上，媚娘就此拜別，日後但凡有吩咐，無論哪一處金沙樓、金寶棧，您只要留下口信，媚娘便會火速前來。」

車中如意頷首。金媚娘再施一禮，翻身上馬，呼哨一聲，帶著一眾手下掉轉馬頭，轉身回城。她回馬經過于十三身旁時，于十三猶有不甘，開口喚她：「媚娘，過去的事……」

金媚娘直接無視他，揮鞭策馬。那馬尾一掃，正好「啪」地甩在了于十三臉上。待于十三捂著臉再望過去時，她早已縱馬去遠了。

✵

馬蹄過處，浮塵漸漸落下。潛伏在道旁的朱衣衛們遙望著金媚娘一行人的背影，面色都有些凝重。

「這個金媚娘，倒是長袖善舞，哪一邊都搭得上線。」珠璣說著便皺起眉頭，向一旁的瓊珠確認道：「那個男的，真的是六道堂之前的堂主寧遠舟？」

瓊珠點頭道：「確鑿無疑。」在許城驛站裡，她曾扮作侍女近身接觸過使團，也驗證過情報真假，對此很是確信，「這邊分堂有個老衛眾之前是從梧都分堂轉過來的，見過寧遠舟。不過據他所說，這寧遠舟早就被逐出堂中，罰去做只管生火做飯的火頭軍。跟著他的那幾個六道堂，也是沒見過的生面孔，應該都是不被趙季重用之人。」

「原來只是些戴罪立功的邊角料啊。」珠璣想了想，道：「算了，妳還是把這些情況都一一回報總堂吧，一切自有尊上親裁。」

「是。」手下頓了頓，又請示，「那玉郎那封信，該如何處置？」

珠璣卻不怎麼上心，隨口道：「玉郎既然能把上百兩黃金託付給那個綠衣女子交給家人，說明一定非常相信她。這女人，沒準就是和他勾結的那個叫如意的褚國不良人。劉家莊離這裡不遠，我們明天帶兩個人去瞧一瞧。」

瓊珠稍有些遲疑

「要不要多安排幾個人？」

「怎麼了？」

瓊珠小心回稟道：「屬下這幾日奉您的命令詳查許城那起盜匪突襲梧國使團案，結果有個外線說，那天他在街上，聽到梧國禮王情急之中，叫了一聲來救他的男子，開頭好像是個『如』字。」

珠璣一凜。

瓊珠道：「屬下疑心，這個『如』，是不是就是那個如意的『如』？」

珠璣也確有此疑問，只是不免疑惑，「如意怎麼會跟梧國人混在一起？」思索片刻，突然明白過來，「不對，之前和我們接頭，又在盜匪襲擊時突然死掉的那個天璣分堂的琥珀，妳是不是只遠遠見過一眼屍身？」

瓊珠點頭，她確實只遠遠看了一眼，屍首便被蒙上臉抬走送去處理了。處理屍體的是六道堂的人，她沒能找到機會近前確認。

珠璣一驚，立刻意識到：「壞了，如意、琥珀、使團……我們好像中了一套連環計，有人在故布迷陣！」

日暮時分，使團抵達合縣，入住合縣的客棧。

楊盈一路上都沒什麼精神，下馬車時無意中抬頭，望見簷下掛著的鳥籠，神色便愈發消沉起來。

使團眾人忙著搬卸行李，往來於庭院中。她便一個人站在長廊屋簷下，呆呆地望著籠中不時撲騰一下的小鳥，任外間日落影移。

寧遠舟遠遠望見，便走到如意身邊，問道：「殿下怎麼了？」

如意道：「離安國越近，她就越鬱鬱寡歡。勸了好幾次都沒用。」

這是無可奈何的事，寧遠舟也無別的辦法，只道：「離鄉之愁在所難免。她還小，再多給她些時間緩緩吧。」

如意點了點頭，確實也只能等楊盈自己平復過來。她便轉頭問元祿：「把你的雷火彈和連弩借一些給我。」

元祿摸了裝備給他，猜到她是準備動手，卻也不免疑惑，「妳要去劉家莊會朱衣衛了？信上不是說明天見面嗎？」

如意接過東西，隨口解釋道：「朱衣衛看到那封信後，多半會提前在清風觀守株待兔，我自然得比他們更早一步。」

元祿忙道：「我陪妳去。他們肯定人多勢眾。」

「不必了，」如意掂掂手裡的物事，「有這些在手，我一個人就足夠了。」

元祿猶然不放心，「可是……」

寧遠舟拍了拍他的肩膀，安慰道：「我和她一起去。」

如意都準備去牽馬了，聞言又回過頭來，「不必了，這是我跟朱衣衛之間的私怨，你們六道堂別牽扯進來。」

寧遠舟微笑道：「不牽扯就不牽扯，我只是去褚國塗山鎮買藥，順路送妳一程而已。那兒正好和清風觀一個方向。」

如意疑惑，「買什麼藥？」

「暗器上要淬的毒藥，還有迷藥、傷藥。本來我們也備了一些，但之前在天星峽都用得差不多了，在沿途的市鎮也沒有配齊。」他說著便快步跟了上去，扭頭吩咐，「錢昭，我不在的時候，使團一切交給你。」

錢昭點頭，一旁的孫朗聞言，忙也要跟上去，「這麼多藥？那要不要我去給你打下手，多一個人……」話還沒說完，已被錢昭拐著脖子，強行拖走，「過來給我打下手。」

孫朗還要說什麼，于十三已上前崩了他一腦門，小聲道：「蠢！老寧好不容易假公濟私一回，你摻和個鬼啊！」

孫朗這才反應過來，忙噤聲捂住了嘴。

寧遠舟和如意換上便服，頭戴斗笠，一道離開驛館，並駕縱馬飛馳而去。

❋

用過晚飯，楊盈依舊沒能打起精神。她坐在窗邊，沒精打采地托著臉頰，望著窗外的籠中之鳥，喃喃道：「再過兩天，孤聽到的小鳥叫聲，也都不再是梧國的聲音了。」

元祿正在不遠處的屋簷下擺弄他的機關道具，聞言回過頭來，見楊盈愁緒滿懷，便有些坐不住。他湊到楊盈窗下去，思量再三，小心安慰道：「使團帶了不少和梧都傳信用的飛鴿，牠們也是梧國的鳥兒，殿下什麼時候想聽，都有。」

楊盈一怔，卻愈發難過起來，「那怎麼能一樣？」說著便紅了眼圈，搖頭道：「算了，你不明白的。」

元祿就有些急，撓了撓頭，卻不知該說些什麼。

于十三見狀，連忙拉開他，笑著對楊盈道：「剛才進客棧的時候，臣在外頭瞧見一座土地廟，殿下要是實在心緒不寧，不妨過去拜拜。抓上一把有土地公保佑的梧國泥土，以後帶在身邊，也能安心許多。」

楊盈眼睛一亮，立刻站起身來：「好。」

附近果然有一座土地廟。廟外一株丈餘粗的大樹，枝葉蓊蓊鬱鬱，蔭庇一方，樹枝上系滿了祈福的紅布條。

楊盈望見那大樹，眼睛便又一亮，卻立刻掩飾好了，一本正經地回頭對于十三和元祿道：「你們站遠些，不必跟著孤。」

于十三當即明瞭，便拖著元祿退得遠遠的，背過身去替楊盈守衛。

元祿雖跟著于十三站好了，卻不明用意，眼神不由得往後瞟。眼角餘光望見楊盈解下自己的蹀躞帶繫在了樹上，他不解地小聲問道：「這是在幹麼？」

于十三不用看也能猜到，低聲替他解惑：「姑娘家的風俗——丈夫、情郎不在身邊的，就在樹上繫一根他們的頭巾或是腰帶，求土地公保佑。」

元祿恍然大悟：「難怪，還是十三哥你懂！」能讓楊盈有所寄託不再難過，元祿也鬆了口氣，「我說最近殿下常用的這根蹀躞帶不像是宮裡的對象，八成就是她那個叫什麼青雲的侍衛情郎換給她的。」

于十三點了點頭，「這附近挺安全的，我們再離遠一點，讓殿下一個人待一會兒，也自在些。」元祿忙跟著他站遠了些。

楊盈掛好了蹀躞帶，便閉上眼睛雙手合十，默默地向社樹祈福。晚風吹起，搖動蹀躞帶上金鈴，叮噹作響。

做完這些後，她才轉身走進土地廟裡。廟裡神像慈祥和藹，楊盈跪在蒲團上，拜了幾拜，閉目虔誠地祝禱：「土地公公，信女楊盈求您保佑我此去安國，能平安帶回皇兄。保佑全體使團有驚無險，逢凶化吉。保佑遠舟哥哥和如意姐兩情相悅……還有青雲，您一定要保佑他萬事順意，太太平平地等著我回到梧都……」

長明燈畢剝燃燒著，昏黃的燈火映照著她的面容。淚水順著她的臉頰滾落下來，相思之情無法遏制地翻湧起來。

她記得情竇初開時，自己在宮中偷看巡邏的鄭青雲，被他發現，又羞又急地躲到樹後。她記得鄭青雲趁無人注意時，悄悄將一把小花放在她的窗臺上。她記得鄭青雲凝視著她，說：「臣也日思夜想，能長伴公主左右。」她記得自己辭陛之日，離宮登車，遙遙望見鄭青雲強忍離緒，卻不能上前……

她再也克制不住，哽咽起來：「青雲，我真的好想你。你呢，現在做什麼？有沒有也在想著我？」

卻聽身後一個遲疑的聲音響起：「殿下？」

楊盈霍地回身，便見鄭青雲正風塵僕僕地站在她背後，期待又不敢置信地看著她。

楊盈又驚又喜，幾乎不敢相信自己的眼睛，「青雲！」她搶上前兩步，握住鄭青雲的手，意識到他是真的，立刻撲上去與他緊緊擁抱在一起，淚水不停地滾落下來，「我不會是在做夢吧？真的是你，青雲？真的是你？」

「是我，是我。殿下，是我。」

他們淚眼矇矓地捧著對方的面頰，相互凝望著。楊盈只覺恍若在夢中，喃喃道：「你怎麼會在這裡？」

「我奉旨出京，辦完了差事，上頭給了我十天的假，我實在想念殿下，聽說妳的車駕在附近，就飛馬趕了過來，想著萬一有機會……」鄭青雲忍不住又抱緊了她，「剛才在外面聽到蹀躞帶上的鈴聲時，我還以為聽錯了。可靠近一看……一定是神佛指引，才讓我這麼快就找到了妳！」

楊盈喜不自勝，「剛才我求的話，土地公都聽見了！」

兩人正各自訴說離情，鄭青雲突然膝中一軟，俯跌在了地上。

楊盈只覺眼前一花，再回神時，元祿已帶著她躍到了一邊，挺身護在她的身前。而于十三臉如寒霜，仗劍指著鄭青雲。

楊盈大驚失色，忙喝道：「別傷他！」

于十三一愣，「殿下認識他？」

楊盈甩開元祿，上前扶起鄭青雲，挺身道：「他就是鄭青雲，我的——我一直念著的人！」

第十五章

土地廟旁郎已非

縱使有楊盈作保，但擅自越過護衛接近一國使臣，也不是能輕易揭過的行為。何況國內局勢詭譎，不知有多少人想要楊盈的性命。天星峽裡親率大軍追殺之事都有人做過，焉知這個鄭青雲就不是被人指使來刺殺楊盈的，焉知他私下有什麼盤算。縱使沒有，他私自夜探使臣，也已犯了忌諱。

于十三和元祿不敢自專，楊盈也沒有逼著他們私放鄭青雲，便將鄭青雲押回客棧，交給杜長史和錢昭處置。

杜長史聽錢昭回稟原委，立刻沉下臉來，不待鄭青雲辯解，便呵斥道：「放肆！你一介侍衛，怎敢擅自窺探親王行蹤？錢都尉，立刻把他送走，嚴加看管，待老夫修書上奏，再做處置！」

他審也不審，當即定罪，絲毫縫隙也不留。鄭青雲驚愕不已，匆匆辯白道：「大人，卑職前來只為探望殿下，別無他意……」錢昭卻已經出手制住他，押著他便往外走。

楊盈忙上前阻攔：「住手！杜大人，您聽我解釋——」

杜長史卻面色嚴厲地打斷她，正色道：「殿下，您的身分關係到此次出使的成敗。他無詔前來，萬一被安國發現，會禍及整個使團。老臣看在您的面子上，沒有立刻處置了他，已經是格外開恩了。」

鄭青雲掙扎不止，驚恐地高呼著：「殿下救我！」

楊盈見他痛楚狼狽，一時情急，怒喝道：「錢昭，孤命你住手，聽見沒有？」

她語氣森然，錢昭不禁一愣。

杜長史不贊同地看向她，「殿下，寧堂主不在，使團中的各項事務便由老夫作主。」

「你錯了。」楊盈斬釘截鐵道：「奉旨出使的是孤，孤才是使團之長！」她臉上帶著之前從未有過的威嚴，看向杜長史，「孤知道你們在擔心什麼，無非是以為孤原本就難捨故土，如今青雲一到，便更會心神動搖，不願再去安國。但是你們錯了，青雲來看孤，孤很是歡喜，但孤更知道自己肩上的責任！」

見楊盈並未因私情忘卻責任，杜長史略感欣慰，卻也不免仍有疑慮，「殿下……」

「這裡沒有外人，孤也不妨直言，」楊盈見狀，聲音緩了一緩，開誠布公道：「孤之所以自請出使，一則為國為兄為民，二則便是為了青雲——皇嫂曾有允諾，若孤順利歸國，便許孤婚姻自主。是以，青雲今日雖然只是一位侍衛，他日卻必定是駙馬之尊。兩位大人，請你們給青雲應有的尊重！」

錢昭略一遲疑，終於放開了鄭青雲。

鄭青雲吃驚地看著楊盈。面前之人早已不是當初那個空有公主之名，卻柔弱自卑如纏枝花的小姑娘。此刻她言出如劍，站在德高望重的尚書右丞和素有威名的羽林軍都尉面前，竟是絲毫不落下風。

「夜已經深了，請錢都尉找間空房，安排鄭侍衛休息。明日孤出發之後，他便會自行返京。」楊盈負手而立，回頭看向鄭青雲，「鄭侍衛，聽到了沒有？」

看到楊盈悄悄比出的手勢，鄭青雲才霎時找回昔日熟悉的感覺，忙道：「聽到了。」他爬起身跪好，恭敬地一禮。

楊盈這才問道：「如此，各位該滿意了吧？」

杜大人輕輕吐出一口氣，恭聲道：「殿下鈞裁，臣更無二言。」

楊盈又看向錢昭，錢昭抱拳領命，帶著鄭青雲退了出去。

✻

院子裡，于十三和元祿懷裡各抱著一個碩大的磨盤，汗流浹背地紮著馬步，其餘六道堂侍衛立在一側旁觀。

錢昭負手站在對面，臉色嚴肅地訓誡道：「于十三、元祿護衛不周，致使外人輕易接近殿下。今日雖僥倖並無危險，但若來人心懷歹意，又該如何收場？我代寧堂主罰你們抱石之刑，你們可服？」

于十三、元祿齊聲道：「我等甘願領罰！」

錢昭又看向其餘侍衛，「爾等也需引以為戒！」

眾人也肅然道：「是！」

錢昭這才揮手道：「散了吧。」

眾人四散而去。孫朗不放心，低聲對錢昭道：「我還是陪他們一會兒。元祿身子不好，萬一抱不住，砸著腳怎麼辦？」他走到元祿身邊，磨起了暗器。

錢昭又哪裡放心得下，不一會兒便也牽了匹馬過來，在一旁替馬刷毛。

星河橫過半空。四個人聚集在庭院裡，看似各忙各的，實則所思所慮都在一處。

于十三把磨盤往上托了托，轉頭去看錢昭

「喂，罰歸罰，但聊個天總可以吧。你們覺得那姓鄭的小子是什麼來路？」

孫朗道：「剛才吃飯的時候我套過他的話，他說是奉皇后的旨意去乾州宣德老國公進京，乾州倒是離這兒不遠……老錢，他也是宮裡的，你應該最清楚他的底細。」

錢昭搖頭，「我不清楚。他是御前侍衛，歸侍衛營管，負責內宮；我是羽林軍，負責皇城和外宮。平日裡或許遇見過，但確實沒打過交道。」

元祿喘著氣插嘴道：「這人肯定有問題，雖說我們路上也耽擱了幾天，可哪能那麼巧，他恰好就外派公差，恰好就得了假，又恰好一路從乾州找到合縣，偏偏就趁我和十三哥不在殿下身邊的時候進了廟裡！」

錢昭也道：「我已經讓丁輝去巡查周邊了，看看他有沒有其他同夥。」

于十三卻又提醒道：「還得叫內侍盯緊了殿下，大晚上的，千萬別鬧出什麼風流韻事。」

元祿懷中磨盤差點脫手，幸而孫朗幫忙托了一把，才又抱住了。他愣怔地看著于十三，「啊?!」

錢昭也皺眉道：「事關殿下清譽，不可胡說。」

于十三喘了口氣，對這些不開竅的深感無奈，「就是因為事關殿下清譽，我才特地要說。你們這些萬年光棍，根本不瞭解少年男女久不見面，能有多乾柴烈火。殿下剛才看著小鳥兒還掉淚呢，現在就主動打發鄭青雲離開，你能信？哎喲，抱不住了！」磨盤滾落在地，咚的一聲響。

錢昭霍然心驚，立刻吩咐：「孫朗！」

孫朗已一溜煙跑了出去，「我這就守在殿下窗戶外頭去！」

元祿懊悔不及，自責道：「我真沒用！寧頭兒剛一離開，就鬧出這麼大的亂子！」

✵

寧遠舟和如意並肩奔馳在城外道路上，衣袂迎風翻動，遠望如鴻鵠雙飛。馬蹄聲達達地踏破寂靜的夜色，他們頭上星河橫過半空，地上道路一直延伸到遠方的地平線。地平線上一脈起伏的沉黑，不知是遠山還是沉睡的城池。

他們來到一處岔路口，如意勒馬停下，回頭對寧遠舟道：「行了，就到這兒吧，按朱衣衛的習慣，動手之處附近方圓三里都會提前布防，我要從小道悄悄繞過去。」

寧遠舟卻道：「我再送妳一段。」

「不用了。」

寧遠舟堅持：「就一小段。」

如意突然會過意來：「你不會是想跟我一起去清風觀吧？」

「我不是不放心妳一個人，」寧遠舟道：「只是想摸摸朱衣衛的底細，畢竟以後在安國都是要朝相的。」

如意靜靜地看著他。

寧遠舟見瞞不過她，只好無奈承認：「好吧，我就是擔心妳。」

如意有些不滿，挑眉道：「我的內力已經恢復到七、八成了，一個丹衣使而已，你覺得我贏不了？」

「我知道妳肯定會贏，但我怕妳一動手，就又會像在天星峽那樣不顧性命。」寧遠舟面帶擔憂，見如意不肯退讓，便柔聲商議道：「要不這樣吧，我不露面，就在一邊看著。」

如意依舊不肯，「我習慣了獨來獨往，動手的時候有人在旁邊，反而會不方便。」

「妳就當為我破一回例。」

如意有些不耐煩，「好啦，別婆婆媽媽的。我可不想以後孩子像你這樣。」

「我就是為了孩子才想陪妳去，妳每受傷一回，元氣就會弱一分，妳不希望孩子生下來就先天不足吧？」

他言辭懇切，如意無奈，保證道：「我會儘量小心，爭取不受傷，這總行了吧？」她怕寧遠舟還要糾纏，趕緊伸手去推他，催促道，「行啦，趕緊去塗山鎮吧。你剛才不是還說那些藥在安國都不好買，所以才特意要去褚國的嗎？要是你陪我去了清風觀，誰去買藥？我可不想萬一這回真出了事，回去連根吊命的人參都見不著——」

寧遠舟伸指按在她唇上，無奈道：「大吉利是。妳能不能別總說這些讓人提心吊膽的話？」

如意啼笑皆非，調侃道：「你好歹也是六道堂堂主，平常見血還少嗎？怎麼現在變得這麼膽小？」

寧遠舟嘆了口氣，認真地看向她，坦言道：「以前我孤身一人，可以百無禁忌。但現在有了妳，我……就有了軟肋。」

如意一震，目光變得柔軟，到底還是點了點頭，「好，我以後不說就是了。」雖依舊堅持，語氣卻也變得輕柔起來，「但這一回，還是讓我自己解決好嗎？朱衣衛裡有些事，我不想讓你聽見。」

寧遠舟見她眼神堅決，知道拗不過她，終還是答應下來：「好，就知道說不過妳。」

如意安慰他道：「放心吧，我明天會儘早回客棧的。」

寧遠舟又道：「塗山鎮離這兒也不算太遠，就二、三十里路。我要是買完了藥，就上這兒來等妳，咱們一起回去，好不好？」

他目光切切地望著如意，如意看著他，忽就意識到，這莫非就是市井草民所常說的「家中有人在等」？

這感覺太過陌生，卻著實動人，她心口竟莫名生出些柔軟來，卻又覺得有些難纏，想了想，突然探身上前吻了寧遠舟的唇。而後她趁著寧遠舟愣怔的當口，飛快地策馬離開，遠遠地一招手，回了他一句：「好。」

寧遠舟錯愕地望著她遠去的背影，半晌才反應過來——她偷跑了。寧遠舟心中無奈，忙又叮囑道：「千萬小心！」

如意一邊縱馬疾馳，一邊回頭應聲：「知道啦！囉唆鬼。」見寧遠舟仍然遠遠地目送著她，她唇邊不知不覺泛起一抹笑容。但再回過頭後，她面色霎時變得肅殺，一握手中長劍，催馬高喝一聲：「駕！」

✵

夜色已深，草木沉沉，各家各戶都早已入睡。劉家莊外一片寂靜，只一條波光粼粼的小河潺潺流淌著。小河穿村而過，河上的小橋連通著入村的必經之路。此刻朱衣衛們做夜行裝扮，正藉著夜色掩護，悄然潛伏在河邊草垛、樹上、橋墩下……警惕地監視著通往遠處清風觀的道路。

但四面一直寂靜無聲，道路上也不見行人。朱衣衛們等得已有些焦躁。沒有人注意到，河水中正有一條黑魚似的暗影，靜靜地逆水而上。

那暗影在水下游動著，一直游到清風觀的後牆。確認後牆外並無人影走動，黑影才悄無聲息地從水中冒出，迅速走上岸來，脫去身上黑色水靠——正是如意。

清風觀前看門的黃狗察覺到什麼動靜，敏銳地豎起耳朵，起身繞著院牆一路小跑到後牆，看到如意，張口便要吠叫。如意一指指向牠，目光如寒冰一般與牠對視。黃狗立刻低低嗚咽了一聲，乖乖躺下露出肚皮。如意這才放過牠，滿意地觀察周邊情況後，閃身躍進了後牆。

清風觀裡燈火明滅，四下無人，一片寂靜，連蟲鳴聲都不聞。修行之地本就清靜，按說這也算不上什麼異常，但如意本能地一寒，立刻收回了本已踏入院內的腳。

她閃身轉進一側的寮房，透過窗戶，看到房內沉沉入睡的道士，這才略放下心來，重新回到院中。她沿著草木茂盛處的暗影，悄悄尋到觀中的正殿，小心地推開殿門，閃身潛入。

正殿裡一片漆黑，如意關好門，輕輕晃手點燃了一個火摺子。那火摺子經過元祿改進，發出的光只從正面照出來，其餘四面都不透光。她攥著火摺子，小心地四處查看著。

忽有什麼東西滴在她手上，隱隱有血腥味傳來。如意察覺到不對，猛然抬頭，手中火摺子向上一照，便見房樑上暗影幢幢，懸掛著一整排的屍體，都是頭套絞索上吊而亡。正上方一具男屍口鼻鮮血滴落，顯然才死去不久。

如意大驚，還未來得及退出，便聽一聲呼喚：「如意？」

如意下意識回頭，就聽一聲暴喝：「是她！」四面霎時間燈火通明，突如其來的明光晃花了如意的眼睛。隨即一張巨大的漁網從天而降，直向如意罩了下來！

就在這千鈞一髮之際，如意急速旋轉，手中的連弩如流星一般透過漁網射出。網外撲向如意的朱衣衛夜行人紛紛中箭倒地，如意也在漁網掉落之前，平身貼地滑出。

然而她才剛得自由，已有幾十枚銀針如驟雨一般疾射而來。如意邊擋邊跑，竭力避開銀針，飛奔出正殿。從正殿裡闖出去時，她腳下步伐忽然變得踉蹌，沒跑幾步便一跤摔倒，倒在地上抽搐起來。

一枚銀針釘在了她的脖子上，她終究還是中招了。

✵

火把將暗沉沉的院落映照得燈火通明，如意倒在地上，只見一只黑底雲靴走到了她面前。如意拚盡最後一分力，拔劍欲迎敵。靴子的主人摘下夜行面罩，噙著似有若無的笑意俯視著她——正是珠璣。

「省省力氣吧，鴆尾針入血，一息之內，必成廢人。」珠璣不緊不慢地說著，見如意劇烈地喘著氣，拄著劍強支著身子，一副不肯放棄的模樣，便又戲耍一般說道、「不過，妳若是肯如實招來，倒還可以保住一條性命。」

如意艱難地指著樑上：「他們是誰？」

珠璣邪邪一笑，「妳情郎玉郎的家人啊，還有妳好姐妹玲瓏的父母，怎麼，不認識啊？」

如意瞳孔猛地收縮，「為什麼？他們是無辜的！」

「我又不知道玉郎的那封信到底是誘餌還是真的，」珠璣笑著，眸光忽地陰毒起來，「可不管真假，叛徒的家人都活該被株連。」她踩上如意的手指，施力一碾。如意立刻痛呼出聲。珠璣陰狠地逼問道：「說，妳到底是哪國的奸細？什麼時候潛進梧都分堂的？」

如意咬牙，似是強忍著劇痛，「我不信妳！如果我說了，一定會沒命的。堂堂紫衣使，竟然出賣自己手下整個分堂，這事要是鬧出來，你們指揮使的位子只怕都保不住！我要見真正說話管用的人，不然就算妳殺了我，我的手下也會把事情捅到安國的朝堂上去！」

珠璣冷笑道：「就憑妳，還想見尊上？」

如意聽到「尊上」二字，眼色一寒，突然暴起。身形一閃而過，手中長劍揮出，珠璣身後的四個朱衣衛夜行人已同時中劍，咽喉一道血線噴出，倒地身亡。

珠璣還沒反應過來，如意已經轉身攻來。珠璣勉強抵擋了兩招，便被如意一腳踢飛，重重摔在地上。幾乎在同時，如意拔出自己脖子上的鴆尾針，遠遠一揮，銀針便射入了珠璣的脖子裡。

珠璣還沒爬起身，便再次倒地，中毒抽搐起來。她難以置信地望向如意，「妳……怎麼會……」

如意冷冷道：「這鴆尾針，當初還是我親手煉出來的，妳居然想用它來傷我？」

珠璣猛地意識到了什麼，「鴆尾針！妳不是不良人……難道，妳是任左使？」

如意走到珠璣面前，居高臨下地俯視著她，「剛才我套妳話，妳說漏了嘴，那位『尊上』既然知情，必定就是指使越三娘之人。朱衣衛裡，能享『尊上』敬稱的，只有指揮使和左、右使三人。」她劍指珠璣的咽喉，逼問道：「說，他到底是誰？」

珠璣眼中有一瞬間的絕望，隨即便低下頭去，牙根猛然用力。如意暗叫不好，忙用力掰開珠璣的嘴巴，卻見一顆咬碎的蠟丸掉落出來。

珠璣嘴角流出黑血，淒然一笑，「我服的毒也是我自己煉出來的，妳解不開……我不會背叛尊上的，永遠不會。」

如意冷哼一，「無非就是這三個人而已，妳不說，難道我就查不出嗎？」她知道從珠璣口中是決計問不出什麼了，便也不再徒勞逼問，將人一扔，轉身離去，卻聽身後之人哈哈大笑道：「就算妳查得出，妳的義母，也完了。」

如意霍然回頭。

珠璣喘著氣，瞳光都已有些渙散了，卻還是盯著如意，惡狠狠地笑著，「妳在梧都的時候，明明可以逃走，但為了她，還是當了一年白雀，她對你，一定很重要……」

如意肝膽俱裂，拎起珠璣的脖子，「妳說什麼？」

「妳娘，或者說，妳的義母江氏，我十天前，就已經派人，捉了她，」珠璣笑著，氣息漸漸弱下去，「剛才，送回總部去了……」

如意果斷地從她身上翻出一只錦袋，箭一般奔了出去。

珠璣還在地上掙扎著，她蜷著身子，喃喃道：「娘，我好冷，我不想死……可是，我要是不死，你們也會和他們一樣。」她掙扎著看向樑上懸掛的屍體，眼前漸漸模糊，最後吐出一聲：「娘……」終於倒在地上，再也沒了氣息。

如意用顫抖的手撕開錦袋，袋中果然有一枚棒狀的煙花。她連忙點燃煙花，那煙花帶著尖厲的銳音直躥上夜空，紅光照亮了天際。

遠方道路上，一支約十人的隊伍正趕著夜路，隊伍中央一匹馬上捆著個昏迷的老婦人。領頭之人正是珠璣的心腹——瓊珠。忽見煙花躥空，紅光照亮天際，瓊珠回頭一望，不由得大驚失色，「火羽令！那是劉家莊的方向，大人遇險了！」她連忙掉轉馬頭，吩咐眾人：「跟我走！」

她身後的隨從有些疑慮，「可大人要我們押著江氏儘快回安都，不得耽誤啊。」

瓊珠怒斥道：「丹衣使以上方有火羽令，全衛上下，凡見此令者，需立時增援，你們連衛規都忘了嗎？」她當即拍馬回馳，隨從們連忙追了上去。

而寧遠舟正在水邊飲馬，馬鞍後擔著一個「劉記藥行」的包袱。突見水中一亮，他轉身望去，便見極遠處一點紅色的煙花緩緩消散在天際。

他心中略有些疑惑，卻也沒有多想，回頭牽馬，想要趕去岔路口同如意相會，卻突然心神一凜，停住了腳步——那煙花亮起的方向，似乎……

他忙再度轉過頭去，向著煙花落下的方向望去。

✵

瓊珠帶著一眾人縱馬向清風觀趕去。四面草木豐茂，暗影幢幢，卻是寂靜無聲，只有馬蹄達達飛奔在土路上。

瓊珠關心則亂，隨從卻是越跑越心驚——丹衣使以上才有火羽令，而珠璣是更高一級的緋衣使，能讓珠璣發火羽令求助的險境，怎會如此平靜？臨近清風觀，隨從終是忍不住出言提醒：「大人，不對！太安靜了！怕是有埋伏！」

瓊珠一驚，連忙勒韁停馬。思慮片刻，她吩咐道：「三人一組，結三才陣！」

朱衣衛們當即下馬，將坐騎、行李棄在一旁。三人一組結陣，小心地靠近清風觀。

路旁陰溝裡，如意身著夜行衣，正向著朱衣衛扔在路邊的坐騎悄無聲息地匍匐前行。待來到坐騎旁，她飛快地起身解開被綁在馬身上的昏迷老婦。

老婦從迷濛中醒來，尚未來得及想起自己的處境，就已對上如意的眼睛，迷糊中脫口喚道：「如意?!」——正是如意的義母江氏。

遠處的朱衣衛聞聲驚覺，搶先出手攻來。一時間暗器如暴雨來襲，如意還未來得及扶江氏下馬，只能立刻揮劍格擋。江氏不會武功，如意為了護住她周全，身上連中幾枚暗器。待這一陣暗器過後，朱衣衛們已然攻至近前。如意上前迎擊，立刻便被朱衣衛們圍攻起來。

眼見有人自側方向如意砍去，江氏心下一急，驚呼道：「小心！」

這一聲卻提醒了瓊珠，瓊珠立刻高呼：「抓住江氏！不然我們都得死！」

如意咬牙護在江氏馬前，揮劍砍倒攻上來的朱衣衛。但朱衣衛以多對一，砍殺不絕；如意再強，卻也分身乏術。眼見朱衣衛後方已分兵出來要捉江氏，如意只能扔出雷火彈遠襲。爆炸聲轟隆響起，一時間朱衣衛紛紛倒地。但馱著江氏的馬也因爆炸聲受驚，將江氏掀翻在地。

如意大急。然而四面煙塵滾滾，天又黑，她被朱衣衛纏殺著脫身不得，不覺心急如焚。她只能一面奮力地揮劍劈殺過去，一面大聲喊著：「娘！娘！」

待她殺絕了攔路的朱衣衛，眼前煙塵也終於散去，卻見江氏已被一個女子控制住，橫劍在頸——那女子正是瓊珠。

瓊珠見滿地屍體，也不覺膽寒，劍鋒往江氏脖子上一逼，尖叫道：「別過來，過來我就殺了她！」

忽聽馬蹄聲近，三人忙都抬頭望去——卻是又有一隊朱衣衛趕到了。領頭之人高呼：「華蓋分堂前來增援！」

瓊珠大喜過望，忙道：「她傷了珠璣大人，快拿下她！」

那一隊朱衣衛立刻撲向如意。

如意揮劍抵擋，一行人竟拿她不下，戰況很快陷入膠著。

瓊珠已挾持著江氏退出戰圈，本以為得救，卻眼看著如意又要殺出重圍。見局勢不妙，她忙大聲威脅：「如意！放下妳的劍，不然我殺了妳娘！」手中劍鋒一勒，立刻在江氏頸前割出一道血痕。

江氏痛呼出聲。如意五內俱焚，當即不敢再有動作。

瓊珠見狀，得意道：「放下劍！」一眾朱衣衛也趁機縮小包圍，逼近如意。

江氏眼看著四面持劍之人逼近如意，如意卻如被縛住手腳般坐以待斃，準備放下手中的劍。她心下大急，忙喊：「別放！不然我們兩個都活不了！」

瓊珠惡狠狠地捂住她的嘴，「閉嘴！」

江氏卻突然一口咬住她的手。瓊珠吃痛，持劍的手下意識地一斜，劍立時便在江氏的脖子上拉開了一條長長的口子，瞬間血湧如注。

如意眼前霎時一片血色，她發瘋般強攻上前，「娘！」

四面朱衣衛都被她殺退，瓊珠自知人質已無用處，見如意瘋狂殺來，早已嚇破了膽，忙把江氏往前一推。如意抱住江氏，才終於停下攻勢，慌忙為她止血。然而哪裡止得住？不論如意如何去捂去壓，血只如泉水般汩汩從帕子下、從她指縫裡湧出來。

江氏嗆咳著，喃喃道：「沒用了。他們抓住我的時候，我就知道活不成了。娘錯了，不該不聽妳的安排，悄悄從娘家跑回盛州收稻子，落到了他們手裡。」她淒慘微笑著，似是想抬手摸一摸如意的臉，「好孩子，自打我救了妳，妳就沒叫過我幾聲娘，今天聽妳叫了好多回，娘真高……」卻終是沒有摸到，那雙手頹然落地，她的頭軟軟地磕進如意懷中，就此再無氣息了。

如意抱著她的屍首，撕心裂肺道：「娘！」

她痛苦難當，一時氣血迷心，心中殺意立時漲起。她猛地抬眼，雙目赤紅，如餓狼一般盯著一眾朱衣衛。

朱衣衛們被她眼神震懾，情不自禁地退後一步。瓊珠早已膽寒，見如意渾身是血，狀若修羅，手中長劍寒光一閃，分明是要開殺的跡象，忙道：「快跑！」

朱衣衛們頓時撒腿狂奔。如意哪裡會放他們離開，放下江氏的屍首，疾突上前，或施暗器，或運劍砍殺，轉眼之間已有數人倒地。其餘眾人分散逃亡，但如意殺心更盛，仗劍逐一追殺，竟是一個都不打算放過！

烏雲悄然遮蔽了星空，風攜著水汽湧起，四面都是朱衣衛死前的哀號之聲。如意早已殺得力竭，喘著粗氣，卻還是奮力地追著奔逃的朱衣衛砍刺。赤紅的眼睛瘋狂又冰冷，只有無盡的殺意。

被追殺到莊外木橋上，奔逃中的朱衣衛絕望之下奮力一搏，向如意攻去。如意閃身躲避，卻不料身上早已脫力。那朱衣衛撲倒在地，如意卻也一個站立不穩，眼看就要從橋上跌下。

正在此時，凌空一雙手攬住了她——來者正是寧遠舟！

如意卻看都不看寧遠舟，剛一站穩，見倒在地上的朱衣衛正手腳並用地爬著逃命，便又揮著劍砍殺過去。

寧遠舟連忙阻攔：「如意！」

如意聲嘶力竭地嘶吼著：「他們殺了我娘！」寧遠舟愣怔的間隙，她已一劍刺死那個朱衣衛，又趺趺撞撞地躍下橋去，向著正在奔逃的瓊珠奮力擲出手中之劍，那劍脫手命中，瓊珠立時撲倒在地。

如意趺趺撞撞地向著瓊珠奔去，眼中唯有恨意與殺機，再也看不到其他。她身後的一名朱衣衛見狀，趁機上前偷襲，卻被寧遠舟一劍砍倒。

瓊珠喘著粗氣，強支起身體，驚恐地看著如瘋狼一般逼上前來的如意——這瘋狼一夜之間殺了一名緋衣使，又在圍攻之下反殺了兩隊二、三十名朱衣衛，此刻終於要來殺她了。瓊珠肝膽俱裂，她不明白，這樣的煞星怎麼可能默默無聞。她喃喃問道：「妳是誰，妳到底是誰？」

如意撿起地上一把劍，高高舉起，「殺人者，任辛！」

劍上寒芒一閃，瓊珠倒地身亡。

而在如意身後，是數十具無聲橫臥的屍體。寧遠舟也是在今晚，第一次親眼見證了朱衣衛第一刺客，不，天下第一刺客那震撼人心的威懾力——十步殺一人，千里不留行。

如意踉蹌站穩，只覺眼前萬物都在飄忽晃動。她機械地揮舞著長劍，向四面怒吼：「還有誰殺了我娘，出來，都出來！我任辛饒不了你們！」天地蒼茫，只有潺潺的水聲回應她。

寧遠舟伸手去扶她，如意憤怒地揮開：「放開我！」

寧遠舟根本不敢放開她，將她抱在懷裡柔聲勸慰：「妳受傷了，我得幫妳止血。」

可如意掙扎著，「用不著！我是任辛，我不怕受傷，更不怕死……」

寧遠舟扶住她的肩，強迫她看著自己，告訴她：「妳不是任辛，妳是任如意。如意，看清楚我是誰，我是寧遠舟！」

如意迷茫地看著他，突然用力地拍打著他，痛苦嘶吼著：「放開我，他們殺了我娘，我要去殺光他們，我要報仇，我要替娘娘報仇！」

寧遠舟將她抱在懷裡，緊緊地控制著她。如意掙扎不止，「放開——」卻突然脫力，暈倒在寧遠舟懷中。

寧遠舟一探她的額頭，被燙得一驚，忙將她打橫抱起。

兀鷲盤旋在空中，發出「啊啊」的長叫。

✵

合縣客棧。

孫朗已在楊盈房間四周仔細巡查了一圈，卻並未發現有什麼異常之處。然而想到于十三的話，他還是有些放心不下，便走到楊盈窗前，悄悄推開窗子向房中望去，只見楊盈沉沉睡在床上，呼吸均勻；內侍也站在房角，手持拂塵守護著。孫朗這才稍稍放了心。

夜色漸深，客棧上空兀鷲盤旋。「啊啊」的長叫聲遙遙自空中傳來，擾得人有些焦慮。

孫朗又四下巡查了一陣，略覺睏頓，便靠在楊盈房外的牆上，半合著雙目打盹兒。不知過了多少時間，他隱約察覺到有什麼動靜，立時驚醒過來，卻見內侍低著頭從楊盈房裡捧了茶盤出來。見他睜眼看過來，內侍搖了搖手，示意無事。孫朗這才繼續合眼睡去。

內侍走過簷廊，見離房間已遠，立刻加快腳步，向著灶房疾行而去。來到灶房，他推門進去，低聲喚道：「青雲！」

柴房昏暗，他向前走了兩步，焦急地張望著。忽聽一聲驚喜的呼喚：「殿下。」連忙循聲看去，便見鄭青雲從暗處快步走出來。兩人飛奔向對方，激動地擁抱在一起。內侍不留神碰掉了帽子，滿頭青絲散落——正是楊盈所假扮。

楊盈靠在鄭青雲懷中，只覺甜蜜幸福，「你果然還記得這個手勢，以前咱們在宮裡，就經常——」

鄭青雲打斷她：「我怎麼會忘？」他急切地詢問著：「可他們看得這麼緊，殿下是怎麼出來的？」

楊盈道：「看著我的那個內侍，我之前在天星峽救過他的命，我求他，他不敢不答應——」

「那負責護衛妳的寧堂主上哪兒去了？」鄭青雲忙又問道：「怎麼一直沒見著？那些侍衛也不告訴我。」

「他有急事出門了，要明天才能回——」

鄭青雲再度打斷了她，輕撫著她的頭髮，呢喃道：「殿下，我好想妳。」

楊盈羞澀道：「我也是。」

他們久別重逢，正是情難自禁的時候，互相凝望著，不知不覺便靠近了。鄭青雲的唇若即若離地蹭上楊盈的額頭，輾轉向下，不知不覺便鼻尖輕觸，雙唇近在咫尺。察覺到楊盈的羞澀，鄭青雲低頭輕輕往前一壓，兩人的唇便貼合在一處。

激情一觸即燃，鄭青雲突然狂熱地將楊盈壓在窗上親吻起來，手指緊緊扣住窗櫺，將楊盈困在懷中，隨即雙手撫到楊盈身上，靈活地遊走起來。

楊盈衣襟漸漸散開，只覺意亂情迷，一時不知身在何處。但當鄭青雲把她壓在草堆上時，她意識到鄭青雲想做什麼，立時清醒過來，忙用力推開他，「不行，不可以！」

鄭青雲卻又急切地靠過來，央告著：「是我唐突了，可阿盈，我真的好想妳，讓我抱一抱，一會兒就行！」

他目光哀切，楊盈本就思念他，哪裡拒絕得了，終是羞怯地點了點頭。兩人再度緊擁在一起，雖未更進一步，然而情意纏綿不盡，一時只能聽到彼此粗重的呼吸聲。

可楊盈突然就覺得有哪裡不對，抽了抽鼻子，「不對，我好像聞到了……」

鄭青雲卻覆上來，親吻著她的面頰，「別管它！」

楊盈一時又有些迷亂。兩人繼續纏綿著，卻突然聽到外面傳來一聲尖叫：「走水了！」隨即便響起嘈雜震耳的鳴鑼聲、雜亂的腳步聲，有人奔走呼號著：「走水了！」

楊盈大驚，推開鄭青雲飛奔到房外。只見房舍上火光熊熊，整個院子都已經燃燒起來，客棧裡一片兵荒馬亂，一眾人來來往往地穿行著，忙亂地救人、打水、滅火……

錢昭攔住孫朗，急道：「殿下呢？殿下在何處？」

孫朗拎起一桶水就往自己身上澆去，匆匆回一句：「還沒出來！」便要往火場裡衝。

鄭青雲追著楊盈走進院子裡，大聲喊道：「我已經把殿下救出來了！」

眾人這才鬆了一口氣。

楊盈早已奔向前去，抓住個人便焦急地詢問：「杜長史呢，杜長史救出來沒有?!」

杜長史聞聲，連忙應道：「我在這裡！」他鞋子都沒來得及穿，便被人連扶帶拖地從火場裡救出來，此刻赤著腳一身狼狽，還沒來得及上前跟楊盈會合，便聽一聲巨響——火場裡一處房樑塌了下來，霎時間火焰四濺。火勢愈發大了，烈火呼呼地騰上夜空。

鄭青雲招呼著：「火太大了，大家趕緊避出去吧！」說著便半拖半扶著楊盈向外奔去。情勢太過緊急，不少人來不及多想，紛紛跟著他往外跑去。

錢昭、于十三、元祿三人對視一眼，同時拔劍在手。

丁輝見狀有些愣怔，「怎麼了？」

孫朗把自己從火場裡搶出來的小狗放在地上，冷聲道：「每回住進客棧的時候，我都會再三檢查，確保不會輕易走水。這火來得太猛了，肯定有問題。」

話音未落，便聽隔牆有人齊聲吶喊著：「梧國禮王，納命來！」隨即幾十個盜匪模樣的人執刀從後牆外衝了上來，將錢昭、于十三、元祿三人團團圍困起來。

于十三提劍殺向盜匪，卻也沒忘了提醒孫朗：「孫朗，護好殿下！看好姓鄭那小子！」

孫朗當然分得清輕重緩急，聞言立刻向外奔去：「是！」

轉眼間錢昭三人便和盜匪纏鬥到一處，一時火焰騰燒聲、廝殺打鬥聲，火光、刀光、劍光……混雜在一處，徹底繚亂了這晚的夜色。

✵

劉家莊清風觀裡，如意躺在地上昏睡不醒。夢中刀光劍影，火焰衝天，她正拚死與無數看不清臉的劍客搏鬥著。在劍客身後，被綁著帶走的有昭節皇后，有她剛剛死去的義母江氏，還有玲瓏。

她們都在喊著：「阿辛，如意，救我、救我！」

如意不停揮劍，想要殺上去救下她們，焦急地呼喊著：「娘娘！娘！玲瓏姐！」然而眼前的劍客總也打不倒殺不絕，她眼見著她待若母親和姐姐的她們遠去，漸漸失控，發了瘋一般搏鬥著砍殺著，「我要殺了你們，殺了你們！」

寧遠舟拿著浸濕的布巾匆匆趕回，便見如意臉燒得通紅，滿口說著胡話，胡亂揮舞雙手。他連忙上前將濕巾敷在如意額上，又扶起她，想餵她吃藥。但如意牙關緊閉，怎麼也撬不開口。

寧遠舟正思量該如何渡藥給她，如意卻突然驚厥。她抽搐著彈起又落下，嘴裡唸著：「殺，殺，殺！」

寧遠舟忙控制住她，卻再度被她滾燙的額頭燙了一下。他心知不能再這麼下去了，一咬牙，抱起如意，便向著清風觀後牆外的小河飛奔而去。

來到河邊，寧遠舟抱著如意走進河水中。夜色清冷，水聲泠泠。月光映得河面明如白練，又在他們激起的水紋中碎作萬千鱗光。當走到齊腰深的位置時，寧遠舟俯下身去，帶著如意一道潛入了水中。

那水極清澈，水底月光漫射，剔透如一個水晶世界。

如意下意識地掙扎著想要浮上水面，寧遠舟堅定地抱住了她。他們浸在水中，烏髮衣帶輕緩地纏繞上揚，粼粼波光映照在他們身上。

不知過了多久，如意漸漸平靜下來，緩緩睜開了眼睛。寧遠舟見她眸光已然清醒，這才抱著她衝出水面。

兩人出水後大口地呼著氣，寧遠舟先緩過來，抬手幫如意拂開髮上、臉上的水跡，急切地問道：「妳清醒了嗎？」

如意點頭，身邊卻浮起了一圈血水。寧遠舟忙又抱著她往岸上走去。

如意渾身都在發抖，寧遠舟緊緊地抱住她，用體溫為她取暖，在她耳邊輕輕解釋著：「一會兒就好了……對不起，我知道妳有傷，可是妳在發熱驚厥，要是不馬上退熱，我怕妳醒不過來……」

如意受了太深的刺激，更兼病中虛弱，顛三倒四，「他們殺了我娘，雖然只是義母，可她也是娘。珠璣她們知道我是如意了，你殺光了他們沒有？」她揪住寧遠舟的領口，逼問：「有沒有？」

「有，」寧遠舟將她圈在懷裡，輕聲安撫著：「我檢查過，他們每一個都死了，一共二十九個，對不對？」

如意顫抖著，牙關咯咯作響，神經質地唸叨著，又恨又痛，「對，對。我所有的親人都死了，娘娘、義母、玲瓏，我要為她們報仇，可她們全都死了！」

寧遠舟更用力地抱住她，在她耳邊低聲呢喃著：「別怕，妳還有我，我們還會有孩子，我們都是妳的親人。」

如意又陷入了迷蒙，她推開寧遠舟，瞪著他，「你騙我，你從一開始就在騙我！你說讓六道堂安排我娘回娘家，可她還是被朱衣衛抓了！你不肯和我生孩子，你一直在利用我！你說我是同伴，你離人偶給我，可你還是和他們一起傷了我！」她猛然發作起來，拍打著寧遠舟，「滾開，你滾開！」

被同伴背叛的傷，依舊深深地刻在她的心上，表面上雲淡風輕，似已復成舊好，卻一直是她最隱祕的痛。

體會到這一點，寧遠舟心痛不已，抱著她不肯鬆開，「對不起，我不會走的，這次我哪兒都不會去。」

如意掙扎不開，發起狂來，重重地一口咬在寧遠舟的手腕上，手腕上立時便滲出血來。

寧遠舟依舊沒有動，只緊緊抱住她，輕拍著她的脊背安撫她。

如意漸漸平靜了些。她舔了舔唇上的血，嘗到了血腥味，便有些迷茫，含糊道：「鹹的，你流血了……」她翻找著寧遠舟身上的傷口，「你不疼嗎？」

寧遠舟輕輕地放開了她，「不疼。妳看。」便伸出雙手，先給如意看了看剛才她咬的地方，又指著右手手背上模糊的咬痕，輕聲說道：「這個，是第一次見妳的時候，妳咬的。那時候才真疼。」

如意怔怔地看著，伸手去摸那兩處傷口，突然又抬起頭來，「你是寧遠舟。」

寧遠舟溫柔地凝視著她，「對，我是寧遠舟，妳的寧遠舟。」

「你真會給我一個孩子？」

「會。」寧遠舟握住她的雙手，輕輕說道：「那天妳問我，救完皇帝之後還有什麼願望，現在我可以告訴妳了：我希望以後不單能做妳孩子的父親，還可以真正走入妳的生活。如果妳願意，我還想給妳一個家。」

如意有些迷茫，「家？」

「對，男耕女織，兒女繞膝，一個真正的家。」

淚水從如意眼中湧了出來，她喃喃地問道：「真的？」話音未落，她身子一軟，再次撲倒在寧遠舟懷中。

寧遠舟一探她的額頭，覺出她額上熱度退去，終於鬆了一口氣。

合縣。

✵

土地廟裡燈火明滅，透過廟門可望見客棧的方向大火仍在燃燒，火光照亮了天際。

楊盈和杜長史不安地等在廟裡，不時望向門外——錢昭一行人迄今都還沒趕來同他們相會，他們也只從孫朗口中得知有盜匪襲擊，卻不知後續進展如何，心裡不免有些焦慮難安。

楊盈忍不住問道：「哪兒來的盜匪？是安國人嗎？」

杜長史還想寬慰她：「殿下少安毋躁——」卻突然發現楊盈一身內侍打扮，不由得皺起眉頭，「殿下這身衣裳是？」

楊盈低頭一看，臉上騰地一下紅了，強行掩飾道：「逃出來的時候怕有危險，臨時換上的。」

杜長史哪裡還猜不到原委，面色立時嚴厲起來。他目光一掃，見鄭青雲默不作聲地立在離楊盈不遠的暗影裡，立刻喝道：「鄭青雲，你出去！」

鄭青雲還想說話，杜大人提高了嗓門：「出去！」

鄭青雲嚇了一跳，只得訕訕退出去。

杜長史便一拂衣袍，就在廟門口，如一尊守門佛般端正坐好，不容違逆地對楊盈道：「殿下去後殿休息吧，這裡自有老臣來守著。」

楊盈不敢多言，只得一拱手，轉身去了後殿。

孫朗守在廟外，同樣心急如焚。他護送楊盈一行人來廟裡安頓已經有些時候，錢昭那邊卻始終沒消息傳來——按理說以他們幾個的身手，打發幾個盜匪不該用這麼長時間才對。他正忖度是否該派個人過去看看，便見山坡下丁輝急匆匆地跑上來。

孫朗忙上前詢問：「怎麼樣了？」

丁輝喘著粗氣，急道：「不妙！盜匪倒是被打退了，可藏在房裡的黃金全沒了！」

孫朗一驚，「十萬兩黃金全沒了？幾千斤的東西，怎麼可能一下子運走？」

「調虎離山，那些人一開始就是衝著金子來的。」丁輝緩過氣來，便道：「現在他們都去追盜匪了，老錢叫我過來幫你，要我們務必守好殿下。」

孫朗扭頭看了眼鄭青雲——被杜長史趕出去之後，此人就一直在廟門前徘徊張望，也不知在盤算些什麼。

孫朗壓低了聲音：「好。可今晚實在是有點古怪，這小子一來就出了這麼多事，絕對有問題。」他和丁輝對視一眼，各自會意，同時向著鄭青雲走了過去。

鄭青雲見他們一左一右走過來，隱隱覺得有些不對，步步後退著，「你們想幹麼？」

土地廟後殿，楊盈正跪在蒲團上默默祝禱，忽聽外面一陣巨響，緊接著便有打鬥聲傳來。她心裡一緊，忙站起身來，抓了桌上香爐當作武器，警惕地盯著外面。

不多時鄭青雲執劍闖了進來，滿頭滿臉都是血。他進門抓住楊盈的手，拉著她便往外跑，「殿下，快跑！」

楊盈見他受傷，又驚又怕又擔心，來不及多想，就已被他拉了出去。

出門便見幾個侍衛倒在地上，渾身是血地呻吟著，卻不見孫朗在何處。楊盈下意識地就要去查看傷者，卻被鄭青雲強硬地拖走，一把推上馬去，「別管了！」

楊盈道：「可是——」鄭青雲也翻身爬上馬，將她往懷裡一按，牽起轠繩，便帶著她飛馳而去。

楊盈不由得向後張望，迷茫又焦急，「出什麼事了？」
鄭青雲草草解釋了句：「盜匪搶了黃金，」便提醒她：「先逃命再說！抓緊我！」
楊盈驚魂未定，覺出身下馬匹加速，忙緊緊地抓住了鄭青雲。
只聽馬蹄聲急，不多時兩人便消失在夜色裡。

✵

寧遠舟抱著如意，騎馬行走在回合縣的道路上。如意正昏昏沉睡在他懷中，他怕馬行顛簸驚醒如意，刻意放慢了馬速，時不時低頭查看如意的狀況。
不知走了多久，如意緩緩睜開眼睛。初時她還有些昏沉，但幾乎立刻便目光清明了。她掙扎著想要坐起來，寧遠舟忙安撫她道：「別擔心，一切安全。」
她張望著四周，詢問：「我們在哪兒？」
「回合縣的路上。」寧遠舟便向她解釋眼下的狀況，「天快亮了，劉家莊死的人太多，我擔心村民會上報給安國的守軍，就把那些朱衣衛的屍體都處置了，短時間之內，不會有人發現他們的身分。」
如意這才稍稍安穩下來，道：「珠璣死之前才知道我是任辛，他們應該還來不及把這個消息傳回總衛。」她閉了閉眼睛，問道：「我義母呢？」
寧遠舟道：「在後面。我不知道妳想怎麼安葬她，就沒擅自作主。」他覺出如意的痛苦，心中歉疚，輕輕說道：「對不起，我一定詳查是哪裡出了岔子，才會讓妳義母……之前蔣穹跟我確認過，妳義母確實已經在陳州娘家住下了，我們還替她置辦了一處小院……」

如意探頭望去，便見他們身後還跟了一匹馬，馬上有一具裹纏好的軀體。知是江氏的遺體，她眼中便一酸，搖頭道：「我昨晚急糊塗了，我娘是放心不下她種的那幾畝稻子，才悄悄跑回盛州的，不干你的事。」

寧遠舟道：「這還是怨我安排不妥。」

如意道：「你離開六道堂也挺久了，下頭的人辦事不可能那麼細緻……算了，我也不是為你開脫，她畢竟是我的義母，但凡我之前多留點心……」她心中難受，淚水到底還是又湧上來。她閉上眼睛緩了會兒，才又道：「我沒那麼多講究，找個清靜的地方，讓她入土為安吧。」

兩人便在道旁山林裡選了個寂靜的去處，埋葬了江氏。野外簡陋，只堆起一座新墳，沒有立墓碑。

黎明將至，天際已隱隱露出一線光亮。有鳥兒早起，躍上枝頭，歪著腦袋看地上的人。

如意撚土為香，輕輕訴說著：「我其實和她並不太熟，幾年前，她救了舊傷復發的我，幫我抓藥。後來我幫她幹活，她做飯給我，沒過多久，她就跟村裡的人說我就是她那個出嫁後落水的女兒。到死，我也只叫過她幾聲娘。但剛才，她為了不讓我受制於人，自己撞在了朱衣衛的劍上。」

寧遠舟道：「論心不論跡，無論妳怎麼稱呼她，她都是妳娘。」他走上前，在墳前跪下。

如意道：「你不用這樣。」

寧遠舟卻招呼她：「妳過來。」他拉著如意一道跪下，「我們一起。」

他目光堅定又溫柔，如意和他對視了一會兒，便順從地和他並排著，一道在墳前磕了三個頭：「您安心去吧，以後，我會為您報仇的。」

寧遠舟卻道：「妳昨晚已經為她報仇了。」

「還不夠，」如意道：「我已經弄清楚了，梧都分堂滅門案真正的幕後主使，不是朱衣衛的指揮使，就是現任的左使或右使。」她站起身，堅決地說道：「他們才是害死我娘的罪魁，只有他們死了，我娘才能瞑目。」

寧遠舟道：「妳已經殺了幾十個人了，妳娘的仇已經報了。」

如意扭頭冷冷地看向他，「你嫌我殺性太重？你是六道堂的堂主，手下冤魂無數，有資格這樣說我嗎？」

寧遠舟平靜地點頭，「有。」他直視著如意，說道：「入六道堂至今，我手中從無冤魂。就連戰場上，我殺的也只是那些先對我動手的人。」

如意怔住了。

寧遠舟原本不想戳破，但經歷過昨夜之後，他已不想再見如意深陷仇恨之中走火入魔的模樣。她比她自己所想的要心軟得多，所有對她好的人她全都記在心上。但她又過於執著，只知道旁人待她好，她便待旁人好，若那人遇險她就拚命去救，若那人遇害她便全力去報仇，卻不去想那些人愛她的心，原本是不願見她深陷仇恨，是希望她能好好活下去的。

「妳有沒有想過，為什麼昭節皇后會留下那麼一句遺言給妳？」

如意道：「她不願我孤單。」

「並不僅僅如此，」寧遠舟道：「我從一開始就覺得，她這樣做，是希望妳有了孩子後，忘記朱衣衛，忘記殺人，忘記復仇，慢慢地走入正常人的生活。」他凝視著如意，問道：「妳回想一下，她到底對妳說過什麼？她要妳安樂如意地活著，卻並沒有要妳幫她報仇。」

如意反駁道：「她沒有說不讓我為她報仇，她只是讓我要有一個屬於自己的孩子，而且一定不要愛上男人。」

寧遠舟反問：「難道妳不愛我嗎？」

「當然不愛，我只是喜歡——」

寧遠舟打斷她：「喜歡和愛，有什麼不同？妳會因為我而嫉妒，會回應我的擔心，會牽掛我的傷情，妳喜歡和我親暱，習慣我的陪伴，就算是在發熱譫妄、殺瘋了眼的時候，妳還是本能地相信我、依賴我，難道這不是愛？」

如意怔了怔，沉默下來。

寧遠舟道：「妳的娘娘那麼關心妳，卻為什麼要妳別愛上男人？妳說她與安帝伉儷情深，可為什麼她寧死也不肯讓妳把她救走？為什麼一國皇后遇火，她的夫君卻沒派侍衛來救援，只讓妳一個人孤身赴險？為什麼妳從火場脫險後就立刻被打入天牢？為什麼妳家聖上明知道妳對昭節皇后忠心耿耿，卻不問青紅皂白就判了妳死罪？為什麼之後他就嚴禁朝野提起妳的名字，連六道堂最能幹的察子也查不到妳多少資料？」他看著如意，「這些疑問，這幾年間，我不相信妳從來沒想過。」

如意避開他的目光，含糊道：「我當然想過——」

寧遠舟卻再次打斷她：「但是因為妳總念著昭節皇后和安帝昔日的情分，以及這些年他不但一直未立新后，而且處處令人修寺撰文，宣揚他與皇后的故劍情深。妳不願相信妳心中睿智的娘娘其實所托非人，所以，便下意識地選擇為安帝開脫。」

如意張了張嘴，卻發不出聲音。

寧遠舟道：「妳肯定猜到邀月樓大火之時，昭節皇后肯定已經對安帝失望至極，所以才主動求死。她有兒子，可她在生命的最後一刻記掛的只有妳。她希望妳別再替他賣命，過上正常人的生活，但她又知道妳對情愛一知半解，更擔心妳會步她的後塵，愛上不該愛的人，所以，才會留下那麼一句古怪的遺言。」

如意早已紅了眼圈。是的，寧遠舟說的關於安帝的那些她全都想過，她只是在自己騙自己。可直到寧遠舟揭破，她才真正明白昭節皇后的用意，那確實是昭節皇后會做的事。她想到昭節皇后當日的痛苦失望，想到縱使在那樣的心情下，昭節皇后依舊為她著想的心，淚水就不由得湧上來。

寧遠舟深深地凝視著她，抬手輕輕拭去了她眼角的淚水，柔聲道：「她只希望妳安樂如意地活著。」

記憶中邀月樓上的大火再次呼呼地竄燒起來，昭節皇后音容宛在，溫柔地注視著她，說：「替我安樂如意地活著。」原來這一句才是昭節皇后真正想讓她做的。

如意再也忍不住，淚水滾落下來，「娘娘，娘娘……」她含淚凝望著寧遠舟，問道：「那，你是那個我不該愛的人嗎？」

寧遠舟道：「我是那個在妳義母墳前和妳一起磕頭，心中許諾會對妳一生一世好的人。」

如意追問：「你為什麼會對我這麼好？因為我逼你生孩子？」

「因為我知道此生再也不可能遇到一個別的女子，能像妳這樣和我心意相通。我是殺人不見血的六道堂，這輩子一大半的光陰，都只能活在沒有陽光的陰影下，刺探、潛伏、殺人、密報、刑訊，我的生活裡全是這些不能對外人言的隱祕。就算是堂中的女緹騎，也不可能真正理解我。但妳不會，妳和我站在同樣的位置，有同樣想法、同樣的默契；我瞭解妳的痛苦，妳也明白我的無奈，我可以完完全全地在妳面前敞開自己。」寧遠舟閉上眼睛，「呵，該不會是于十三突然附身了吧，我都不相信自己居然跟妳說了這麼多。」

如意輕聲道：「那你為什麼一開始不答應我？」

「因為一個餓久了的人，突然看見滿堂珍饈，只會覺得那是個幻覺；因為我也害怕這次去安國會一去不回，與其死的時候牽腸掛肚，還不如一開頭就不要開始。」

如意將他抱入懷中，低聲道：「那為什麼你後來又改主意了？」

寧遠舟道：「因我也怕孤單，更怕妳孤單。」

兩人四眸相望著，寧遠舟輕輕吻上了她的額頭。

朝陽從地平線上噴薄而出，明亮的晨光給兩人相擁的身影鍍上了金邊，宛如一幅絕美的畫卷。

第十六章

菟絲情蔓斷素手

朝陽初起，晨光照亮了寂靜無人的道路。奔走一夜，馬匹早已睏倦，馬背上坐著的楊盈和鄭青雲也不停地打著瞌睡。

這一夜實在發生了太多事，夢中楊盈都覺得稀裡糊塗。她不留神一個盹兒磕在鄭青雲的肩上，立時驚醒過來，「啊！我們到哪兒了？」

身後的鄭青雲打著哈欠，掃了眼四周景物，「我看看，啊，應該是離潁城不遠了。」

楊盈眼睛一亮，忙道：「那我們趕緊去潁城找金沙幫，金幫主一定會幫我們救使團的！」

鄭青雲一愣，「金沙幫？」

「對，他們在這一塊可有勢力了。」

鄭青雲有些遲疑，敷衍道：「還是別了吧，我們好不容易才逃出來，別回去再蹚渾水了。」

「那是我的使團，我怎麼能不管呢？」楊盈自是不肯，大約是因天亮，也大約是因路上睡了一會兒，此刻她腦中清明，心也已鎮定下來，思路便隨之清晰起來，「對了，昨晚我又睏又累又怕，都沒問清楚那些盜匪到底是怎麼回事。他們是偷了黃金又來襲擊我們的嗎？為什麼只有你帶著我逃出來了，孫朗、杜長史他們呢，都躲哪兒去了？」

鄭青雲含糊道：「當時亂成那樣，我也不知道他們去哪兒了。」

楊盈一下子著急了起來，「這怎麼行？萬一出事了怎麼辦？我們得馬上去找金沙幫救人！」她掉轉馬頭，拿起馬鞭便欲催馬而行。

鄭青雲連忙拉住她的手，阻攔道：「別去！」

楊盈不解地看著他。

鄭青雲心一橫，道：「殿下，我跟妳直說了吧。昨天晚上使團鬧了盜匪，十萬兩黃金全丟了，孫朗他們幾個一口咬定我是盜匪的同夥，在廟外頭就想對我下毒手！多虧我反應機敏，沒著了他們的道。後來，我又打量了他們和杜長史，這才帶著妳一路逃了出來。」

他一下子吐露了太多信息，楊盈震驚至極：「什麼?!」

鄭青雲也有些心虛，「我知道這樣做不太妥當，但事出從權——」

「這和事出從權無關，你肯定是誤會孫朗了！」楊盈打斷他，面色已嚴肅起來。此刻她終於反應過來，連忙撥轉馬頭往回走，「這下不能去金沙幫了，我得馬上趕回客棧去！」

她正準備揮鞭策馬，冷不防手上轡繩被鄭青雲一把奪去。鄭青雲還想阻攔她，急道：「殿下不可！」

鄭青雲是她的心上人，楊盈不懷疑鄭青雲的居心，卻也不免有些懊惱責怪。她一面奪著轡繩，一面跟他講道理：「青雲，你太冒失了！你想過沒有，我是使團之長，卻突然消失了這麼久，大家會多著急！」想到發生了那麼大的事，鄭青雲還砸暈了杜長史，她又不見了蹤影，楊盈便悔恨不已，「我真是昏了頭，居然什麼都沒問清楚，就跟你跑了出來。」

鄭青雲卻依舊控著轡繩不肯放手。楊盈奪不過他，又急著趕路，終於有些惱了，怒視著鄭青雲，「放手！」

鄭青雲見她態度堅決，不肯聽話，也急怒起來。他一把扯開自己的衣裳，恨惱道：「殿下！妳好好看看！」楊盈被他一吼，本能地閉上了嘴低頭看去，便見鄭青雲胸膛上斜著一道長長的帶血劍痕。

鄭青雲露出委屈氣惱的神色，「這是昨晚我被孫朗刺的，差一點就傷到了心肺。怕妳擔心，我一句不提，護著妳跑了半宿，可妳不單不信我，還怪我！」

楊盈錯愕又自責，輕撫著那道血痕，喃喃道：「怎麼這麼深……疼嗎？」

鄭青雲側身下了馬，背對著她攏起衣服，一副心灰意冷的模樣，氣惱道：「臣微賤之軀，哪當得起殿下關懷？」

楊盈忙追下馬去，「對不起，是我不對，我剛才太著急了……」

鄭青雲卻不理她，轉身就走。楊盈愈發心急，忙追上去，「青雲，青雲——」鄭青雲卻連回頭看一眼都不肯。楊盈眼睛一酸，滾下淚來，追在他身後哭著道歉：「我錯了，我不該那麼說的，對不起，對不起！」

鄭青雲終於不忍心，嘆了一口氣，轉過身來，「還是怨我，我確實不該自作主張……」他抬手替楊盈擦去眼淚，緩聲道，「別哭了，殿下再哭，我就更疼了。」

楊盈聞言更是自責，「是我不好，都怨我……他們不該傷了你，可是、可是我也不能不回去啊，怎麼辦?!」

鄭青雲目光一閃，輕輕地擁住了楊盈，「我知道殿下為難，可是殿下想過沒有，黃金現在已經被盜匪搶走了，就算妳現在趕回去，又能拿什麼去安國贖回聖上呢？」

楊盈一愣。

鄭青雲又道：「阿盈，就算拚著妳生氣，有些話，我也不得不說了。妳走之後我才知道，皇后和丹陽王聯手送妳去安國，其實居心叵測。丹陽王想兄終弟及，皇后也只想拖延時間，生下皇子做太后。他們誰都不想聖上平安回來，所以，才故意哄騙妳出使安國……」

楊盈眼睛一酸，「我早就知道了。」

鄭青雲愣了愣，「妳知道？」

楊盈紅了眼圈，點頭，「可我還是要去安國帶回皇兄，這是我身為梧國皇族的責任。」

鄭青雲有些急了，駁斥道：「這不是妳的責任！這一路，使團的人肯定沒少給妳灌輸那些為國為民的大話吧？可妳只是一個生在冷宮、不通世事的小公主，那些軍國大事根本就和妳無關。天底下真心為妳著想的只有我一個，」他一把抓起楊盈的手，道：「阿盈，聽我的，我們逃吧！」

楊盈愕然看向他，「逃？」

「對！」鄭青雲兩眼發亮，「合縣這邊幾國邊境犬牙交錯，黃金被偷走了，追兵也找不到我們，這難道不是老天給我們的最好的機會？我們大可以逃到別國去，找一個誰也不知道的世外桃源，兩情相悅，歲月靜好。什麼皇位，什麼兩國交戰，都和我們無關！」

他勾畫的未來正是楊盈一直以來所想要的，楊盈不由得有些心動，但……見她欲言又止，鄭青雲忙掩住她的口，凝視著她的眼睛，勸誘道：「別說話，看著我的眼睛。妳想不想做我的妻子，想不想和我快快活活地白頭偕老？點頭，或者搖頭。快啊！」

楊盈被他所惑，終於點頭——她當然是想當鄭青雲的妻子，想同他快快活活地白頭到老的。

鄭青雲一把抱起她，快樂地旋轉起來，「太好了，太好了！」

楊盈被他的興奮所感染，也不由得笑了起來。

鄭青雲放下她，喘著氣，笑看著她，「阿盈，我這輩子從來沒有這麼快活過。」

楊盈也笑看著他，「我也是。」

鄭青雲俯身欲吻她，楊盈有些羞澀地避開。鄭青雲立刻道：「我鄭青雲對天發誓，此生永不負楊盈，若違此誓，天打雷——」楊盈忙紅著臉按住他的唇，鄭青雲眉眼一彎，趁機吻了上來。

楊盈意亂神迷之際，鄭青雲將她抱了起來，走向路旁的稻草堆。兩人纏綿接吻著，鄭青雲心急地將楊盈壓在稻草堆上，雙手遊走在楊盈身上，一件件拉開她身上的衣物。楊盈漸漸覺得不對，忙伸手去推鄭青雲，「不行，停下……」

鄭青雲手上動作不停，只追著她的嘴唇親吻，安撫她：「別怕，我們真正地在一起吧，我會對妳好的……」

楊盈越來越覺得不對，不由得掙扎起來，「不可以！」鄭青雲卻愈發猴急。楊盈一咬牙，在鄭青雲脅下穴道上重重地一戳。鄭青雲吃痛，半邊身子幾乎僵直，終於放開了楊盈。

他吃驚地看著楊盈，「妳什麼時候會武功的？」

「如意姐教了我幾招。」楊盈推開他，狼狽地爬起身，匆匆整理好衣物，便奔出草堆，向路邊走去。鄭青雲追上來，楊盈見他還要動手，忙推拒道：「這樣不對，我願意嫁你，但必須光明正大，不可以無媒苟合！我們還是先回去，至少見到遠舟哥哥和如意姐，跟他們報個平安再說婚事……」

鄭青雲氣惱道：「怎麼到了這個時候，妳還在想他們？我們明明好不容易才逃出來！」他見楊盈不理會，便又故技重施。他欺上身去，抱住楊盈想親她，口中呢喃道：「阿盈，我會對妳好的……」

楊盈急了，一邊推著他，一邊怒道：「放開我！」

兩人正扭作一團，突然一劍劈空刺來，「放開殿下！」

鄭青雲躲避不及，那劍已指在了他咽喉上。他只能僵住身子，放開楊盈。楊盈抬頭望去，驚喜道：「元祿！」

來者正是元祿。或許是因趕路太急，他額上都是汗水，喘著氣，道：「殿下，臣來晚了。」

他抬頭看向楊盈，一愣，忙移開目光，怒視著鄭青雲，連劍鋒都忍不住向前逼了一逼。

楊盈立刻反應過來，又羞又急，忙繫好衣衫，「我沒事。你是怎麼找過來的？」

「大家兵分八路，我負責這個方向。」元祿說著，便對鄭青雲喝道：「跪下。混帳，竟敢劫持殿下！」他一時氣急，忍不住咳嗽起來，劍鋒在鄭青雲脖上勒出了血印。

鄭青雲趕緊聽命跪下，痛呼出聲。楊盈見他脖子上出血，忙道：「快放開青雲，他沒有劫持我，你誤會了。」

元祿驚疑道：「是嗎？」正說著，忽地就猛烈地咳嗽起來，他似乎有些喘不上氣，轉眼間臉色就變得青紫，手上劍都有些拿不穩了。鄭青雲趁機微微側頭觀察著四周，見來的只有元祿一人一馬，別無其他，立刻惡向膽邊生，悄悄摸向腰後的佩劍。

楊盈見過元祿宿疾發作的凶險局面，哪裡還顧得上鄭青雲，忙問：「你的病又犯了？」趕緊上前幫他撫胸、找藥，急道：「你的糖丸呢？」

元祿安慰著她：「沒事，跑得太急了。」伸手去摸懷裡的藥物。電光石火之間，鄭青雲身形暴起，脫開元祿控制，反手一劍刺入元祿後心。元祿雙眼圓睜，倒伏在楊盈面前。

楊盈驚駭失聲：「元祿！」她撲上前去要扶元祿，卻聽身後一聲：「殿下，得罪了！」隨即便被鄭青雲點住了穴道，抱上馬去。

一聲馬嘶，馬撒蹄狂奔起來。楊盈驚怒交加，難以置信，卻無法回頭去質問鄭青雲，只能瞪大了眼睛焦急、悔恨地望著元祿。

元祿倒伏在地，血染衣衫，已經奄奄一息。他拚盡全力挪動手指，半晌，才從懷中摸出一個小盒子。盒子跌在地上半開，露出迷蝶的一片翅膀。

「飛、飛啊，去報、信……」

他用顫抖的手指，奮力接近地上的盒子，幾次嘗試推開盒蓋都無果。最後，在迷蝶即將飛出的一剎那，他的手指頹然落下，再不動彈。

迷蝶撲騰著翅膀，卻始終沒有飛起來。

✵

鄭青雲一路策馬狂奔，不知跑出多遠，忽聽潺湲水流之聲。他已帶著楊盈奔逃了一夜，此刻又飢又渴，回頭望見無人追來，便勒馬停在溪流邊，抱著楊盈翻身下馬。將楊盈安置在樹下後，他去溪邊狂喝了幾口水，又拿出葫蘆盛滿。

回到樹下，他半跪在地上，將葫蘆放到楊盈嘴邊，輕聲道：「殿下，剛才恕臣失禮。」

楊盈盯著他，眼神複雜至極，但最終還是喝了起來。沒喝幾口，她便嗆咳起來。鄭青雲替她順氣，但楊盈已經咳得喘不過氣來。鄭青雲猶豫了片刻，只得解開了她的穴道。

楊盈就等著這一刻，趁鄭青雲沒防備，翻身上馬便要逃走。

鄭青雲卻比她敏捷得多，兩步追上，展臂一撈便圈住她的腰，將她抱了回來。

楊盈拍打著他的手臂，憤怒地掙扎著，「放開我！」

鄭青雲圈住楊盈的胳膊，控制住她，「阿盈，妳冷靜點！我不會傷害妳的！」

楊盈嘶吼道：「可你殺了元祿！」

「是他先動的手，我只是為了自保！」鄭青雲和她對吼了一句，聲音復又委屈起來，

「難道在妳心中，他比我還重要嗎？」他反覆保證著，「阿盈，相信我，相信我，我會帶妳逃到一個安全的地方去，以後這種事情再也不會發生了！」

這一次楊盈卻沒有被打動。她只氣惱這個男人不可理喻，「我不去，我要回去看元祿，他流了那麼多血，會死的！」

鄭青雲卻一口否決，「不行！使團的人很快會找到屍體，他們為了向朝廷交代，一定會咬定是妳不想去安國，這才勾結我殺人盜金。」他看著楊盈，提醒她，「阿盈，事已至此，我們回不去了！」

楊盈怔在當場，難以置信地看著鄭青雲，「你什麼都不跟我商量，就拖了我出來，殺了元祿，讓我變成叛國之人。這就是你口口聲聲的對我好？」

鄭青雲臉色一白。

「我要回去救元祿，我要明明白白地跟大家解釋清楚。」楊盈直視著鄭青雲，一字一句告訴他，「鄭青雲，你要是還想和我在一起，就別攔著我。」

她凜然走向馬匹，鄭青雲被她氣勢所懾，竟然不敢阻攔。一直到她翻身上馬，他才醒轉過來，連忙追上去攔住馬頭，哀求道：「別去好不好？要是他們抓到妳，我肯定就活不成了。」

楊盈堅決地撥開馬頭，「所以我沒有要求你跟我一起走。」

鄭青雲失望地看著她，「阿盈，妳變了。以前妳在宮裡的時候，總是溫溫柔柔的，什麼事都聽我的，什麼事都替我著想……」

「可我不單是你的阿盈，我還是梧國的公主、使團的禮王。」楊盈掉轉馬頭，果斷地拍馬而去。

鄭青雲望著她的背影，心緒起伏，最終還是一咬牙，從腰間摸出一把小巧的機弩，瞄準了楊盈的背影。他的手劇烈顫抖著，終於還是偏移了一點方向，瞄準了馬臀，一箭射出。

那弩箭飛近楊盈，卻是直向著楊盈的後腦而去。眼見楊盈就要中箭，空中突然斜飛來一枚石子，將弩箭擊歪，砸在了路邊的山岩上。

楊盈耳邊生風，又聽到「叮」的一聲，嚇了一跳，本能地回頭望去，便見寧遠舟站在岔路口的那一側，身旁迷蝶飛舞。她驚喜地喚道：「遠舟哥哥！」

遠處鄭青雲聽到聲音，臉色霎時雪白，轉頭就往林中狂奔。

寧遠舟如同大鵬般騰身躍起，轉眼便消失在楊盈面前。

❋

鄭青雲在林中倉皇奔逃著，但寧遠舟一個起落便來到了他面前。

鄭青雲大駭，拿起手中機弩射向寧遠舟，趁寧遠舟躲避時亡命奔逃。他邊逃邊射，眼看就要跑出樹林。如意卻忽如鬼魅般出現在他的面前，他手中弩箭已經用完，便拔劍刺向如意。

如意不閃不避，任他衝上前來，擒了他的手腕，借力翻手一摔。鄭青雲只覺眼前一花，已被如意摔倒在地上。他爬起身，摸出另一把機弩，還沒來得及發射，便見寧遠舟已和如意會合，雙雙立在他前方。

鄭青雲自知不敵，心中駭恐至極，用顫抖的手打開機關，威脅道：「你們別過來……」

話音未落，如意和寧遠舟已經不約而同地出手。不過眨眼之間，鄭青雲便已橫躺在地。如意的劍穿透了他的髮髻，寧遠舟的劍穿透了他的衣襬，一上一下，將他牢牢釘在地上。

兩人看都不看鄭青雲一眼，自顧自地交談起來。

如意道：「元祿死不了，傷在肋骨間，只是失血過多，我幫他包紮過了。」

林子外的小路上，元祿正伏在馬背上昏昏沉睡。

寧遠舟也亮出從鄭青雲手上繳下的機弩，道：「殿下也沒事。」腳尖一踩地上正在拚力掙扎的鄭青雲，「暫時別殺他，盜匪和他必有關聯。」

如意問：「你審還是我審？」

寧遠舟道：「我。事關梧國政局，妳不方便。」

鄭青雲掙扎不開，見遠處楊盈正跌跌撞撞跑來，急道：「殿下！阿盈！救我！」

楊盈趕到時，正看到如意踩著鄭青雲的髮髻拔出劍來，她以為如意是要殺鄭青雲，一時情急，「如意姐，別殺他！」

如意冷冷道：「如果妳現在還想說他是無辜的，還想替他求情，我只會覺得自己教出來的是個蠢貨。」

楊盈語塞。

寧遠舟看向楊盈，正色道：「殿下請回答我，妳和他一起離開使團，是心甘情願的嗎？元祿受傷，有妳的份嗎？」

楊盈下意識地搖頭：「他說盜匪來襲，我才跟他逃的。我醒過神，想趕回使團，他不讓，這時元祿追了過來，他就傷了元祿……」

鄭青雲急道：「阿盈，妳明明說好要和我私奔——」

如意一腳踩住他的嘴，他還「唔唔」地想要爭辯，卻無人理會他想說什麼。寧遠舟點住他的穴道，將他拎到一棵大樹下綁好，便對如意道：「妳帶殿下先離開，她受不了這個。」

如意點頭。鄭青雲聞言大急，驚恐地向楊盈呼救：「阿盈，救我，妳別走，他會殺了我的！」

楊盈被如意拉著離開，眼中痛惜掙扎之情交織，走出兩步之後，終還是忍不住回身向寧遠舟跪下，求情道：「遠舟哥哥，我只求你別殺他！他縱有千錯萬錯，也只是為了我！」

寧遠舟正色道：「起來，妳是一國親王，可跪天，可跪地，可跪君王，但絕不可以為了這樣的小人卑躬屈膝。」

楊盈一震，默默地起身，含淚對鄭青雲道：「不管遠舟哥哥問你什麼，你都老實交代吧。他不會害你的。」

鄭青雲難以置信地盯著她，「妳就這麼走了?!妳要眼睜睜看著我死?!我們的海誓山盟呢，妳全都忘了?!」

楊盈全身顫抖，淚流滿面地轉身，跟如意一起離開。

如意見鄭青雲喋喋不休，手腕一震，手中劍鞘向後飛出，拍在鄭青雲臉上。鄭青雲臉一歪，吐出一顆牙齒，滿嘴是血，一時也罵不出來了。

寧遠舟的訊問聲自身後傳來：「說，那些盜匪是什麼身分，黃金又在哪裡？你誘拐殿下，意欲何為？」

楊盈顫抖的腳步不由得停頓下來。

鄭青雲辯解道：「我沒有誘拐殿下，沒有人指使我……」

話音未落，寧遠舟已削掉了他的一根手指，冷冷道：「同樣的問題，我不喜歡問第二次。」

鄭青雲半晌才慘叫出聲，嘴裡含糊地叫著：「阿盈，救我，救我！我對妳是真心的！」

楊盈心中不忍，痛苦地看著如意。

如意淡漠道：「他剛才想用機弩殺妳，也是真心的。」

楊盈不知此事，卻也立刻想起寧遠舟出現前，自己耳後聽到的擊打聲。她霍地轉回頭，難以置信地看向鄭青雲，隨即也看到了鄭青雲身下的機弩。

寧遠舟微微皺眉，不贊同地看著如意。

「膿包還是早點挑破好。真相有時候比拷問更殘酷。」她轉身走回樹下，對寧遠舟道：「你一根一根指頭的，太慢了，元祿還等著看大夫呢。」

她說著便抽出劍來，直指鄭青雲眼睛，「一、這裡。」劍尖一轉，指向他的胯下，「二、這裡。」最後指向他的喉嚨，「三、這裡。沒有第四。」她面色冷漠，嗓音平淡，多餘的情緒一絲都無，規則講完，揮劍就刺。

鄭青雲眼見劍鋒逼來，驚恐萬分，大喊：「我說！」生怕一言慢了，劍鋒就要刺下，不及緩一口氣，便急切地招供：「盜匪負責偷金子，我負責帶走公主，各不相干！我真的不知道他們現在在哪裡，只是約好三天之後在唐家鎮碰面！」他一氣說完，便屏住呼吸，恐懼地瞪大眼睛看向如意。

楊盈又驚又怒，「你跟盜匪是同夥?!」

寧遠舟又問：「誰是幕後指使？丹陽王，還是皇后？」

鄭青雲不由得遲疑，見寧遠舟伸劍，才連忙招供道：「是丹陽王，他要我不計一切代價阻止殿下去安國！」他滿頭大汗，轉頭望向楊盈，「對不起，他是攝政王，我只能聽命行事！」

寧遠舟與如意對視一眼，顯然早已猜到。

楊盈難以置信地看著鄭青雲，「可你為什麼一開始不告訴我，為什麼一直騙我，還想殺我？」

鄭青雲焦急地辯解著：「我沒有，我只想射傷馬，讓妳回不去而已！」他知曉在場唯有楊盈能救他，滿眼哀切地看著楊盈，「阿盈，相信我，我真的只是迫不得已，但我對妳的情意……」

如意卻打斷了他，冷漠地戳穿他：「你還想把她弄到手。你之所以支開別人，和盜匪分頭行動，就是為了這個吧？是不是覺得只要她成了你的女人，就會對你言聽計從，就算以後知道了真相，也不會和你計較？」

鄭青雲被她揭穿了用心，一時間張口結舌，一句話也辯解不出。

楊盈心中巨震，難以置信地衝上前，拎住他的領子，卻不知是暴怒還是乞求，「是不是？你說啊，說啊！」

鄭青雲被她晃得頭昏腦脹，猛地頂開她，暴怒道：「妳難道不是心心念念嫁給我嗎？那早一點晚一點又有什麼區別?!」

楊盈猛地怔住，鄭青雲卻突然有了勇氣。不論做的是多卑劣的事，一旦望見道德的高地，這個男人便總能尋到爬上去的路徑，而後便當真相信自己是高尚垂憐的那個了。他再度振振有辭起來：「妳為了我女扮男裝出使安國，我當然也要為妳做點什麼！阿盈，我不想妳去受苦。丹陽王查到了我們之前的事，願意給我一個機會，我當然要好好把握！阿盈，快叫他們放開我……」

楊盈看著他眼中癲狂自欺的光，震驚憤怒的力氣燒盡之後，內心卻奇異地冷靜下來。她忽地意識到，這個男人其實一貫如此，他不可能認錯悔改的。

她只問：「丹陽王兄許諾了你什麼？事成之後，是加官，還是進爵？」

鄭青雲一滯，低聲道：「駙馬都尉，按以前慣例也是可以兼個禁衛的護軍將軍。」

「護軍將軍？」楊盈神經質地笑了起來，笑得滿眼都是淚，「遠舟哥哥，你聽見了沒有？他只要把我騙出來，只要壞了我的清白，就能和拚了十幾年命的你一樣，做上將軍了。哈哈，哈哈，真有趣，真划算！」

寧遠舟擔心她的狀況，伸手想安撫她，楊盈卻冷靜地避開了。「我沒事。如意姐，我們走。」她擦去眼淚，木然道：「遠舟哥哥，他就交給你處置吧。」便轉身快步離開了。

鄭青雲難以置信地望著她的背影，目光由哀告轉為驚恐，「阿盈，別走！不許走！」見楊盈決然而去，他神色漸漸瘋狂起來，罵道：「妳居然丟下我不管？楊盈！妳好沒良心！」

楊盈霍地轉身，「你說什麼?!」

鄭青雲面色猙獰地辱罵著：「我說妳沒良心、沒腦子！我是妳男人，妳卻和他們一起來害我！當初妳在冷宮裡只是一個沒人理的小可憐，是誰對妳好，是誰憐妳愛妳的？妳全忘光了?!」

楊盈憤怒道：「閉嘴！」

「我偏要說，妳現在抖起來了，跟我耍王爺威風了？妳忘了當初在冷宮裡，有多難看、多卑微了？」鄭青雲惡毒癲狂地看著她，「頭大身子短，像棵黃豆芽，隨便一個小宮女都可以對妳呼呼喝喝。為了一塊御膳房的甜餅，就對我哥哥長哥哥短地拋媚眼。要不是妳還有個公主的空頭名號，我根本都不想理妳！」

楊盈渾身顫抖，「我沒有對你拋過媚眼！」

「別理他了。」如意遮住楊盈的耳朵，帶她離開。

鄭青雲卻不肯甘休，高喊著：「楊盈妳記住，妳渾身都已經被我摸遍了，妳是我的女人了！就算跟他們回去，他們也一樣會看不起妳！」

楊盈再也忍不住了，掙開如意的手衝到鄭青雲的面前，怒視著他，「我沒有！」

可就在這一瞬間，鄭青雲突然掙開繩子，暴起上前制住了楊盈，將一支箭頭架在了楊盈脖子上——原來剛才他一直都在拖延時間，用箭頭磨繩子。他挾持著楊盈，雙目滿是血絲地瞪著寧遠舟和如意，吼道：「都退開，不然我殺了她！」

寧遠舟和如意對視一眼，眼中全是譏諷——這種拙劣的劫持把戲，竟然也敢在他們面前上演？

但兩人還來不及出手，便聽「噗」的一聲輕響傳來。楊盈的右手緊緊握著如意送她的匕首，而匕首正插在鄭青雲的心臟處。鮮血從鄭青雲胸口流出，順著楊盈的手淋漓滴落。

鄭青雲退了一步，瞪大眼睛，驚愕地看著自己身上的匕首。

楊盈喃喃道：「你死了，就沒人會看不起我了。」她猛地抽出匕首，鮮血頓時噴湧而出，鄭青雲踉蹌地摔倒在地。楊盈卻又上前一步，揪著他的領子，手中匕首再一次插下。她眸中漆黑無光，直愣愣地盯著鄭青雲，平靜地陳述著：「我沒有對你拋過媚眼。」一刀拔出，再捅下，「我沒有對你耍威風。」拔出，再捅下，「是你騙了我。」拔出，捅下，「是你害了元祿，害了整個使團。」

她麻木又悲戚，一刀一刀地捅著。地上的鄭青雲很快便不再動彈，鮮血濺了她滿臉、滿手、滿身。

楊盈踉蹌著起身轉向如意，蒼白的面孔濺著暗紅的血，漆黑的眼中洇著一層薄光。她慘笑著：「如意姐，妳說得對，我就是個蠢貨，居然被這麼一個男人騙得團團轉，居然為了嫁他，連命都不想要了！呵，呵！哈哈哈！」她突然瘋狂起來，對著鄭青雲的屍體一陣亂踢，怒吼道：「你繼續說啊，怎麼不出聲了，啊？啊?!」

寧遠舟嘆了口氣，剛要上前安撫她，楊盈卻突然一口鮮血噴出。

如意一個箭步衝上前，扶住了暈倒的楊盈。寧遠舟立刻點了楊盈身上幾處穴道，替她探脈。片刻後，他嘆息道：「怒急攻心，驟傷心脈。」

如意看了看懷中的楊盈，又看了看地上的鄭青雲和林子外馬上的元祿，也嘆了口氣。

✵

這一夜使團損傷慘重。楊盈昏迷，元祿重傷，杜長史、孫朗、丁輝也都被人打暈，還沒有甦醒過來。幸而所有人都還活著。客棧裡大火已然撲滅，到處都是火災後的斷壁殘垣，所幸幾處住人的客房尚算完好。眾人將楊盈和杜長史一行各自在房中安頓好，又請來大夫，留下錢昭為他們診治、包紮，這漫長的一夜總算暫時告一段落。

然而真正的難關卻還等在眼前——黃金被劫走，而他們手中暫無線索。

院子裡陳列著幾具屍體，當先一具是鄭青雲。于十三仔細查驗嗅聞了一番，卻還是向寧遠舟搖了搖頭，「沒找到什麼有用的東西。」又指著其他的屍體，道：「這幾個是去土地廟的盜匪，鄭青雲就是在他們的幫助下，才傷了杜大人和孫朗他們。」

這些人的屍首在寧遠舟回來之前，于十三就已經檢查過，同樣沒找到什麼線索。

如意上前查看了一下屍體的耳後，道：「鄭青雲應該沒有撒謊，這人耳後的肌膚很是細膩，不像附近的本地人，應該就是丹陽王的手下。」

正說著，錢昭從房中走出來，單膝跪地，埋頭向寧遠舟請罪：「我失職了，既沒護好殿下，又丟了黃金，請大人處罰。」

于十三和其他使團成員聞言也跟著跪了下來。

寧遠舟自責道：「不怪你們，怨我托大擅離。」

如意出言打斷他們，道：「行了，只要是做事，總會有預料不及的事情發生。人家有心伏擊，你躲過是僥倖，躲不過才是常事。與其在那兒互相認錯，不如早些把黃金找回來。」

「沒錯。」寧遠舟也看向眾人，提振了精神，正色道：「而且一定要在安國人知道之前把黃金找回來，否則和談之事，又會再生波瀾。你們最後在哪兒跟丟了盜匪？」

眾人便各自起身，全神貫注地思索、商議起來。

于十三道：「離這裡三里外的山崖，我和老錢追到了那裡，可他們早有準備，把裝著黃金的車子推下了崖，自己也蕩著繩子離開了。等我們繞了個大圈子趕到崖下，金子和人都沒了蹤影。」

錢昭接道：「我們發現不對之後，馬上派還沒受傷的人分八個方向追查。可到目前為止，還都沒有回報。」

寧遠舟道：「我們只有這點人，分成八個方向太散了。召他們回來，我們重新研判盜匪最可能的撤退路線。」

如意便在地上畫了八道放射狀的線，分析道：「你們派出去的人中，只有西南方向的元祿找到了殿下，而我和寧遠舟是從南面回來的，正好碰見了他昏迷之前放出的迷蝶，這才知道附近出了事。鄭青雲既然和盜匪分頭行動，那麼盜匪肯定不會走西南和正南兩個方向。」她抹掉西南和正南方向的線。

寧遠舟補充道：「他們三天後要在唐家鎮會面。唐家鎮在西北，兩路人馬不可能特意繞一個大圈子，東南和正東也可以排除。」他又抹掉兩條線。

于十三道：「山崖在北邊，所以正北、西北、正西三個方向最有可能！」

寧遠舟思索了片刻，道：「第一，十萬兩黃金想要運走，至少要用五頭健騾健馬，而且走不了坎坷的山道；第二，為了誘開我們的追查，他們可能會分散，但為了安全，一定不會把黃金分開運送，所以那一隊人馬，至少有二十人以上；第三，合縣不是丹陽王的地盤，他們怕黃金落入安國人手中，肯定會避開有安國人盤查的大道。所以，我們只要沿著這三個方向，在小道上查找超過二十人的隊伍，就必能有所斬獲！」

他寥寥數語，點明了方向。眾人眼睛都是一亮，道：「沒錯！」

寧遠舟馬上決定：「老錢，你馬上去潁城，問知府要這一帶的小道地圖。」

「不用。」錢昭斷然道：「打天星峽之前，我在周健那兒看過行軍輿圖，」他指了指自己的腦子，道：「這附近的道路，我全記得，現在就能畫出來。」不多時，錢昭收筆，他和于十三按住紙張四角，一張墨跡未乾的地形圖便展現在眾人眼前。

寧遠舟圈出于十三提到的山崖，指著山崖周邊的關鍵位置，道：「三條小道，四個村莊，我們分成三組行動。」

✵

如意、寧遠舟一行人來到盜匪運走黃金的山崖上，對著地圖觀察著崖下的地形。崖下草木繁茂，道路淹沒在林木之間。

西北的村落旁，錢昭攔住路邊的老農，塞了串銅錢過去，向老農打探著什麼。老農不疑有他，知無不言。他身後的道路上，幾位手下正仔細地檢查著路上的車轍。

正西的村屋外，于十三一邊幫老婦人收著漁網，一邊含笑向四周的老婦人和小媳婦們打聽著什麼。他嘴甜人俊，逗得周圍的女人笑意盈盈，都爭先講述，為他指點著方向。

側近的村子裡，如意走進村中客棧，向掌櫃盤問道：「兩、三天前，有沒有一隊外地人在這裡打過尖？至少有二十人以上，五輛車。」

見掌櫃搖頭，如意便道：「整個合縣，能住三十人以上的客棧就只有兩家。是不是有人威脅你，不許你說出去？」她把劍和一個金元寶拍到櫃檯上，冷眼看著掌櫃，「有劍的不只是他們。兩樣東西，你選哪一個？」掌櫃一寒，終於肯開口。

寧遠舟也來到正北向的村子前。村口的大樹下有個小童正在玩耍，見有人要進村，奔跑上前詢問原委。寧遠舟便向他打探消息。那小童聽他問完，眨了眨眼睛，繪聲繪色地向他形容起來，抬手為他指點方向。

寧遠舟謝過小童，給了他顆糖，便帶著手下向小童所指的方向前進。小童向他揮手道別，確定寧遠舟一行人走遠後，便迅速跑到樹後，很快便揚手放出了一隻飛鴿。

飛鴿飛越樹林，寧遠舟卻早已等候在此。他擲出暗器，飛鴿應聲而落。手下拆下飛鴿上的密信呈上，寧遠舟展信，只見上面寫著：「追兵已至大槐樹，已指其向北。」

寧遠舟一指飛鴿飛去的方向，帶著眾人策馬狂奔而去。

✲

四面煙塵滾滾，寧遠舟、如意、于十三等人各自從不同方向驅馬奔來，先後拐過三岔路口，卻不約而同地選擇了同一條岔道，三支隊伍很快便在路上會齊為一。

寧遠舟勒馬停下，道：「不約而同，很好。」從不同方向打探到的消息可以相互印證，顯然他們並沒有找錯方向。

只是前方又分出了兩條道路。

錢昭道：「三個時辰前，有兩隊人馬先後經過了這個岔路口。都有五、六輛車、三十來號人，但一隊走的是這條路，另一隊走的是這條。」

于十三看了眼兩條路的方向，道：「一條通往渡口，一條通往十八里鋪，我們兵分兩路？」

正商議著，忽聽元祿的聲音傳來：「等等，讓我瞧瞧！」

眾人回首，便見丁輝驅馬載著面色蒼白的元祿趕來，勒馬停在了道旁。于十三大喜，

「你小子可以啊！又撿回一條命！」

元祿翻身下馬，落地險些站不穩，錢昭忙上前扶住他。元祿面容虛弱，卻還是仰頭衝著眾人請命道：「寧頭兒，我能根據車轍的深淺，算出他們走的是哪一條。」

寧遠舟輕輕點頭，于十三和錢昭忙上前協助元祿。

元祿艱難地趴在地上，用隨身小尺測量車轍的深淺和長寬，掐指計算起來，良久之後方道：「算完了。兩隊車子上載的東西都是重貨，都是千斤左右，分不清哪邊是黃金，」他一指右邊的道路，斷言：「但我敢判定，盜匪們走的是這一條！因為這條路上的馬蹄印——有幾匹馬和別的不同，竟然釘了馬蹄鐵，這種玩意兒，只有京裡的高門大戶才捨得用！」

眾人大喜，紛紛翻身上馬，就要轉向右邊道路。

如意和寧遠舟卻同時道：「等等！」

寧遠舟讓如意先說，如意便道：「這條路通往渡口，既然兩、三個時辰之前他們就經過了，這會兒肯定已經乘船沿江而下了。」

寧遠舟也展開手中的地圖，一指河流的轉彎處，道：「所以，我們應該去攔截的地方是這裡！」

✻

兩岸山崖鬱鬱高聳，倒影橫枕在江上。流水斜映著白日，一半明亮，一半幽碧。

江水中央正有一艘大船沿江而下。船身吃水深，行進得平穩又緩慢。船中央一行箱籠，箱籠上蓋著稻草。幾個身形彪悍的男子懷中抱著大刀，正在船頭巡視。

突然，一陣箭雨自岸邊山崖上射了過來，船上眾人紛紛揮刀閃避。

山崖上，六道堂眾人相準時機，再次揮手，又一陣箭雨帶著火光射出。船上眾人才躲過第一陣箭雨，正混亂間，便迎來一陣帶火箭雨，終於招架不住，身上紛紛中箭著火，不少人慌不擇路地躍入水中。

寧遠舟和如意各自從河道兩岸躍起，依次踩著漂在河上的錢昭、元祿等人手中的木材借力，如蜻蜓點水一般躍上了大船，一路神擋殺神，佛擋殺佛。與此同時，于十三、孫朗等人也躍上了大船。船上的人漸難抵擋。不過幾息之間，如意的劍便橫在頭領的脖上，將整條船都控制住了。寧遠舟也挑開稻草，確認了黃金仍在。

使團眾人臉上都露出了笑容，情不自禁地歡呼起來。

于十三迎著江風深吸了一口氣，「舒服！為什麼還是同樣的人，這場仗就能打得那麼痛快！」

孫朗應聲道：「因為有了寧頭兒和如意姐啊！沒有頭狼的狼群，連狗都咬不贏！」

如果說，之前如意初入隊伍時，還曾被認為是二狼，但接連兩場戰事之後，所有人都相信，她與寧遠舟一樣，已然是狼群中無可爭辯的領袖！

✵

收回箱籠趕回客棧時，天甚至都還沒有黑。

客棧裡一切都還安好，杜長史也已經甦醒過來，只是頭上還帶著傷，纏了繃帶。見寧遠舟一行人平安歸來，還奪回了黃金，杜長史欣喜萬分。他撫摸著失而復得的箱籠，喃喃道：「都找回來了，太好了，太好了！」

寧遠舟問道：「殿下如何了？」

杜大人臉色一白，憂慮道：「還發著高熱，大夫剛開了方子熬了藥，如意姑娘在裡頭看著。」忽地又想起件事，「哦，還有，安國鎮守合縣的吳將軍過來盤問我們昨晚出了什麼事，被我應付過去了。」

寧遠舟走進楊盈房中，進門便看到如意正托著楊盈的下巴幫她復位，一旁的內侍手裡端著個空碗，一臉驚恐，便問：「怎麼了？」

如意扶楊盈躺下，隨口解釋道：「剛才她牙關緊閉，灌不進藥，我就卸了她的下巴，剛把藥餵完。」

寧遠舟無奈地嘆了口氣，「妳行事果然不走尋常路。」

內侍這才醒過神來，拿著碗匆匆離去。

寧遠舟走上前，伸手探了探楊盈的額。

如意道：「只是被男人傷透了心而已，死不了，但得脫層皮。」

昏迷中的楊盈也並不安穩，眉頭深結，痛苦地說著胡話，一時怒叫：「鄭青雲！」一時又悲喚著：「丹陽王兄，你為什麼要這樣對我？我是你妹妹啊！」尾音落下，本就濕潤的黑睫裡，又滾出了淚珠。

寧遠舟嘆了口氣，替她拭去眼角的淚水，輕聲安撫著她：「別難過了，我審過盜匪頭目，丹陽王只是想阻止妳去安國，並沒有想害妳，也沒有向鄭青雲許諾過駙馬之位。是鄭青雲急於升官，才自作主張買通了山匪的頭目，想要生米做成熟飯。」

如意稍有些錯愕，道：「這樣看來，這個丹陽王還算有良心。」

寧遠舟點了點頭，感慨道：「論治國，無論是他，還是章崧，其實都比聖上更出色。」

「那我們大可以不救皇帝，」如意道：「反正章崧想要的也只是一份傳位於皇后之子的詔書而已。我就不信刀劍之下，他敢不寫詔書？你要為天道的兄弟們正名，也不過是一份雪冤詔的事，要他一併寫了就是。」

正說著，內侍端著銅盆再次走進屋裡，寧遠舟便示意如意出門說話。

兩人一道從楊盈屋裡出來，寧遠舟才低聲對如意道：「我確實這麼想過，但這事，不能讓杜長史和錢昭他們知道，這兩個，可都是聖上的大忠臣。」

如意會意，又問：「那于十三和元祿知道嗎？」

寧遠舟搖頭，道：「這種事，他們知道得越晚越好。到時候生米做成熟飯，責任由我一個人來扛就是。這事，我只會和妳商量。」

如意抬眼看向他，眸中隱含笑意，「你就這麼信得過我？」

寧遠舟見四下無人，便往她耳邊一湊，嗓音壓得低沉徐緩，輕笑道：「表妹，我不信妳，還能信誰？」

那嗓音撩得人滿耳發癢，如意一怔，隨即笑盈盈地還他一句：「表哥，」眼中映著清凌凌的光，調皮又惡劣，緩緩說道：「你以後要是敢變成鄭青雲，我絕不會幾刀就殺了你，一定會零敲碎打，讓你拖上好幾個月，求生不得，求死不能。」

她眼盯著寧遠舟，寧遠舟卻是絲毫不懼，笑道：「我不會給妳這機會的。但妳可以在別的事上，讓我求生不得，求死不能。」

如意一滯：「你敢消遣我？」她出手便是一套小擒拿，攻向寧遠舟。寧遠舟側身避過，與她來回攻防幾招，瞅準時機將她拉入懷中，笑看著她，「不行嗎？難道妳希望我去消遣別人？」

「你敢！」

寧遠舟緩緩笑道：「我當然不敢。」

他無奈又乖順，實在令人發不出脾氣。如意也不由得笑起來，便在寧遠舟懷中鬆懈下來。兩人靜靜相擁著，享受了片刻安穩。

寧遠舟道：「對不起，剛定了情，本來想和妳好好地在晨光裡並肩走上一段，看看秋花，聽聽鳥叫，結果又遇到了這麼多事。直到現在，才有空說說知心話。」

如意靠在寧遠舟的懷中，聽他的聲音低低地順著胸口傳過來，只覺心中暖暖的，很是安穩。

「這沒什麼，」她往寧遠舟懷裡靠了靠，隨口應道：「反正我又不喜歡那些花啊鳥的。而且你是因為擔心我，才離開使團的啊。」

寧遠舟輕撫著她，笑道：「沒關係，妳慢慢就喜歡了。以後，我們會一起走很多的路，看很多的風景，做很多普通人都會做的事。等辦完了使團的事，咱倆就去找一個遠離塵世、只有我們兩人的小島隱居，劈柴、種花、洗衣、爭吵……每一件瑣碎的小事，我們都一起做，妳肯定會喜歡的。」

如意皺了皺眉，依稀覺得有哪裡不對。但她一時不想敗興，依舊依偎在寧遠舟懷中笑著，輕聲抱怨道：「你怎麼越來越蠻橫了？」

寧遠舟笑道：「我只在妳面前任性。」便俯身溫柔地吻了吻她的額頭。

「可我還是覺得，跟你一起殺人更痛快。」

寧遠舟無奈失笑，正欲說什麼，便見于十三匆匆趕來。看到他們兩個，于十三當即上前問道：「殿下醒了沒有？」分明是有急事。

寧遠舟馬上和如意分開，道：「還沒有，怎麼了？」

于十三急道：「壞了，安國的官兒來探殿下的病了！」

「讓杜大人再去應付不就行了？」

于十三憂心忡忡，搖頭道：「不行，這回來的不是合縣的守將，而是奉了安帝的旨意，從安都過來負責接待使團的引進使和鴻臚寺少卿。杜長史說按規矩，引進使與殿下這個迎帝使是同一個等級，不讓他們見殿下，禮數上說不過去。」

楊盈卻也不可能說醒就醒。寧遠舟略一思量，決定先去探一探安國接待使團的虛實，再做打算。

✵

三人一道悄悄潛到客棧正堂外，藉著窗邊樹木的遮掩，透過窗縫向正堂裡望去，只見堂中杜長史正和一幫安國官員唇槍舌劍。

當中一人高聲道：「杜大人真是客氣，禮王殿下在我安國之地上受了盜匪之災，於情於理，都應讓我等探望才是。」

杜長史分毫不讓，「少卿此言差矣，合縣乃我梧國固有之地，如今不過暫時托於貴國，不日便會歸還。是以列位是客，我等是主。殿下既然抱恙，哪有不客隨主便的道理？」

對面那人便冷笑道：「呵呵，可老夫倒是聽到一則無稽流言，說是貴國禮王貪生怕死，不敢親至我國，所以早已私下逃離。老夫原本是不信的，可如今引進使大人親來探望，你們卻推三阻四，莫非，個中真的有什麼不妥嗎？」

于十三指著屋內正在說話的人，道：「那個是安國鴻臚寺的少卿，」又一指遠處坐在椅子上安然喝茶的人，道：「那個就是引進使。」

安國的鴻臚寺少卿約五十歲，生就一派正氣凜然的諍臣模樣，很有些咄咄逼人。引進使坐得略遠些，背對著他們，身形又時不時就被指天畫地的少卿遮擋住，看不清面容。只望見半面坐姿俊秀挺拔，松竹一般，年紀應當不大，卻很能沉得住氣。

寧遠舟還要細看，正在悠然喝茶的引進使卻突然耳朵一動，轉頭望了過來。三人不約而同地低身，縮到了牆根下。

這引進使過於敏銳，寧遠舟心知不能再探，打了個手勢，便和如意、于十三一道悄悄退遠。

遠離正堂後，于十三嘆息道：「來勢洶洶啊，要不，索性讓他們見一回殿下？有我們在旁邊看著，也不至於出什麼岔子。」

寧遠舟搖頭道：「不妥。萬一他們說帶了名醫來，要給殿下診病呢？殿下是男是女，脈相一診便知。」

如意道：「找個法子，不讓他們接近就行。」

正說著，便聽正堂方向傳來一聲：「今日我們便偏要見到禮王殿下！」卻是安國那位鴻臚寺少卿再一次拔高了聲音，準備硬闖。

隨即便傳來杜長史憤怒的阻攔聲：「停下！爾等無禮至極！」但雜亂的腳步聲還是傳了出來，向著院中逼近了。

寧遠舟還沒來得及動作，如意已閃身鑽進楊盈的房間，順手拉上于十三，「跟我來！」

寧遠舟微怔，隨即便明白過來。他迅速打一個手勢，院中眾人立刻分成兩排肅立，攔在了通往楊盈房間的石徑前。

待安國少卿和引進使一出來，眾人便緊隨著寧遠舟，刷的一聲同時拔劍。院中霎時安靜下來。

六丈見方的庭院，中間兩條十字交叉的石徑。正北通向會客的正堂，正東通向楊盈昏睡的廂房。中間隔了一棵蓊蓊鬱鬱的庭樹和兩排劍拔弩張的侍衛。

安國的引進使團站在正堂前的臺階上，七、八個人氣勢洶洶地殺出來想逼問一個真相，卻不料遇上的是圖窮匕見的狀況，都怔在當場——只除了那個迄今都還沒開過口的引進使。

落針可聞的寂靜之中，只聽一聲金清玉潤的淺笑，「喲，好大的陣仗，看來真是心虛了。」隨即，身著錦袍玉帶的引進使輕抬皂靴，緩步走下臺階，來到寧遠舟面前。

他甚至比寧遠舟料想中還年輕些，身上卻已有了戰場殺伐才能淬煉出的鋒銳，雖比寧遠舟略矮些，氣勢上卻並不落下風。他上下打量著寧遠舟，語氣竟很溫和：「這位，莫非是六道堂的寧大人？」

寧遠舟拱手一禮，道：「正是在下。」

引進使目光一深，道：「朱衣衛說你是來充數的，可看樣子，這使團裡真正作主的是你啊。」便提議道：「要不你來拿個主意吧。本使與禮王殿下地位相若，禮王若是刻意避而不見，便是對我大安無禮。」他微微瞇起眼睛看向寧遠舟，依舊是不徐不疾的語氣，周身氣場卻已陰寒下來，「要麼，讓本使進去探病，要麼，各位索性就此打道回府。」話音剛落，他身後的隨從也拔出刀來。

兩方人馬對峙，氣氛瞬間緊張到極點。

寧遠舟面上平靜，腦中卻飛快地思索著，他緩聲道：「引進使何需如此？若想拜見殿下，寧某帶路便是。但殿下尚在病中，還請大人務必屏聲靜氣，否則，若是因此加重了殿下病情，只怕大人也難以向貴國國主交代吧？」

去。

引進使一笑，「好。」話雖如此，他卻完全不理會寧遠舟，大步向著楊盈的房間走

好在于十三已從楊盈房內轉出，侍立於門口，向寧遠舟微微點頭，示意無事。寧遠舟放下心來，便拱手向房內通傳：「安國引進使欲請見殿下，還請通傳。」

如意的聲音從屋裡傳來：「進來吧。」

眾人聞言，都是一怔。

安國少卿愣道：「女的？」

引進使更是停住了腳步。

寧遠舟道：「大人，請。」

引進使卻呆立不動，寧遠舟略感奇怪，再次道：「請。」

引進使這才移動腳步，跨進房門，身後一眾人便跟著他魚貫而入。

房間內燈光昏暗，楊盈一身皇子裝束，躺在榻上，仍舊昏迷不醒。如意做宮裝打扮，一身珠翠，華貴明豔，側身立於榻前。

安國少卿這才恍然。引進使卻彷彿依舊迷惑不已，自進門後，便站在原地不動。

如意道：「殿下仍在昏睡之中，爾等若想拜見，在此行禮便是。」

安國少卿搶上前一步，正欲靠近榻前，便被如意如寒冰般的眸子一掃。安國少卿只覺心中一凜，竟為她氣勢所懾，規規矩矩地在距榻前三步時駐足，行大禮道：「大安鴻臚寺少卿範東明，拜見禮王殿下。殿下安好？」

楊盈自是紋絲不動。

便有隨從附在引進使耳邊低語道：「看相貌，與梧帝眉目相似，應該不是西貝貨。但是否真的昏迷，屬下無法判定。」

引進使依舊呆立原地，沒有反應。

寧遠舟道：「晉見殿下已畢，請諸位退下吧。」

安國少卿眼珠一轉，道：「殿下抱恙，我等哪能就此離開？老夫也頗善岐黃之術，斗膽為殿下請脈。」言罷，便要上前。

可他還未靠近，如意便斥道：「放肆！殿下玉體，豈容爾曹所辱！」

少卿驚愕：「妳是何人？」

如意傲然抬首，昏黃的燈光映照在她的臉上，將她明豔冷峻的面容襯托得尊貴至極。她凜然道：「大梧湖陽郡主，奉詔以女史之職，陪送禮王弟入安！」

寧遠舟已然明白過來，忙順著她的話道：「爾等還不參見郡主？」

安國諸人驚疑不定。唯有那一直呆立在原地的引進使踏前一步看向如意，語聲驚疑不定：「師父？」

如意一怔，看向引進使，只見他華服玉冠，年少俊美，一臉的驚喜與不可置信，正是長慶侯李同光。

第十七章

玲瓏骰子安紅豆

看清李同光的模樣時，如意也是一怔，但幾乎是在一瞬間便做出了恰當的反應——不解地皺起了眉，還往身邊看了一眼，似乎在確認李同光問的是誰。

李同光上前一步，語聲慌亂而期待，渾不見之前的權謀與穩重，「我是鷲兒啊。師父，您不認得我了嗎？」

如意退後一步，似是驚疑地問寧遠舟：「他在跟誰說話？什麼糾，什麼兒？」

寧遠舟眼神一凜，擋在如意面前，「不得對郡主無禮！」

然而數日前的情景，卻浮現在他眼前。

當金媚娘說起長慶侯的身世時，如意似是想起了什麼。

「他母親也是出身皇族？那不是和鷲兒很像？」提起那個鷲兒，如意分明有些懷念，「說起來，我也好久沒聽到鷲兒的消息了，也不知道這些年他過得如何。」

而金媚娘面色微妙，含糊地應道：「應該是不錯吧。」

那時寧遠舟就已有所疑心，卻不料那個鷲兒，同如意竟是這樣的關係。

李同光渾然沒有留意到寧遠舟看向自己的凌厲目光，只是急切地說著：「是我啊，師父，是我！」他驚喜過望，眼中就只看得到如意，見如意流露出不解的目光，忙解釋道，「啊，我現在是長慶侯了，聖上還賜了國姓給我。師父，鷲兒現在再也不是沒有姓的孩子了！」他急切又驕傲，更若有似無地帶了絲自欺和瘋狂。見如意還是沒認出他來，他忙又拉過身後的隨從給如意看，「這是朱殷啊，當年您指給我的親隨，您不記得了？」

如意自然是記得的。

他們初次相見是在九年前。那時的李同光還叫鷲兒，不過才十來歲年紀，有著一張桀驁又倔強的臉。他沉默地緊咬雙唇，任憑宮女替他擦拭著，身上盡是血痕青腫。看得出來，他剛剛打過一架。

那時昭節皇后還在，她將如意傳召入宮。兩人一道站在皇宮後花園的亭子中，遙遙望著遠處的鷲兒。

宮女想要為鷲兒更換身上滿是泥汙的破碎衣物，卻被他甩開。宮女勸說了兩句，便想再次嘗試，鷲兒卻用野狼一般凶狠的目光瞪著她們。宮女強行上手去剝時，他便也真如野狼一般咬住了她們的手。

昭節皇后於是嘆了口氣，走遠了一些，才對如意道：「這是清寧長公主的獨子。長公主病重，去湯泉療養，臨走之前把他託付給本宮。可從進宮到現在都三天了，這孩子就沒說過一句話。我瞧著這樣不行，想讓鎮業和守基兩個陪這個小表弟玩，結果就搞成了這個樣子。思來想去，只能召妳進宮了。」

如意不解地問：「不知臣能為娘娘做些什麼？」

昭節皇后微笑道：「替我好好地教導他。」

如意一愣，「教他？娘娘，臣只是個朱衣衛的紫衣使，不是宮中的女傅啊。」

昭節皇后苦笑道：「別說女傅，就是男教習，他都已經咬傷四、五個了。他是個好孩子，只是性子太拐孤了，我是看他還喜歡點拳腳，所以才想到了妳。」

如意似懂非懂，「您是想臣教他武功？」

「不單如此。」昭節皇后說道：「我還希望妳教他如何做人。妳在朱衣衛，或許也聽過這孩子的身世吧？」

如意答道：「臣位卑，所知不多。只是聽說小公子的爹是長公主的……面首，所以小公子自幼深以為恥。」

昭節皇后嘆了聲氣，「很多時候，事實是事實，卻不是人們以為的那種事實。長公主當年遠嫁宿國為太子妃，後來兩國交惡，宿國太子欲殺她洩憤。若不是一位深得宿國太后寵幸的梧國樂工捨命相護，長公主一介弱女子，怎麼可能在亂軍之中獨自跋涉近千里，平安歸來？可回到安都後不久，那樂工就因傷重而去世了。長公主悲痛欲絕，聖上和我才知道，她已經有了三個月身孕。而那時，她已經離開宿都整整半年。」

如意恍然：「那長公主對這位樂工，是作如何想的呢？」

昭節皇后再次望向遠處的鷲兒，這小野狼已經打走了所有宮女，正奔跑進假山山洞裡。

「長公主的心事很複雜，」昭節皇后嘆道：「一方面，她深恨自己貴為金枝玉葉，卻在離難中因為種種原因委身低賤之人；另一方面，她卻拚著抗旨，也要生下這個孩子，以懷念那位樂工。她對這個孩子的感情也同樣複雜，既不敢近，也不願遠。所以這孩子才變成了這樣。」她頓了頓，看向如意，目光溫柔地說道：「阿辛，這孩子的倔強，和妳很像。所以我希望他以後也能像妳這樣，如竹不折，如劍不阿。」

如意馬上回道：「不敢當娘娘的謬讚。」

昭節皇后便叮囑她道：「不管他的父親是誰，他都是聖上的外甥、我的親人。阿辛，替我教好他。」

如意忙領旨，猶豫了一下，又問道：「不知小公子怎麼稱呼？」

「鷙兒。」

「大名呢？」

昭節皇后搖頭，嘆道：「長公主一直不肯說出那位樂工的名字，所以他至今都沒有姓。連鷙兒這個小名，都是來自樂工生前彈過的那張靈鷙琴。」

如意默然，片刻躬身行禮道：「臣定不辱命。」

她想，沒名沒姓，只一個隨口取來的稱呼，這孩子確實同她很像。

鷙兒藏在假山山洞中，蜷縮在石頭上休息。一聽到有聲響，立刻警惕地拿起旁邊削尖了的樹枝：「誰?!」

洞口處便傳來一聲：「原來你會說話。」那聲音平穩，卻猶然帶著些少女的清脆。

鷙兒下意識地緊閉了嘴巴，向外望去，便見有人逆著光，走進了山洞裡。鷙兒看不清那人的面容，只見她身姿娉婷，當不過是個略長自己幾歲的少女。見周圍並無旁人，他便惡狠狠地恐嚇道：「滾！不然我殺了妳！」

那女子自然就是如意，如意也自然不會被這種大話喝退。她看著鷙兒手上的樹枝，一笑，「就憑這個？」便猛地出腳一掃。

地上的沙土揚起，迷了鷺兒的眼，這孩子大叫一聲，下意識去猛揉眼睛。下一刻他的身體便已騰空，被如意拎了起來。

鷺兒拚命地掙扎著，「放開我！」

如意嫌他亂蹦得吵鬧，點了他的穴道，拎著他走出山洞，來到花園水池旁，將他一把按了進去，這才解開他的穴道，提醒他：「不想瞎，就自己洗乾淨眼睛。」

鷺兒慌忙去洗眼睛，半晌後方才緩過來一些。

如意見他好轉了，才問道：「毫無還手之力的滋味，是不是很難受？」

鷺兒模糊地睜開了眼睛，卻還是看不清如意的臉，便問：「妳是誰？」

如意道：「你的師父。」

鷺兒氣惱道：「我不需要什麼師父！」

如意一腳將他踩入水中。鷺兒咳嗆著，在水下不停地掙扎著。如意拎著他的衣領將他拉起來，道：「再說一次。」

鷺兒倔強地閉嘴不語。

如意問他：「以後還想這麼被人欺負嗎？」

李同光憤恨卻無力，咬緊了嘴唇。

如意放下他，向著水池對面的山石單手抽劍一揮，只聽轟隆一聲，那山石已經被劍氣一削兩斷，坍塌下來。

鷺兒被嚇了一跳，拚命揉了揉自己還模糊的眼睛，視野漸次清晰。那已然崩倒的巨大山石終於清晰地展現在他眼中。

如意將劍橫在他眼前，冷冷道：「拒絕我，你就是那塊石頭。跟著我好好學，你就能變成這把劍。」

鷲兒一凜，回頭望向如意，「妳到底是誰？」

明耀日光之下，女子冷豔的面容便猝不及防地闖入了他的眼簾。

清冷聲音也隨之傳來：「朱衣衛，紫衣使，任辛。」

✵

如意並不是個寬容溫和的好師父，她對鷲兒的訓練從一開始就很嚴苛。

訓練鷲兒劈劍時，哪怕鷲兒已經精疲力竭，沒練完她交代的一千次，也不能吃飯。

教授鷲兒練字時，哪怕一張紙鷲兒已經寫好了八成，可只要滴上一滴墨水，也必須燒掉重新開始抄。

並且她還耳聰目明，即便閉上雙目盤膝運功時，也彷彿始終開著一隻天眼盯著鷲兒，令鷲兒一絲一毫都不能蒙混過去。

鷲兒打不過她，只能咬緊了牙，敢怒而不敢言。

那時的如意還是個成天在血腥中出沒的紫衣使，不懂，也沒有時間去學習什麼叫循循善誘，什麼叫溫和勸導。當然鷲兒也顯然是個頑劣的徒弟，他們之間似乎從來都沒有過溫情脈脈的場景，但兩人的關係卻隨著時間的推移，越來越密不可分。

演武場上，如意用單手，一次次化解掉鷲兒的各種攻擊，用各種招式、從各種角度將鷺兒打翻在地。

初時鷺兒還倔強不服輸，在如意一聲又一聲的「再來」中一次又一次爬起來，直到最後爬也爬不起來。

如意便冷笑道：「面首的兒子，果然沒用。」

鷺兒在極怒之中終於再次爬起，向如意狂攻過去，卻被隨手打倒在地，伴隨著一句：「別人一激你，你就自亂陣腳？再來！」

夜晚如意終於在榻上入眠了，鷺兒還在桌前對著史書苦讀，扭頭望見如意睡得香甜，不由得惡向膽邊生。他抄起手邊的硯臺，潑向如意。

未料如意彷彿睜著眼一般，一揮手便擊回了硯臺，墨汁澆了鷺兒一頭一身。如意隔空點了鷺兒的穴道，鷺兒撲通一聲跪倒在地上，如意翻身向裡繼續睡去。

鷺兒跪在地上，動彈不得，眼中漸漸泛起淚光，一滴滴地掉落了下來。

✵

第二日鷺兒便被如意罰去賣菜。他一身平民打扮，身在市井鬧巷，像個菜販子一樣守著小攤賣菜，臉上還沾著洗不淨的墨跡。路過的行人都對著他指指點點，不遠處有幾個少年嬉笑著圍觀他，指著他竊竊私語。「雜種」兩個字穿透鬧市飄進了他耳中，鷺兒憤怒地抓了把青菜砸過去，吼道：「你才是雜種！」

他與少年們扭打在一起，很快便寡不敵眾被按到地上廝打。多虧琉璃及時趕到，將他救了出來。

夜間如意從外歸來，一身夜行衣尚未脫去，便先去料理鷲兒。

鷲兒跪在她的面前聽她冷冷地訓誡：「讓你練字讀史，是為了讓你有腦子；讓你上街賣菜，是要你明白人間疾苦。可你連這麼點事都做不好！」

鷲兒只覺得憤恨又委屈，忍不住爭辯：「他們罵我是雜種！」

如意說：「就算他們不罵出來，在瞧不起你的人心裡，你還是雜種。」

鷲兒氣惱地反駁著：「我不是！我不是！我不是！」

如意嫌他吵鬧，一皺眉，解下黑色蒙頭，對琉璃道一聲：「我累了，沒心思聽這些。把他關去柴房敗敗火，什麼都別給，十二個時辰後再放出來。」便自行進屋去。

鷲兒怒極，終於爆發，在她身後怒罵著：「賤人！瘋子！妳除了會罰我罵我，還會什麼？我不要妳教我。」

琉璃掩住鷲兒的口想拖他出去。而如意轉過身，淡淡地看著他，「我本來也不想教孩子，我只會殺人。剛剛死在我手裡的人，是第一百二十七個，你想做第一百二十八個嗎？」

鷲兒一凜，「妳騙我。」目光卻情不自禁地落在了榻上——如意剛解下的黑色手套上，正有鮮紅的血滴了下來。

如意皺眉道：「再加六個時辰。」

鷲兒終於被琉璃拉走了。如意這才解開外衣，露出肩上剛受的傷。那傷口猙獰外翻，鮮血淋漓。她咬著牙忍住疼，為自己敷藥包紮。

被琉璃關進柴房時，鷲兒忍不住叫住她，目帶恐懼，仰頭詢問：「她說的是真的嗎？」

琉璃猶豫了一下，還是點了點頭，告訴鷲兒：「大人是朱衣衛這十年來最出色的刺客。就連奴婢，手上也攢了十條人命，才有資格被選到大人身邊服侍。」

鷲兒大駭，連忙後退。

這一夜鷲兒盯著明滅跳躍的燭火，亂糟糟地想了很多。

他的眼前不停地出現如意手套上滴落的血和那塊被如意一劍削斷的山石。

突然他打了個寒戰，猛地跳起來看向半開的窗縫，終於下了決斷。

✵

夜色已深，如意半蜷著身子倒在榻上，已沉沉睡去，身邊藥瓶散落未收。

突然她警覺地睜開了眼睛：「說。」

琉璃不知何時已出現在窗外，低聲通稟道：「大人，奴婢剛才巡視，發現小公子偷了馬逃走了。」

如意霍地起身。

✵

朔日之夜，天空暗沉無月。

鷲兒策馬奔馳在草原上，袖子裡兜滿了清涼的風。他不時回頭看向來路，見沒有人追來，臉上的笑容越來越大。他自覺逃離了魔窟，心中快活又恣意。

如意帶著幾個手下策馬奔跑在草原的山坡上，大聲喊著：「鷲兒！鷲兒！」卻沒有人回應。

遠處傳來狼嗥聲。琉璃掐指一算，驚道：「不好，這幾日正是胡狼群遷徙的時候！」胡狼群居，遷徙時動輒三、五十隻一同行動。憑鷲兒的身手，一旦遇上絕無活路。

如意眸子一暗，立刻下令：「分成三隊，各自尋找。找不到，就別回來；找到了，發鳴雀令。」說罷，自己先加催一鞭，向著草原深處奔去。

奔跑了半夜，鷲兒又累又餓，重獲自由的喜悅很快便在顛簸中悉數耗盡。遙遙望見遠方有一頂帳篷，他連忙驅馬上前。

草原上不知何時起了風，烏雲湧起，遮住了漫天星光。草原的夜晚縱使在夏日裡也透著涼意，何況那風裡挾帶著水汽，已浸透了他的衣衫。他只覺寒意侵膚，急切地想找個溫暖些的去處借宿一晚。若能再討些吃食，就再好不過了。

來到帳篷前，他迫不及待地滾鞍下馬，幾乎要站立不穩。他撩開帳篷門，探身向裡詢問：「有人嗎？」

沒人回應。帳篷裡沒點燈，黑漆漆一片。鷲兒看不清裡面，便回頭去帳外的火堆灰裡尋找食物——火堆早已熄滅了，灰燼卻還有些暖。他正翻找著，忽然隱隱嗅到些不太對頭的味道。他思量片刻，起身再度走向帳篷，猛地撩開帳篷門，不料卻對上了幾隻碧綠的眼睛！

鷲兒大驚之下跌倒在地，拉倒了帳篷，露出了裡面已經被咬得血肉模糊的牧人屍體。

他驚駭地大叫一聲，扭頭奔向坐騎。

這時空中一道閃電劃過，閃光照亮了整座草原，鷺兒這才發現，自己四周已經布滿陰鷙幽綠的獸眼——在不知不覺之間，他竟然已被數十隻狼包圍了。他匆匆撿起根柴火棍防身。

頭狼前肩低伏，喉嚨裡翻滾著低沉的咆哮，已齜著森白的犬牙逼了過來。群狼隨之逼近，當前幾隻的獠牙上還染著鮮血。

鷺兒渾身顫抖，終於大叫出聲：「救命！救命！」

狼群一隻接一隻地縱身躍上，鷺兒卻只敢閉著眼睛亂揮著柴火棒反擊，沒揮幾下，便覺手臂一沉一痛，已被野狼咬傷，撲倒在地。

眼看他就要被野狼一口咬住咽喉，千鈞一髮之際，一劍凌空殺來，刺傷了那隻狼。如意冷冷的訓斥聲隨即傳入他耳中：「教過你多少次了，對敵之時，不許閉眼！」

鷺兒從地上爬起來，驚喜地睜眼望去，便看到護在他面前揮劍砍殺的傲然身影，脫口喚道：「師父！」

如意卻不再說話，一手拉住他，另一手揮著劍全力砍殺，帶著他殺出了狼群的包圍圈。

鷺兒追在她身後，忽然望見一隻狼正悄悄地從後方接近她，向她撲來，他忙喊：「小心！」如意忙著砍殺兩側撲上來的狼，無暇顧及身後。鷺兒下意識地擋在了如意身後，被那狼一口咬住了腿。

如意騰了手回頭，正看到鷺兒擋在自己後面，不由得微感意外。她一掌劈死偷襲的狼，見鷺兒抱著腿疼出滿頭汗，便在鷺兒面前蹲下，道：「上來。」

鷺兒猶豫了一下，還是伏在如意背上。他稍有些彆扭，卻很快便被如意的身手轉移了注意力——如意背上多了個人，身形不比之前那般靈活，卻仍是將撲上來襲擊的野狼一一擊殺，動作行雲流水，無一招一式多餘。鷺兒看在眼裡，又是心驚，又是嘆服。

殺出重圍後，如意帶著鷺兒躍上坐騎。將鷺兒舉到馬背上時，她肩膀一沉，動作有瞬間的僵硬。

她攬著鷺兒，驅馬狂奔，身後追著沒被殺盡的狼群。狼群不依不饒地追了很久，但終於還是漸漸被拋遠了。

✵

不知到底奔跑了多久，如意終於放慢了馬速，對鷺兒道：「沒事了。」

鷺兒一直被如意抱在身前，此時終於忍不住哽咽起來，「嗯。」

如意一皺眉，扭轉他的頭讓他面向自己，還像以往那般盯著他，命令道：「不許哭。」

鷺兒點頭，「嗯。」但他眼中的淚水卻越流越多。

又一道閃電閃過，鷺兒瑟縮了一下，蒼白的臉、通紅的眼睛，不過是個十二、三歲的脆弱少年。

如意一怔，眼神放柔了一點。猶豫了片刻之後，她伸出手去，拍了拍鷺兒的背。

鷺兒怔怔地看著她，似是終於意識到，眼前的這個人確實是他的「師父」。會在他最恐懼時殺過來救他，會在他受傷時蹲下來背他，會穩穩將他護在懷裡，會在他哭的時候拍他背的師父。

他撲上去一把抱住如意，埋在她懷中，盡情地哭了起來。

如意有些手足無措，想推開他，最終還是放棄了，只是嫌棄地道：「蠢，挨幾句罵就要逃，還什麼都不帶，就一匹馬，你能逃到哪兒去？下次還敢嗎？」

還是那個完全不懂慈愛溫柔為何物的師父。但這一次鷺兒卻再也不覺得師父是在罵他。他哭著搖頭：「再也不敢了，下次，我至少帶兩匹馬，還有糧食，再逃。」

如意一愣，想笑，但還是忍住了，最終粗聲道：「還哭？最多再哭一炷香，否則我殺了你。」

鷺兒悶悶地應了聲：「嗯。」隨即就哭得更大聲了。

這時雷聲轟隆隆地響起，天空淅淅瀝瀝地下起雨來。

如意皺了皺眉，策動坐騎，去附近尋找避雨之處。最終找到了一處山洞，就在洞口燃起火取暖，躲在洞中避雨。火堆劈裡啪啦地燃燒著，橘色的火光跳躍著，映照在山洞的石壁上，也映照在他們的身上。

如意給鷺兒包紮著傷口，這小少年還在抽抽搭搭地掉著淚。滿洞都迴響著他抽鼻子的聲音，石壁上還映著他抽鼻子的身影。

如意有些不耐煩，抱怨道：「這麼點小傷，哭個鬼。」

鷲兒道：「我、我也不想哭，就是忍不住。」

「有什麼忍不住的？第一回遇見狼而已，以後多幾回就知道怎麼辦了。」

鷲兒小聲反駁道：「可我的臉和腿都傷了，回去以後，他們又會嘲笑我的。」

如意卻問：「他們是誰？笑你什麼？雜種？面首之子？」

鷲兒不答，咬住嘴唇，低下頭去。這兩個辭是他的痛腳，縱使踩這痛腳的是他最重要的師父，該疼也還是會疼。只不過別人讓他疼他會發怒，如意讓他疼他卻只感到難過。

如意靠在石壁上，靜靜地看著鷲兒，問道：「你心裡一直在怨你娘，為什麼要和一個面首在一起，為什麼要把你生出來，為什麼這麼久連一個姓都不給你，為什麼要讓你一直被人瞧不起，對不對？」

鷲兒猛地抬頭，「妳知道為什麼？」

「我不知道，也不想不關心。」如意平靜地看著他，「但我知道，就算你娘再不喜歡你，她也給了你這條命，沒短了你的吃喝，錦衣玉食地把你養到十三歲，就算自己病得要死了，不得不離京養病，臨走前還沒忘了把你託付給娘娘。」

「我沒求著她生我出來！天天被人叫雜種，叫面首之子，連個姓都沒有的滋味，妳根本就不明白！」

如意卻道：「我當然明白，我也沒有姓，沒有名。」

鷲兒一愣。

如意面容平淡地告訴他：「我叫任辛，但小時候我娘只叫我丫頭，我娘死了，我爹把我賣給了朱衣衛。朱衣衛裡的白雀不配有名字，按天干地支隨便編號，我排到的就是『壬』和『辛』。」

鷺兒不肯信，反駁道：「天干地支一共才二十二個字，哪夠用？」

如意望著火堆，說道：「白雀死得快，死了的，自然有後面人補上來。拚命活下來的、長得好看的，才配有更好聽的代號，什麼珍珠、珊瑚、琴瑟……不過，就算這樣，跟我的那個侍女，都已經是第三個琉璃了。」

她說得極其平淡，彷彿早已習慣。但話語中的殘酷，還是讓鷺兒不寒而慄。

如意再次看向他，問道：「比起只服侍幾個女人的面首，要對著無數男人獻媚的白雀，哪個更低賤？」

鷺兒張口結舌。

如意卻話鋒一轉，道：「但我從來不避諱讓別人知道我當過白雀，因為但凡敢嘲笑我的人，都已經死了。只要你夠強大，就算天下人都知道你是面首之子，也沒有人敢對你不敬。」

鷺兒不可置信看著她，「真的？」

如意撥弄著火堆，緩緩說道：「娘娘講過，後趙的開國皇帝，是個奴隸；衛太祖的祖父，是個太監。可你聽誰敢叫他們雜種、賤人？」

火光映在鷺兒的身上，他眼角的淚痕還未幹，目光卻驟然明亮起來，彷彿有什麼東西在一瞬間全碎了。

如意看著他，問道：「想讓他們閉嘴，就得讓他們怕你。你知道亂世之中，人最怕什麼嗎？」

鷲兒搖了搖頭，「不知道。」

「兀鷲，」如意眼中映著火光，直直地照進了鷲兒心裡，「因為戰場上人一死，兀鷲聞到血腥味，就來吃肉了。別辜負了公主為你起的這個小名，要讓他們像怕兀鷲一樣怕你。」

鷲兒一動不動地盯著如意，只覺心口被那光重重地砸中了，他眼圈再度慢慢變紅。半晌，他低聲道：「好。」

如意從火堆邊抽出一根樹枝，惡狠狠地指著他，「不許哭，不許過來，不然我打你！」

鷲兒猛點頭，臉漲得通紅，卻還是忍住了淚水。

如意卻用那樹枝從灰堆裡刨出幾只芋頭，推給他，「熟了，趕緊吃吧。」

鷲兒早就已經飢腸轆轆，趕緊上前拾起芋頭，燙得左手倒右手，卻還是驚喜地剝開芋皮，香甜的芋香味兒便帶著白氣撲面而來。他吞了吞口水，不顧滾燙，狼吞虎嚥地吃起來。

吃了幾口後，卻忽地想起什麼，他忍住飢餓，恭敬地把芋頭捧到如意面前，眼巴巴地看著如意，「師父，妳也吃。」

如意合上眼睛養神，不耐煩地催促他：「我不餓，趕緊吃完睡覺！」

鷺兒點頭，狼吞虎嚥地吃完，便也學著如意的樣子，躺在了山石邊上。石上寒冷，他不由得打了個冷戰。猶豫片刻後，他悄悄地向著如意的方向挪動了一下。

如意皺了皺眉，卻還是將他拖了過來，讓他靠著自己。

鷺兒被如意圈住，眼睛一酸，低聲道：「師父，妳真好。」

如意冷笑，「呵，明天你就不會這麼說了，這回偷跑，我會罰你站一整天的馬步，站到你吐血。」

鷺兒像隻小狗一樣往如意懷裡靠了靠，心滿意足道：「我認罰。以後我會聽話，我會好好跟師父學，以後也變得像妳一樣強。」

如意卻說：「別像我，我只會殺人。你是娘娘的外甥，必須得文武雙全，以後學謀略，學兵法，做學問。」

「我就要像師父！」

如意把袖子蓋在他眼睛上，替他遮住光，催促道：「趕緊睡！小孩子真煩人，早知道我就不該答應娘娘教你。」

鷺兒忙拉緊她的袖子，閉上了眼睛。不多時，他的呼吸便平穩下來。

如意確定他睡著後，這才小心翼翼地起身，凝眉解開自己的衣衫，扭頭看過去。經歷了一場與群狼的決戰之後，剛才包紮的傷口果然再度崩開了。

如意皺著眉，解去肩上浸血的繃帶，重新為自己換藥包紮。撕下沾了血肉的繃帶時，她疼出滿頭汗，忍不住倒吸了一口冷氣。

鷺兒被這細小的聲音驚醒，睜開眼，便看見了如意雪白的肩頭。血淋淋的傷口嚇得鷺兒立刻閉上了眼睛，然而半晌後，他又忍不住偷偷睜眼望過去。

躍動的火光下，赤紅的傷口橫在如意肩頭，灼灼如紅梅映雪。鷺兒愣愣地看著，半晌才回過神來，猛地轉身向裡。

如意換完了藥，很快便重新回到鷺兒身邊睡下。鷺兒僵直著身子不敢動彈，鼻端嗅到了輕微的血腥味。

他閉著眼，眼前卻到處都是如意亂晃的傷口。他忍不住悄悄抓緊了領口，微微蜷起了身。

✵

十六、七歲時，鷺兒就已生得青竹般挺拔俊秀。三年之前他還是個被人群毆時需要琉璃去救、面對野狼時連眼都不敢睜的無用少年，三年之後在校場上比武，他就已經能輕鬆打敗琉璃了。

打贏之後，他意氣風發地看向場邊，向著如意高聲問道：「師父，這次鷺兒做得如何？」

那時如意已經升做緋衣使了。她剛一起身，立刻有人為她解下披風。她取了劍，躍入場中，挑釁地昂起頭，向著鷺兒一勾手指。

鷺兒當即便揮劍攻來。他劍術已很有些章法，有誘招，有猛攻，變化多端。但如意仍是單手迎戰，不過幾招之間，就已將鷺兒擊倒在地。

如意用靴子輕輕踩住他的臉，一如既往地告訴他：「記著這屈辱，下一回，你就不會輸。」

「是！」

鷲兒爬起身，再度攻上來。他悟性實在很好，進步神速，一日千里。

這一次，如意單手便感覺到了壓力。幾招過後，鷲兒的劍幾乎和她同時架上了彼此的脖頸。

如意冰冷的臉上，第一次微綻笑容。她頷首贊許道：「不錯。」

日光映在她雪玉般皎潔的臉上，寒冰的黑瞳子裡映著一脈柔光。鷲兒的心口猛地一跳，他下意識地低了頭，偷眼去看如意，「我贏了！師父賞我什麼？」

如意把手中的劍扔給他，笑道：「青雲劍，給你了。」

鷲兒愛不釋手，但還是傲嬌地抱怨：「就這個呀？」

如意橫了他一眼，「娘娘賜我的，隕鐵所制，沙東王的家傳寶物，還嫌不夠好？」

他這才誠實地流露出驚喜來，「真的？謝謝師父！」

如意皺眉，嫌棄道：「少說話，嗓子跟公鴨似的，真難聽。」

這少年早已習慣，知道師父冷漠的話語裡包含著對自己獨有的縱容，便越是一迭聲地嚷嚷著纏上來，「偏不，師父，剛才我還有一招不明白⋯⋯」他一直追到校場邊，陪如意一同入座，姿態親密地纏著如意說話。

如意不時回答他兩句。如意說話時，他就乖巧地坐在如意膝邊，仰頭看著如意，眼神中有著難以掩飾的孺慕之情與暗戀。琉璃從旁邊瞧見，暗暗地心驚。

如意說著便想起些什麼，告訴他：「從明日起，你就不必再來了。」

鷲兒原本還在癡癡地聽著，下意識地點了點頭，「好呀，師父，我們要不要……」說著便突然覺出不對，愣愣地看著如意，「不來了？什麼意思？」

如意道：「你既然能贏了我，日後只需自己練習。娘娘已經為你安排了名師，以後，你就進太學念書吧。長公主府那個叫朱殷的親隨，琉璃試了他一年，還不錯，往後就由他跟著你吧。」

鷲兒猛地站起來，「我不去！我只要師父教我。」

如意規勸道：「你武功已有大成，除了殺人，我已經沒有什麼可以教你的了。跟著太學的師父們好好念書學兵法，以後，才好為官做宰。」

鷲兒卻說：「我不要為官做宰，我只想跟著師父，我也要進朱衣衛！」

如意不悅道：「胡鬧，朱衣衛又不是什麼好地方。你是長公主的兒子，娘娘心慈，自會替你安排前程，以後朝堂之上，自有你的位置。」

鷲兒急了，眼神漸漸不安起來，「我不要什麼皇后的安排，我只要妳！妳是不是早就想好不要我了？妳跟我娘一樣，隨意交代一句，就拋下我不管了！」

如意道：「你娘沒有拋下你，這些年她一直病得很重，在行宮療養。」

鷲兒卻不聽，一把抱住如意，哽咽道：「我不管！我只知道妳們就是不要我了！」

他的淚水弄濕了如意的衣裳，如意不由得皺了皺眉，卻還是溫聲道：「聽話。」

鷲兒愈發抱緊了她，「我不聽，我不想離開師父。妳別不要我！」

如意無奈，只好向他解釋道：「師父不是不要你，而是剛領了聖命，要去刺殺褚國鳳翔軍的節度使。這次的任務很難，十之八九有去無回，如果不事先安排好你，我怎麼放心走？」

鷲兒一震，抬頭看向她，緊張地問道：「不能不去嗎？我去求聖上，讓他換人去！」

如意搖了搖頭，道：「從出生到現在，你見過他幾回？我是朱衣衛最好的刺客，為大安殺掉那些窮兵黷武、禍亂國紀之人，就是我存在的意義。」

正說著，便見琉璃牽著馬走過來。如意推開鷲兒，告訴他：「我得走了，」她翻身上馬，還不忘叮囑鷲兒：「好好念書，要是不聽話，我回來饒不了你。」說完便策馬而去。

草原綿延起伏，一直延伸到天際。鷲兒追逐著如意的背影不停奔跑著，大聲喊著：「師父！師父！」

如意卻頭也不回。那緋衣白馬的身影如一抹跳動的火焰，漸漸地消失在天際。鷲兒終於停住了腳步，抹去眼淚，手裡握著青雲劍，怔怔地立在那裡。

這時，朱殷突然急急奔來，向他通稟：「公子！長公主殿下病重，已在歸京途中，現急傳您去侍疾。」

✵

紗簾如煙幕輕垂，將房間隔作兩處。簾內躺著病重的長公主，簾外跪著無動於衷的鷲兒。

若鷺兒肯掀開簾子看一看病重的母親，便會發現自己的無動於衷與母親如出一轍。無非一者是生念枯槁，一者是心懷怨恨。

長公主劇烈地咳嗽著，告訴鷺兒：「我快死了。」

鷺兒機械地說著套話：「母親保重，您不過小恙，只要太醫用心服侍，必能早日痊癒。」

長公主嘆道：「何必說這些呢？你不是一直都恨我嗎？」片刻的靜默之後，長公主輕輕抬了抬枯瘦的手臂，轉而道：「不過，聽說你師父把你教得很好，我也可以閉眼了。」

鷺兒道：「母親言重了。」

長公主招了招手，示意他：「過來，拉著我的手。」

鷺兒沒有動。

長公主了無生念的目光如枯泉般淡漠，她淡淡地解釋道：「我不是臨死前才想起和你母慈子孝，我只是想讓你演一齣戲。皇兄很快就會到了，你要默默地垂淚，要捨不得我，別的話，什麼都別說，交給我。」

鷺兒微有詫異。

長公主苦笑道：「知道這些年我為什麼一直都狠心不見你嗎？因為你的父親，身分實在太低微。自從生下你，我就知道自己活不長了，我想求皇兄給你一個前程，但這種恩典，一輩子只能用一次。我平時待你越狠，外人才會越同情你。」她說著便又劇烈地咳嗽起來，間雜著氣力不繼的喘息。

鷲兒終於動容，伸出手去握住了她的手，良久，他才問道：「妳為什麼要生下我？」

長公主一脈灰冷的聲音裡隱約泛起了些生機，她輕輕說道：「因為，你父親，在我心裡，是個絕世無雙的好郎君。」

鷲兒的眼中終於有了淚光，他質問道：「那我呢？我在妳心裡，除了繼承那個男人的血脈，還算什麼？就因為一個虛無縹緲的前程，妳這麼多年不願意見我，妳難道一點都不後悔嗎？」

長公主沒有說話。鷲兒的眼眸漸漸變冷。

庭院中隱約傳來各種聲音，不多時，小廝通報道：「聖上駕到——」

鷲兒握著母親的手，跪在床邊，望見安帝的衣裾跨進門內，隨後安帝疾步走上前來。

鷲兒於是木然跪拜道：「聖上萬歲萬萬歲！」

紗簾內長公主吃力地想要起身，卻被安帝扶著躺下。隨後長公主虛弱地喘了口氣，哀切地訴說著：「皇兄，妹妹也算為大安盡力了……我平生，沒有別的遺憾，只後悔對這孩子不夠好……他現在會一點騎射功夫，等他守完一年的孝，就讓他到沙中部當個普通的部眾，替皇兄效力……到那時候，皇兄隨意賜他個姓氏就好，不然我的墓碑上，孝子的名字都不好寫……」

鷲兒表情依舊木然，但淚水終於還是奪眶而出。

✵

那是鷲兒這幾年來唯一一次，也是最後一次見到自己的母親。於長公主而言，相見是為演一場戲，在安帝面前給鷲兒求一個恩典。對鷲兒而言，相見的結局卻是被拋棄。

辦完母親的喪事之後，鷲兒頭上繫著白色的喪帶，在僕人們的伴隨下，拿著青雲劍，走出長公主府門。

走過十字路口時，如意鮮衣怒馬，帶著手下從對面疾馳而來。

鷲兒下意識地躲在了街角，抓緊了青雲劍。

朱殷訝異道：「公子這是怎麼了，那可是任大人啊！啊不，應該叫尊上了，聖上剛封了她當朱衣衛左使，這麼年輕，二十年來頭一份……」他小心翼翼地規勸道：「您就要去沙中部當騎尉了，這一離京，不知道得多少年，要是連一面都不見就走，您以後肯定會……」

鷲兒目光冷冷地打斷朱殷：「閉嘴，我不想見她！」他掉轉馬頭，向另一個方向飛馳而去，喃喃道：「她們既然都不要我了，那我也不要她們！」話雖如此，他仍然緊緊地把青雲劍抱在懷中。

如意一直飛奔到長公主府門前，才勒馬停住。她一回到安都，便聽聞長公主去世的消息，得知鷲兒被安帝派往沙中部，不日就要啟程，連忙趕來相見。

但她在門前等了許久，都無人前來應門。

琉璃嘆息道：「公子也太不懂事了，一個口信都沒有給您留就走了，枉費您不顧傷勢趕回來。」

如意抬頭望了一眼府門上懸掛的白燈籠，道：「算了，他是奉聖命。而且，他也已經長大了。」

所有的緣，既有始，便有終。如意縱使心中記掛著這個唯一的徒弟，卻也不願陷入那讓她不快的不明情緒中，便果斷地走下臺階，重新上馬離開。

✵

誰也沒有想到，他們錯過的是最後一次相見的機會。

熊熊烈焰吞噬著邀月樓，燒透了那一晚安都的夜空。如意被朱衣衛圍堵在邀月樓前的臺階上，渾身是血地廝殺著。

她剛剛聽了昭節皇后的遺言，失去了自己平生最敬愛親近的人。此刻支撐她不肯倒下的，唯有完成昭節皇后的遺願和為昭節皇后報仇的信念。

領頭圍堵她的朱衣衛名叫迦陵，此時還只是個丹衣使，見總也拿不下她，不由得急怒交加，出言刺激她：「任辛，妳別負隅頑抗了。謀害皇后是大罪，看在當年同為白雀的分上，只要妳投降，我就給妳一個痛快！」

如意一言不發，繼續和他們對戰著，卻最終還是寡不敵眾，力氣耗盡，中劍倒地。

她昏迷的前一刻，遠處似有急促的馬蹄聲傳來。

一身騎尉裝束的鷲兒正不要命似的飛馳在前往天牢的路上。

朱殷在他身後加鞭追趕著，「公子，慢一點！我跟不上了！」

鷲兒急道：「再慢師父就要死了！她一直把皇后當姐姐看，怎麼可能去害皇后！她一身都是舊傷，天牢的環境那麼糟，她熬不了幾天的！」

可待他趕到天牢時，卻只見大火熊熊燃燒。所有人都在奔走著打水救火，到處都是被燒塌的斷柱頹垣。

他目瞪口呆地站在牢門外，一瞬間懷疑自己走錯了地方。一塊燒焦的牌匾橫落在他面前的地上，牌匾上「天牢」兩字清晰可見。

鷲兒大喊一聲：「師父！」便要撲進火海，卻被朱殷等人死死抱住。

鷲兒掙扎著，「放開我，我要救師父，師父！」

他的雙眼緊緊鎖住火光，火光中，舊時情境歷歷浮現。他看到草原道別時，如意騎馬離去的緋衣背影；看到草原戰狼之夜，自己伏在如意懷裡哭泣；看到當他贏得勝利時，如意對他難得地一笑……他掙扎著伸出手去，卻什麼都抓不到。

天牢裡火越來越旺，房屋垮塌下來，驚叫聲中，鷲兒終於被隨從們合力抬走。

一滴眼淚從他眼角落下，他喃喃地喚道：「師父……」

✵

汗水混著血水從鷲兒的臉上滑落，他揮著青雲劍在戰場上奮力砍殺著。

十九歲那年，鷲兒為自己掙到了姓名——因他驍勇善戰，累有戰果，安帝特賜他國姓，令他更名為李同光。

那一年他奉命追隨安帝出征褚國，戰場上褚國大將嘲諷他是「面首之子」。對戰時李同光便驅馬直衝他奔襲而去，近前一劍穿心。

敵將伏在他肩上，血沫翻在喉嚨裡呵呵作響。李同光邪邪地一笑，「剛才是你叫我面首之子？我沒聽清，再來一聲？」

他拔出劍來，鮮血四濺。敵將頹然墜地，喉嚨中發出臨死的哮鳴。

李同光邪笑著，「聽到了，真好聽。謝謝。」反手又刺死了身後一名偷襲的武官。

他削下褚國將軍的頭顱，躍上馬去，控馬人立，高高地舉起手裡的人頭，高喊：「褚國人看好了，你們的大將軍已經死了！」

安軍陣中歡呼雷動。

那一整年，李同光奔波奮戰在征討褚國的戰場上，斬敵無數，立功無數。威名傳遍了全軍上下，也傳遍了天下。

上千安國將士列為兩隊，李同光穿過他們組成的人牆，走向高坡上的安帝。他的身後，隨從們手捧托盤，每個托盤上都盛著一顆敵將的首級。五個首級，全是由他親手斬殺。

他所過之處，所有將士都用敬畏的目光看著他，無一人敢發出一點聲響。一片寂靜中，就只有他行走時身上鎧甲摩擦發出的鏗鏘聲。

李同光的手按在如意贈他的青雲劍上，他在心中默念著：「師父，您看到了嗎？您說得對。現在，已經沒有人敢嘲笑我了。」

高坡上，安帝喜悅地看著他奉上的人頭，連連誇讚：「好，好！不愧是朕的好外甥！傳旨，晉李同光為忠武將軍，長慶侯！原長公主府即刻賜還，以為侯府！」

李同光跪地道：「謝聖上！聖上萬歲萬萬歲！」

安帝慈祥地笑看著他，糾正道：「叫朕舅舅。都是一家骨肉，何必生分。」又慷慨道，「此番征討褚國，你立了大功，還有其他什麼想要的嗎？只管說出來，朕無有不從。」

李同光信以為真，跪請道：「謝聖上。臣幼時幸得先皇后娘娘垂愛，治學於師父門下。後來聽聞她獲罪入獄，臣以為個中必有冤情……」說到一半，突然察覺到安帝眼神變得深沉，心中悚然一驚，不動聲色地改口道：「可惜托人打聽後，才知道罪證確鑿。但有道是一日為師，終身為父，可否請聖上看在他已是七十老叟的分上，寬恕一二？」

安帝這才重新浮起笑容，道：「哦，你的師父是？」

李同光俯首道：「先太學教習，王啟明。」一行隱祕的汗水，從他的耳側滑下。

回府之後，李同光將自己整個浸入冰水池中，忍受著寒意侵膚刺骨的痛苦，卻始終無法令心情平復下來。

他喃喃道：「為什麼，師父，您告訴我為什麼？為什麼到了現在，我想替您洗冤正名都做不到？我是不是很沒用，啊?!啊?!」他痛苦發狂地捶打著水面，最終大聲道：「來！」

朱殷不忍地把大量冰塊澆上他的身體，一瞬間，刺骨的痛楚再次襲來。

李同光蜷縮起來，如同幼年時一般無助。他低聲賭誓道：「我要越來越強，我要不擇一切手段，做到一人之下、萬人之上，到那時，我就可以隨心所欲地為您洗清冤屈了！我要告訴天下人，您是大安最忠心最能幹的朱衣衛左使，誰敢不服，我就殺了他！碎屍萬段！哈哈哈，哈哈哈！」

可笑了一會兒，他的聲音又重新變得低沉：「可就算那樣，您也回不來了，對不對？」

一行淚水從他的臉上滑落。

✵

然而今日，他卻再一次看到如意出現在他的面前。

二十二歲的李同光沉浸在重逢的狂喜中，混亂而急切地看著如意，想要上前抱一抱她，「師父，您回來了，對不對?!您還活著，對不對?!」

寧遠舟格開他，厲聲道：「長慶侯，請放尊重些！這是我大梧郡主，不得無禮！」

李同光怒道：「你讓開！」

寧遠舟自是不肯讓，反而上前阻攔他。

情勢一時間大亂，于十三等人立刻護住如意。

安國少卿也急了，忙和朱殷一起抱住李同光，規勸道：「小侯爺，您冷靜些！」

李同光掙扎著還想去到如意身邊，「師父，您不認識我了嗎？我是鷲兒啊！」他摘劍給如意看，告訴她，「您給我的青雲劍，我一直帶著，一天沒離過身，您看！」

如意表現得完全像是一位受到驚嚇的梧國貴女，她推開劍，驚惶地後退，「別過來！我不認識你，也不是你師父，你認錯人了！滾開！」

李同光被她一推，竟然跌坐在地上，額頭生生在椅腿上磕出了一條血痕。朱殷忙上前扶他，「侯爺！」

室中霎時間安靜下來，李同光摸了摸額頭，看了看手上的血跡，又看了看如意，冷靜了許多，「妳不是我師父？」

如意道：「我不是。」

李同光似是終於清醒過來，淡淡一笑，然後慢慢起身，一振衣衫，重新變回那個冷靜孤傲的形象，「對不住，本侯失態了。看來這合縣果然風水不好，不單害得禮王殿下病重，連累本侯也出了個大醜。」他躬身向如意一禮，致歉道：「還請郡主恕罪。」

杜長史搶先反應過來，忙道：「對對對，旅途勞累，在所難免。引進使既然抱恙，不如先行返回休息？待來日我家殿下康復，再相見如何？」

李同光淡淡道：「恭敬不如從命。」

他狀似無所謂地看了一眼如意，便轉身而去。他身後的朱殷和少卿都如夢初醒，忙跟了上去。

轉眼之間，楊盈房間裡就只剩下了使團的人。一屋子人面面相覷，這鬧劇來得莫名其妙，也結束得莫名其妙，他們都不知該如何開口。

最後還是杜長史先輕咳了一聲，意帶試探地看向如意，「不知如意姑娘和這位長慶侯……」

寧遠舟打斷杜長史：「她已經說過了，她不認識什麼長慶侯。」

眾人連忙四散而去，屋裡就剩下寧遠舟和如意。

如意馬上道：「安排飛鴿，我要和媚娘聯繫。」

寧遠舟只得道：「好。」

✵

李同光出了驛館，突然停住腳步，臉色冰冷道：「膽敢洩露剛才之事者，死！」

眾人忙道：「是！」

李同光看向少卿，補充道：「你也一樣。」

少卿膽寒，慌忙點頭。

回驛館的路上，李同光坐在顛簸前行的馬車裡，身體隨著車廂晃動著，目光卻彷彿穿透了時光，看向了眼前唯一的光明。

「去查那位湖陽郡主，明天早上，我要看到她的所有案卷。」李同光吩咐朱殷道：「立刻用八百里飛鴿傳令回府，讓琉璃馬上趕來和我會合！」

朱殷忙道：「是！」又小心翼翼地試探道：「您還在懷疑那位……」

李同光突然拉起他的衣領，逼問道：「你也見過師父，你覺得我會認錯嗎？她是不是師父？說啊！」

朱殷艱難地措辭：「小的沒福，當年只遠遠見過幾面任左使，房間裡那麼暗，實在是不敢確認。可那位郡主那麼驕橫，口音也是江南的，似乎和左使不那麼像……」

李同光目光灼灼。雖在如意面前他暫時退讓了，但重逢的喜悅顯然還未從他體內退去。他篤信道：「她肯定是裝的！」

朱殷遲疑道：「可梧國人對她的恭敬，不像是裝出來的。侯爺，屬下知道您對左使的一片心。可是，任左使的遺骸，不是您親自去火場裡刨出來悄悄安葬的嗎？骨頭、傷痕，都對得上啊。」

李同光斬釘截鐵：「那也可能是假的！師父無所不能，弄具屍體來裝成自己騙過別人，根本算不了什麼！」

朱殷不敢多言，連連應著：「是，是。」

李同光這才放開他，彷彿是在說服自己一般，「師父肯定又是在幹什麼隱祕的任務，所以才扮成別人。沒錯，一定是這樣！」他說著便懊惱起來，「我真蠢，居然當著那麼多人的面叫破了她，難怪她那麼生氣！」但他馬上又歡喜起來，「但她肯定會認我的，我是她的鷙兒啊，一定會的。對了，她告訴過我朱衣衛接頭的信號，孔明燈！朱殷，你快去找只孔明燈來！」

回到城外軍營後，李同光壓制著心中的激動，用顫抖的手在孔明燈上畫上朱雀的圖案，而後便焦急地等待夜幕降臨。

待夜色終於沉下來後，他滿懷希望地站在樹下，把孔明燈升了上去。

✵

合縣客棧裡，如意終於收到了金媚娘的回信。從飛鴿上把信拆下來時，她無意中抬頭，一眼便望見了那頂孔明燈。

驛館院中，寧遠舟、錢昭和孫朗也看到那頂孔明燈，錢昭和孫朗對視一眼，同時看向寧遠舟。

風一吹，廊下的燈火搖曳，將寧遠舟的臉映得晦暗不明。他立在廊下，不知內心經過幾番交戰，終於還是大步向著如意的房中走去。

敲門聲響起時，如意正在看信，隨口應了聲：「進來。」

寧遠舟推門而入，一眼就看見了窗邊的如意，和如意身後如背景般遙遙飄在夜幕之中的孔明燈。

寧遠舟走上前去，眼睛看著如意，口裡問的卻是那盞孔明燈，「那是你們朱衣衛會合的信號。」

如意頭也不抬，隨口解釋道：「樣式有出入，不是朱衣衛放的，是李同光。」

寧遠舟心情很是複雜，「妳真是他師父？」

「是啊，我以前就收過他這麼一個徒弟，那時他才十三歲。不過後來我當了左使，就沒再教過他了。」如意說著便笑起來，語氣中充滿了難掩的自豪，「沒想到一晃幾年過去，他都長這麼高了。更沒想到，當年那個動不動就哭的小淚包兒，居然就是生擒你們皇帝的長慶侯。呵，這小子還真出息了，不枉我當年費了那麼多的力氣教他。」笑容裡很有些欣慰。

寧遠舟頓了頓，「那妳會去見他嗎？」

「當然不會。」如意反倒好奇他何以有此一問，「我現在的身分不是你們梧國的郡主嗎？任辛既然已經死了，前塵往事，就已經了結了。」

寧遠舟鬆了一口氣。他走上前，將如意擁在懷中，輕輕道：「那就好。」

如意奇道：「你怎麼了？心怎麼跳得這麼快？」

寧遠舟搖了搖頭，道：「沒什麼。」他忽就有些悵然，懊悔自己比旁人慢了一步，「就是想到妳做朱衣衛左使、我執掌六道堂這麼久，居然都沒碰過面，真是有些遺憾。如果我們能早點遇到彼此，是不是會更好？」

如意笑了：「別胡思亂想了。那會兒我們是敵人，我要遇見你，只有一個可能，那就是來刺殺你。」

寧遠舟聞言更擁緊了她一些，道：「如意，答應我一件事好不好？」

「你要先說，我才能答應。」

寧遠舟道：「等殿下醒來，妳就儘快離開使團吧。反正這裡已經是邊境，殿下一旦康復可以入安，妳這個假郡主，就不用再陪著她了。」

如意一怔，推開他，「為什麼？你擔心鷲兒——就是李同光，會有什麼影響？」

寧遠舟點頭，「他畢竟是安國重臣，如今又身兼接待殿下的引進使。就算妳不承認自己是任辛，他肯定還是會懷疑的——」

「你怕會影響到使團？別擔心，我喬裝成別人的本事本來就不差，今天和他照面又是在昏暗的房間裡。往後只要我稍微改妝，再加上一點別的細節，他肯定就會覺得自己認錯人了。」如意自信地一笑，「而且——就算他認定我是任辛，我相信，他也沒膽子跟我作對。」

寧遠舟握住她的手，懇切地請求道：「可就算這樣，還是有風險。妳就答應我吧，好不好？」

如意目光一閃，皺起眉，堅決地拒絕道：「不好。」她的聲音變得有些冷，不解地看著寧遠舟，質問道：「寧遠舟，你今天怎麼了？你一進來，我就覺得不對。你在懷疑我的本事？懷疑我會拖累大家？你讓我走，可你想過沒有，阿盈現在這個樣子，沒了我，你們能對付得過來嗎？」

寧遠舟一怔，忙道：「我沒有懷疑妳……」

「你有，」如意盯著他，「別忘了我是刺客，我的直覺，從不出錯。告訴我，為什麼？」

寧遠舟扶額，「我真的沒有，我只是在擔心妳和李同光……」

如意突然意識到了什麼，「等等，你這語氣，你說我和李同光……寧遠舟，你在嫉妒?!」

寧遠舟一滯，「就算我有一點吧。那小子對妳不一般，妳可能感覺不到，但我很擔心。」

如意啼笑皆非地看著他，「你在吃一個半大小子的閒醋？他自小不在母親身邊長大，但……」

寧遠舟卻打斷了她，糾正道：「他不是半大小子，他是安國一言九鼎的權臣，是安帝最信任的重臣之一。」他篤定道：「他看妳的眼神，是男人看女人的眼神，我也是男人，我明白他的心思。」

如意臉上的笑容消失了，她凝視著寧遠舟，「那你說清楚，你想讓我離開使團，究竟是為了保證任務不出岔子，還是因為你在吃飛醋？如果僅僅是前者，你應該明白，我比你們任何人都要瞭解李同光，留下我才是最好的選擇。」

寧遠舟沉默了一會兒，方道：「兩者皆有。」

如意露出了然的神情，沉默了下來。

寧遠舟顯然被刺傷了，「如意，妳多半還不明白他對妳的感覺……」

如意冷冷地開口：「我明白。我或許的確不太懂平常人家的夫妻該如何相處，可我做了那麼多年白雀，對男人慾望的瞭解，未必比你少。」

寧遠舟一怔。

「鷙兒或許在少年的時候，對我有過那麼一點若有若無的綺思。但哪個男人不是這樣？」如意不悅地看著寧遠舟，道：「你和裴女官定過親，我心裡頭也不舒服，可我有要求過你從此不再與她聯繫嗎？如果有一日，我們在安都遇到當年曾與你把酒言歡的歌姬，我是不是也可以用我擔心、我希望為理由，要求你退出任務，立刻返回梧國？」

「這兩件事如何能混為一談？我負責著整個使團。」

「但我並不是你的下屬。」

「我沒有要求妳一定要這麼做，我只是請求。」

如意看著他的眼睛，緩緩道：「你只是溫和地把要求藏在好聽一點的話語下而已。而我，從來都不喜歡別人命令我。」

寧遠舟終於沉默下來。

如意語聲清冷：「寧遠舟，你說你喜歡我，是因為在我面前，你可以完完全全地敞開自己。可在你內心深處，其實更希望我理解你、依從你吧？但我們應該是平等的，畢竟早在你坐上六道堂堂主位置之前，我就已經是朱衣衛的左使了。你不能一邊說你相信我，一邊卻質疑我的判斷和能力。這樣不公平。」

寧遠舟想說些什麼，如意卻打斷他：「聽我說完。」她說，「那天在劉家莊的時候，我說不喜歡看春花、聽鳥叫，可你卻說我以後肯定會喜歡。其實我當時就有一些不舒服，但看你那麼開心，我才沒說出來。我知道你喜歡我，所以才努力想讓我去領略你覺得好的那種平凡的幸福，可十九歲就做到位同二品將軍的朱衣衛左使的我，是平凡人嗎？那些人的幸福，真的適合我嗎？」

她指著自己，「我這雙眼，可以看清三十丈以外鳥羽的分岔。這隻手，無名指和食指一樣長，天生就適合握劍。我能在旁人一息間刺出十劍，只消一眼掃過去，就能看清對面敵手的弱點。這樣的我，生來便是最好的劍客，比起春花秋月，我更喜歡闖蕩江湖。可你卻希望我跟著你去無人知道的東海小島隱居，用這雙手、這對眼去砍柴、賞花……」

寧遠舟慌忙解釋：「我不是要妳去做這些事，我會陪著妳一起，遠離所有的紛爭和殺戮……」

如意卻輕聲道：「是我陪著你吧？而且，那只是厭倦了梧國官場傾軋的你所嚮往的生活，並不是我所嚮往的。」

寧遠舟努力想說服如意：「可昭節皇后也希望妳過上平凡人的生活。」

如意堅定道：「娘娘只希望我一輩子別愛上男人，有一個自己的孩子就好。她從沒說過讓我放下劍，她只要我安樂如意地活著。」

寧遠舟低聲道：「妳總不能做一輩子殺手吧？」

如意眉眼間揮灑意氣：「即使不做殺手，我也可以精研劍法，開宗授徒，或者經營別的事業。我當年的下屬媚娘，都可以執掌金沙幫，我為什麼不可以？其實娘娘在世的時候只消一道鳳旨，就可以隨時讓傷重的我解甲歸田，但是她沒有。因為她知道我，喜歡劍，喜歡血，喜歡站在高處，喜歡叱吒風雲的感覺。雖然你也待我很好，但你不懂我，這就是你和她不同的地方。」

寧遠舟的臉色愈發鄭重，「可妳不是一直都喜歡獨自行動、離群索居嗎？妳難道不是跟我一樣，早就被安國和朱衣衛傷透了心，所以才想著遠離這一切嗎？」

如意緩緩平復下氣息，又道：「我是討厭朱衣衛，討厭那種視女子為玩物和殺人工具的泥潭。可我並不討厭能憑藉自己的能力，為罹難的夥伴去做些什麼。曾經，我可以手刃別國的暴虐政客，可以殺死搜刮民脂民膏的昏官。將來，也許有更廣闊的天地待我施為。也許，也沒有那麼偉大或者順遂。但我仍然希望日後能像媚娘那樣，開宗授徒也好，或者做些別的什麼也好，可以憑藉自己的雙手和頭腦，為那些在朱衣衛裡受盡磨難的女子做些什麼。」

寧遠舟勸說道：「這當然沒問題，我支持妳。我只是覺得我們都已同生共死了，為什麼還要因為這麼一點小事不開心呢？我想出世，妳想入世，那我們各讓一步好不好？妳先陪我去小島住一段時間，等妳厭了，我們再……」

如意打斷他，平靜地說道：「遠舟，你還沒明白。我不是在耍小性子，出世和入世也不是小事。我是在鄭重地跟你討論我們的未來，還有我們未來相處的模式。我可以為你不惜性命，但你不能每次先替我做了決定之後，再說什麼『我們各讓一步』。娘娘教過我，尊重、信任和獨立，是我們生而為人最重要的東西。她都可以因為對聖上的失望而不惜以身赴火，我自然也可以。」

寧遠舟心頭巨震。

如意道：「之前你總說我動手的時候不顧一切，是被朱衣衛教成了傀儡；但我清楚，那就是我選的路。因為我那時深深地相信，我每殺掉一個人，都是在幫我的國家遠離戰爭，都能讓我的同胞不必流血。每一劍，我都賭上自己的性命，孤注一擲，毫不退讓。如果做不到這樣，我也不可能成為最好的刺客，站在你面前，讓你欣賞，讓你喜歡。」她凝視著寧遠舟，輕輕問道：「可是遠舟，你真正喜歡的，究竟是你喜歡的那一部分我，還是整個的我呢？如果我沒法跟你一起遠離紅塵，你還會和我在一起嗎？」

寧遠舟急切道：「當然是整個的妳。如意，我……」

如意伸指按住了他的唇，又搖一搖手，道：「別著急，慢慢想。想清楚了，再說也不遲。」她站起身來。

寧遠舟忙問：「妳要去哪裡？」

如意輕輕說道：「去看看元祿，再陪著阿盈，萬一李同光或是朱衣衛來了，我在才放心。」她轉身走出了房門。

第十八章

我本凌雲木

寧遠舟下意識地追出門想挽留如意，卻發現院中有不少使團之人，只好停住了腳步。他看著如意遠去的身影，張了張口，終究沒說出聲來。

很快，于十三走了過來，對他道：「杜大人和老錢在西廂等你，商議後面的安排。」

寧遠舟應道：「好，我馬上就去。」

李同光的舉動為如意招惹了不少是非，這一路她碰到的使團男子無一不對她好奇。察覺她到來，他們忙都心虛地抬頭，恭敬地對她一笑，可待她走過去後，又都難忍好奇地望著她的背影，湊頭竊竊私語起來。

如意心知肚明，一律淡漠地無視。她穿過庭院走進元祿的房間時，元祿已經醒來。他身上傷還沒好，乖巧地趴在床上。一旁的孫朗正一臉獵奇地同他分享日間見聞，見如意進來連忙收聲，起身訕訕地打了個招呼，便趕緊拿著元祿吃完的碗碟告辭溜走了。

如意也不戳穿，只上前去查看元祿的傷勢，隨口問道：「醒了？吃了？好了？」

元祿點頭，「那可不，我屬貓的，九條命。」

如意查看過他身上的傷口，才放下心來，替他拉上衣裳，道：「還好，沒化膿。這回又算你小子走運，我們正好離得不遠，又正好撞見了迷蝶。」

元祿嘿嘿笑著，眼珠骨碌碌亂轉，小心翼翼地試探道：「如意姐，我能問妳點事嗎？」

「想說什麼就直說。」

元祿立刻連珠炮一樣追問起來：「那個長慶侯，妳真認識？妳真是他師父嗎？孫朗說寧頭兒的醋味十里遠都能聞到，你們剛才說什麼啦？」

如意抬手彈了他腦袋一下。

元祿立刻呻吟起來：「別走啊，看在我是個病人的分上……」

卻不料如意只是幫他塞了個枕頭，便在他身旁坐下。

「我不走。」如意坦然道：「事無不可對人言，你既然開口問了，我原原本本告訴你就是。不像有些人，明明想知道，卻什麼都不敢問，只敢在我背後瞎想。」她嘲諷了一句，便細細地同元祿說了起來。

窗外，那盞孔明燈依舊遙遙懸在半空，如一點孤星。

郊外林子裡，李同光遙望著空中的孔明燈，忽聽身後傳來動靜，忙驚喜地回頭望向來路，卻是風吹木搖，鳥雀騰枝。如意的身影始終都沒有出現。秋夜漸冷，更深露重，林間濕氣漸漸沾衣。朱殷陪伴在他身側，見他眸光專注又期待，想勸卻又不忍、不敢去勸，遲疑許久，終究沒有作聲。

✵

元祿專心聽著如意的訴說。初時，他還滿是興致勃勃的獵奇之心，可聽著聽著他的目光便漸漸沉下來，變作專注和關切，手在如意看不到的地方，緊緊地抓住了被子。

而如意口中的往事，也終於到了尾聲。

「講完了，就是這樣。」她說。

元祿半晌才如夢初醒，道：「啊，原來妳已經五年沒見過他了啊。聽天道逃回來的蔣穹說，長慶侯的武功極好，連他也打不過。可居然被妳輕輕一推就……」他思量許久，才試探地問道：「如意姐，他真的喜歡妳嗎？」

「不知道，也不關心。」如意面色淡然道：「這些年對我有意思的男人不知道有多少，有好奇的，有又怕又愛的，有想借助我手中勢力的，我哪有空一個個去理會？你們與其在這兒瞎想我的風流韻事，不如想想怎麼應對李同光這個難纏的引進使吧。」話裡分明藏了些火氣。

元祿又試探地問道：「那如意姐，妳有沒有一點喜歡那個長慶侯啊？」

如意有些無奈，嘀咕著：「你到底是站你家寧頭兒那邊，還是他那邊啊？」說著便打開藥瓶，取了顆藥丸塞進元祿嘴裡，告訴他：「我，不喜歡小屁孩。」便起身，「好了，故事講完了，趕緊睡覺，我得去看殿下了。」她吹滅蠟燭，轉身離開了房間。

房門輕輕地關上了，屋子裡重又昏暗安靜起來。元祿用手枕著頭，舌尖頂著那顆藥，看著帳頂，久久發呆。

如意回到房間，楊盈依舊昏睡著。如意探了探她的額頭，看了她一會兒，便在一旁的榻上睡下了。

✵

天心圓月皎潔清冷，那一點孔明燈依舊遙遙飄在半空。

林中蟲鳴清寂，不遠處營地裡的燈火也稀疏了。李同光卻依舊站在那裡，滿懷希望地盯著天上的孔明燈。

不知過了多久，孔明燈裡的燭火閃爍了一下，終於燃盡，整個自空中緩緩跌落下來。李同光眼中的光彩，便也隨之熄滅了。他茫然地望著孤零零地躺在地上的紙架子，久久沒有回神。直到朱殷將那盞孔明燈撿回來呈給他，他才回過神來，將那孔明燈一把打落。

他眼中帶了幾絲瘋狂，自語著：「師父為什麼不來，她難道沒看到？為什麼啊？是不是這孔明燈不對，難道是我記錯了？」他仔細回想著，突然變了臉色，「啊！師父當年幾乎是叛出朱衣衛的，我竟然用朱衣衛的朱雀燈去聯絡她！萬一合縣這邊有朱衣衛的人——」

他心急地來回踱步，懊惱道：「壞了，她這會兒肯定氣壞了，又該罵我蠢了。怎麼辦，怎麼辦，我要怎麼才能悄悄地安全找到她……」

朱殷在一旁看著他，無奈地勸說道：「侯爺，要不咱們還是先回去吧。萬一朱衣衛的人真來了這兒，豈不是更難收拾？如果湖陽郡主真是任左使，合適的時候肯定會主動聯絡您的。您想想，以前她教您的時候，一直都希望您冷靜、鎮定，您現在都是侯爺了，總不能還讓她失望吧？」

李同光驟然冷靜下來，喃喃道：「你說得對，我不能讓她失望。」他眼神一凜，立刻吩咐：「把我們的人放出去，叫合縣的守將吳謙起來幹活。方圓五里之內，我不想看到任何一個朱衣衛。」

朱殷長舒一口氣，忙道：「是！」

這一夜多事。城中守軍半夜被喚醒，來來往往地搜尋、驅趕著附近的朱衣衛。到處都是跑動聲、雞鳴犬吠聲、抱怨聲……鄰近黎明時才稍稍安定下來。

李同光抱著青雲劍，靠坐在牆邊。他怕不知哪一刻如意便要聯絡他，便不肯上床安穩地入睡。然而這一日他心中驚喜與惶恐交織，消耗了太多的心力，到底還是迷迷糊糊地睡去了。

夢中彷彿又回到那一年，如意任務歸來榮升左使，鮮衣怒馬飛馳過長街。這一次他終於沒有再躲避如意。可當他驚喜地迎上前時，抬頭看過來的人卻是一身郡主打扮，華貴不可方物，望著他的目光漠然又疏離。

夢中李同光反反覆複地煎熬著，時而是朱衣衛打扮的如意微笑著喚他「鷲兒」，時而又是郡主打扮的如意冰冷地拒絕他：「我不認識你，我不是你師父！」

李同光的心也在痛苦與歡樂之間撕扯浮沉，他喃喃唸著：「師父，我終於找到您了……您別不理鷲兒，別生我的氣，求您了……」

✵

合縣客棧裡，楊盈也迷失在夢境中。

梧都深宮幽暗寂冷，唯獨鄭青雲的懷抱是溫暖的。他們依偎低語著，鄭青雲溫柔親密的話語彷彿依舊迴響在她的耳邊：「天底下真心為妳著想的只有我一個！」土地廟裡長明燈燈火昏黃，楊盈捧著他的臉細細地打量著他，久別重逢的酸楚與喜悅盈塞在胸口。可忽然間眼前的面孔便惡毒可怖起來，鄭青雲將她壓倒在草堆上，凶狠地侵犯她。

楊盈在夢中掙扎著。夢中脖子上的刀鋒勒入了肉中，鄭青雲挾持著她向人乞求活命。

楊盈只覺心口都彷彿被刺爛了。她將鄭青雲按在地上，一刀一刀地刺下去，鮮血飛濺在臉上。

鄭青雲分明已死，是她親手所殺。那屍首卻還是睜大了眼睛不肯瞑目，已然渙散的瞳孔彷彿還在死盯著她，陰森不甘的聲音在楊盈耳邊質問著：「我們的海誓山盟，妳全都忘了?!妳要眼睜睜地看著我死?!」

楊盈猛然間驚醒過來。

天色半明不明，屋子裡昏暗寂靜。

楊盈摸了摸自己脖子上的傷，又看了看自己的手——她就是用這隻手一刀刀將鄭青雲刺死。兩行清淚倏然自鬢間滑落。

楊盈悄無聲息地從床上爬起來，伸手去拿桌上的匕首，卻看到如意毫無防備地熟睡在一旁的榻上。她怔怔地看著如意，自責、羞愧隨之湧上來。那匕首離得遠，她到底還是沒有拿到。

她抱著膝蓋蜷在床上無聲地哭泣著。半晌後淚水流盡了，她終於再次安靜下來，便低頭解下自己的腰帶，繫在了床欄上。她將脖頸套進腰帶裡，用手拉住另一頭，想把自己勒死，卻忽聽一聲：「這樣是死不了的。」

楊盈一驚，手下意識就鬆了。她扭頭望過去，卻是如意醒了過來。

昏暗中，如意的眼睛清明且平靜。她走上前來，拿過衣帶往房樑上一拋，又挪了個凳子過來，而後才看向楊盈，道：「這樣才死得了，要不要我幫妳？不過上吊往往要半炷香的時間才會斷氣，這中間，妳的心肺會像火燒一樣痛，整個人會像條死魚一樣拚命地掙扎，最後，還會拖著一條至少半尺長的舌頭才斷氣，妳願意死得這麼難看？」

楊盈鼻子一酸，淚水不可遏制地再次湧出來。她撲進如意懷裡，壓抑著啜泣聲，喃喃道：「如意姐，我真不想活了。我是為了鄭青雲才假扮禮王的，可他居然和丹陽王兄一起聯手騙我、殺我。那我這一生，還有什麼意義？」

如意一動不動，任她抱著，只道：「這裡沒有別人，我也不是你們梧國人，犯不著跟妳講那些為國為民的大義。這條命是妳自己的，妳想死，就去死，我不會攔著妳。」

楊盈心中劇痛，淚水成串滴落下來。

「但死之前，」如意看著她，平靜地說道：「妳得知道三件事。第一，黃金都找回來了。第二，丹陽王沒想著殺妳，只想讓妳去不成安國。第三，安國派來了個引進使來接妳，就是俘虜了妳皇兄的長慶侯李同光，今天他為了要見妳、探妳的虛實，跟我們折騰了好一陣子。」她頓了頓，又道：「哦對了，還有，元祿總算醒了，妳在死之前，是不是得先跟他道聲歉？畢竟他是因為妳的好情郎，才差點喝了孟婆湯。」

楊盈不由得一怔，哭聲一時也停住了。

如意這才伸手推開她，打了個哈欠，轉身走出了房間。

楊盈怔怔地坐在床上，無數情景與話語如走馬燈般交替浮現在腦海中。心中百轉千回，最終凝於一點——道歉，是的，她得先向元祿道歉才成。

想要下床時，她才驟然覺出自己身上痠軟無力，渾身都在發抖。她咬了咬牙，便強撐著顫抖的雙腿爬下床去，扶著傢俱和牆壁，一點點挪了出去。

院子裡沒有人。圓月已然西沉，蟲鳴都寂然了。正是黎明前最暗的時候，天際堆雲，到處都黑漆漆的一片。

楊盈咬著牙，撐著虛弱的身體一點點挪動著。幾次都差點摔倒在地上，卻還是咬緊牙關又站了起來。

拐角幽暗處，如意悄悄向房檐上正在巡視的錢昭、孫朗打了個手勢，示意他們不用管。兩人會意，都安靜地點了點頭。如意在暗處望著楊盈，見她跌倒，身形不由得微微一動，但最終還是不曾現身。

楊盈艱難地挪動著，終於來到元祿房間外，一時欣喜，便力竭撲倒在房門上。

屋裡元祿卻還沒有入睡，正睜著眼睛望著帳頂出神。聽見門外響動，他立刻警覺起來，忍著痛從床上躍起，抓了身邊的匕首，藏身在窗邊戒備著，卻聽到了剝啄的敲門聲。

元祿一愣，問道：「誰？」

便聽楊盈虛弱的應答聲傳來：「我。」

元祿一驚，忙上前為她開門。門一打開，楊盈便跌了進來。元祿想去扶她，然而自己身上也帶著傷，一個站立不穩，便和楊盈一道側身跌在了地上。

這一跤摔得不輕，兩人齜牙咧嘴，好半天才同時蜷著身子捂著頭，「哎喲」出聲。

元祿一邊倒吸著涼氣，一邊無奈道：「哎喲，殿下呀，我背後還有傷呢，妳想摔死我啊。」

楊盈忙去扶他，「對不住，我本來想找你道歉的。」她聲音低下去，滿臉都是愧疚和擔憂。

元祿趕緊做出強壯無所畏懼的模樣，毫不在意地道：「切，冤有頭債有主，傷我的是鄭青雲，又不是妳。再說了，妳一個女孩家，大半夜悄悄跑到我一個血氣方剛的大小夥子房裡來，什麼意思嘛！」

楊盈漲紅了臉，淚水在眼眶裡打轉。

元祿反而焦急起來，手忙腳亂道：「別哭啊，哎喲，本來想學十三哥說個笑話，讓妳別那麼內疚了，看來是玩砸了。」

楊盈卻搖了搖頭，擦著眼淚解釋道：「不是，我難過，是因為好久都沒有人說我是個女孩了。我要是死在安國，全天下除了你、遠舟哥哥和如意姐，恐怕就沒人知道我其實是個公主啦。」

元祿見她落淚，愈發不知所措，口不擇言道：「那也不一定，妳死了，肯定會有仵作來，那時候祕密就保不住了。」說著便也認真起來，「所以一定要死得好看點，要不大夥兒議論起來就太沒面子了。」

楊盈一怔，眼中還帶著淚水，突然就撲哧一下樂了，「剛才我想死的時候，如意姐也這麼說來著。」

元祿也愣了一愣，立刻便坐起身來，眼神亮晶晶地看著楊盈，「是嗎？如意姐也這麼說？哎呀，我早就想過了，以後我死的時候，一定得像個大英雄，縱橫捭闔，傲視群雄的那種。我要讓天下人都記住，我元祿死得多麼壯烈，多麼……」

楊盈急了，忙去按他的嘴，「呸呸呸，大吉利是。你好不容易才好了點，怎麼能這麼咒自己？」

「這不叫咒。」元祿認真地看著她，「打小我就知道，我這心疾活不過三十歲。我沒法安排自己怎麼生出來，怎麼死總可以想想法子吧？總不能因為自己注定要短命，就成天提心吊膽地等死吧？」

「可是……」

元祿道：「寧頭兒懂我，所以這回才帶我出來。人這一輩子吧，總得轟轟烈烈一回。就像公主妳，要是隨便嫁個駙馬過一輩子，過兩年就沒人記得了。可這回好了，等到了安國見了他們皇帝，妳就算死了，國史館至少也會給妳修行狀、立傳記，什麼女扮男裝，什麼果勇英奇，至少四行字！」他說著便又眉飛色舞起來，還比手指給楊盈看。

聽他說到修史時，楊盈也不由得面露神往，「真的？皇嫂跟我講過，說是帝王將相，一生最大的榮耀就是在史書裡有個好名聲。」

「我騙妳幹麼啊？所以妳可得趕緊好，在那些安國的官兒面前好好表現，拿出一國親王的氣度出來。千萬別再哭哭啼啼的了。啊對了，妳剛才還想死？」元祿便故作驚奇地看著楊盈，促狹道：「不會吧，為了個鄭青雲就至於這樣？」

楊盈漲紅了臉，連忙辯解道：「沒有的事！我就是、我就是因為又害大夥兒受傷了，心裡內疚，一時想不開來著，才不是為了鄭青雲呢！那個混帳在我心裡什麼都不是！你等著，天一亮，我就可以鎮鎮定定地去見那個長慶侯！」

元祿鼓掌道：「說得好！不愧是我們大梧的禮王！」

楊盈便也學元祿的樣子盤腿坐直，認認真真地和他討論起來：「你幫我出出主意，如果到了安國真有個萬一，我要怎麼死，才能在史書上寫得好看一點？我想穿花釵鞠衣，這是公主最正式的禮裝，我只在長姐出降時見她穿過。」

元祿道：「服毒！我去幫妳找老錢配上好的藥，脖子一仰喝下去，一點都不痛，就睡著了，保證涼了以後不會臉色發青！」

楊盈也來了興趣，眼前一亮，「真的？老錢還會這個？那能不能讓他配得更好喝一點，最好是甜的！」

元祿摸著下巴，為難道：「這個，可能有點難。」

「不管多難也得配，明天我就下令給他！」楊盈便做出了不起的模樣，演示給他看，「老錢你聽好了，我要天下最好吃的毒藥，最好是酸梅味的！」

元祿被她逗樂了，忍不住指著她笑了起來。楊盈也跟著笑了起來，反手去指元祿的鼻子。元祿打開她的手，兩人便一起笑鬧起來。笑聲飄出門外，一直傳到院中。院中風動樹搖，天際陰雲散開，有鳥兒躍上了樹梢。

如意站在門外，看著屋裡兩個少男少女就這樣童言無忌地開著生死的玩笑，天真又殘酷。她不由得搖了搖頭。

元祿和楊盈面對面笑鬧著，忽地望見門邊如意的身影，他不由得愣了一愣。他知道她是擔心楊盈，一直悄悄跟在一旁，便不著痕跡地對如意做了個邀功的手勢。

如意便安下心來，微笑著伸出了大拇指。元祿彷彿得到了天下至高的誇獎，笑得開心至極，看向如意的眼神中盡是溫暖。

天邊紅日破雲而出，初升的晨光照亮了庭院，透過半開的門扉落入房內。

如意早已悄然退到一側。房中少年少女察覺到外間亮光，齊齊向著門外望去，金色的陽光落在他們年輕而無憂無慮的臉上，一瞬間點亮了他們的眼睛，驅散了他們臉上的陰霾。

兩人齊齊望著耀眼的晨光，聽院中鳥鳴啁啾，不由得輕聲道：「天亮了，真美啊。」

✵

如意藏身在房門左側，正要閃身離開，卻發現寧遠舟不知何時已站在了房門右側。

兩人隔著一扇打開的門，凝目對視，陽光灑滿了他們全身。

片刻的靜默之後，如意想要開口，寧遠舟也身形微動。但突然一陣痛苦襲來，是身上的一句牽機發作了，他不願被如意察覺到他身上的痛楚，下意識地向著牆面一側臉，避開了如意的目光。

烏雲遮蔽了日光。

如意以為寧遠舟不願同她說話，便也將話咽了回去，負氣地轉身離開了。

寧遠舟急切地轉過頭來，如意的身影卻早已消失在廊下。他怔了怔，只能失望地離開。

他心神不屬地回到院中，前腳剛從簷廊下踏出，後腳錢昭和于十三就已經一左一右地從天而降，站到了他的兩側。

錢昭面無表情地跟在他左邊，「昨晚我一直在上面，表妹跟元祿說的、跟殿下說的，還有元祿跟殿下說的，我全都聽到了。你想不想知道？」

于十三喋喋不休地走在他右邊，「又吵架了吧？醋罈子打翻了吧？又不明白她為什麼要那麼想，自己為什麼要那麼做了吧？不要緊，說出來，于記情愛百曉生隨時願為您效勞。」

寧遠舟忍無可忍，停住腳步回過頭去，辯解道：「我們沒有吵架，只是有些東西，我們暫時都還沒有想清楚。等想清楚了自然就——」

話沒說完，錢昭和于十三的手已同時搭在了他肩上。

于十三忍著笑，「嘴硬不好。」

錢昭指了指腦殼，「頭髮容易少。」

寧遠舟深吸一口氣，「滾。」話出口的瞬間，兩個專門來消遣他的傢伙就已經默契地消失不見。那個「滾」字空落落地掉在了地上。

寧遠舟再度深吸一口氣，忍了幾忍，到底還是走到客房門前，用力地一腳踹下去，「天亮了，都起來幹活！」

屋裡傳來一陣雞飛狗跳之聲，片刻後孫朗手忙腳亂地應聲道：「是！」

用過早飯，一行人便又齊聚在正堂，開始商議正事。楊盈也恢復了精神，和如意一道前來。如意進門時，寧遠舟不由自主地抬起頭來，但兩人的目光只碰了一下，便各自錯開。

這一日的主題，自然是安國的那位引進使——長慶侯李同光。

「殿下雖已康復，但長慶侯之事，我們卻不能不提高防備。」杜大人說道：「我和寧大人商量了一下，都覺得這位長慶侯還可以爭取一下。一軟一硬，兩方夾擊。硬，就是把丹陽王派來搶黃金的那些盜匪，栽到安國人身上，以此為由，大加責難安國方包存禍心，並無真心和談之義；軟，就是認定盜匪的主謀，乃是安國那兩位與長慶侯不合的皇子，以他們想以此陷害長慶侯為由，暗示長慶侯如能助我使團順利完成任務，我方也必當投之以桃，報之以李。」

眾人都點頭贊同。楊盈便道：「既然大家都沒意見，那孤就先按這樣去與這位長慶侯商談。」

寧遠舟拿出準備好的節略，正想給楊盈，杜長史卻打斷道：「等等，老夫以為，比起殿下，如意姑娘才是與長慶侯商議的最佳人選。畢竟昨日大家都看到了，長慶侯對如意姑娘似乎頗為不同。」

楊盈沒見著昨日李同光待如意的情形，露出些不解的神色，「什麼？」使團眾人卻都已心領神會，各自意味深長地交換著目光。

如意面無表情，寧遠舟已沉下臉去，「杜大人，此事我已再三說過，與如意無關！」

杜長史不以為然，道：「請恕老夫自作主張。」便向如意一拱手，正色道：「如意姑娘，能否說服長慶侯，關係到我等此次出使的成敗，老夫還想請妳勉為其難。」

所有人的目光同時落在如意身上。

楊盈莫名其妙，悄悄向元祿打探：「怎麼回事？」

元祿尚未來得及開口，如意已淡淡地說道：「杜大人只怕忘了，我並不是貴國人，貴國出使的成敗，與我又有何干？」

眾人都一愣，不由得都露出尷尬的神色。是了，本就是不情之請，何以認定旁人願意勉為其難。

如意卻又道：「而且，就算我願意幫忙，那也應該是以湖陽郡主的身分，」她面色一凜，「你就是這麼跟宗室郡主說話的？」

杜長史猛然醒轉，連忙起身行大禮道：「臣請郡主解我大梧懸憂！」

如意這才看向寧遠舟，徐徐道：「寧大人，你要我儘快離開使團，杜大人卻要我留下幫忙，這可難辦了。」

眾人聽出了這話中語氣不對，都看向寧遠舟。

寧遠舟凝視著如意。四目相對，兩人眼中都是一片明光，看不透究竟是何種情緒。

沉默對視半晌，卻是寧遠舟眼睫一垂，俯首行禮道：「臣先前多有失言，請郡主見諒，長慶侯一事，還望殿下鼎力相助。」

如意下意識地退開一步，房內一片沉寂。

恰在此時，孫朗匆匆推門進來，通稟道：「長慶侯又來了，帶了重禮，只說深悔昨日驚擾殿下，今日特來候見。」

如意一晃神，抬頭吩咐道：「就說殿下還在養病，今天由我來見他。」

眾人都鬆了一口氣。

如意叫上于十三，起身回屋去更衣梳妝。于十三連忙跟上去，唸叨著：「放心吧，美人兒，昨天那麼倉促，我都能把妳化得像模像樣，今天我必定使出渾身解數，讓妳絕代一個風華！」

兩人的身影很快消失在屋外，眾人的眼神也還是不由自主地往寧遠舟身上飄。就只有楊盈依舊不明白發生了什麼，拉著元祿還在打探，目光時不時望向寧遠舟和杜長史。

寧遠舟卻已起身，依舊垂著眼睛不肯多說什麼，見楊盈還在徘徊，才催促了句：「殿下趕緊回房。」又吩咐孫朗：「多派幾個手下盯著長慶侯的隨員，能側面刺探一下最好。」

孫朗領命去了，眾人也各自忙碌準備起來。

寧遠舟卻不由自主地望向如意的房間。

屋裡女子臨鏡梳妝的剪影落在明瓦上，高髻修頸，側顏清麗又美好。他看著，不由得輕聲一嘆。

一回神，錢昭已幽靈般閃現在他身側，正和他並肩看著遠處，面無表情道：「你居然因為吃醋，就要讓表妹離開使團？難怪她不給你好臉色看。不過你剛才行大禮的時候，她明顯心疼了。要不要抓住這個機會？」

寧遠舟頭痛道：「你叫錢昭，不叫于十三。」

錢昭不為所動，「你叫死要面子，我叫冷眼旁觀。」

寧遠舟嘆了口氣，煩惱道：「我沒有死要面子，之前讓她離開使團，的確是我考慮不周。可早上我想跟她說話，她卻怎麼也不肯理我，剛才還當著大夥兒的面故意刺我。」

錢昭瞟他一眼，「知道我、孫朗、丁輝為什麼都一直單到現在嗎？」

「為什麼？」

「因為我們連個想刺我們的表妹都找不到。」錢昭說完，又一臉死人相地看著寧遠舟，「于十三早就蠢蠢欲動了，你再不主動點去求表妹和好，我就按不住他了。呵，一個癡心不改的小侯爺，一個溫柔多情的浪子，哪個不比你強？」

寧遠舟無語，「我想揍你。」

錢昭瞟他一眼，「你捨不得。」便轉身自顧自地離開了。

❈

李同光等在客棧大門外。

他依舊如昨日那般打扮，華服玉冠，挺拔俊秀，卻不似昨日那般冷漠孤傲。那雙天生帶笑的黑眼睛裡含著柔光，待人如春風拂面。見錢昭出門相迎，他溫和地同錢昭寒暄幾句，便隨錢昭一道走進院子裡。

一路上他始終親和有禮，只在踏入正堂前，彷彿察覺到什麼一般突然站定，目光如箭一般看向高處。寧遠舟原本藏身在對面隱蔽處，不過稍稍側頭查看，便被他的目光捕了個正著。四目相對，李同光淡淡一笑，衝寧遠舟拱了拱手，便迤迤然進了正堂。

待他進屋後，躲在寧遠舟身邊的元祿才輕舒一口氣，感慨道：「長慶侯那眼神，怎麼跟如意姐一模一樣？不愧是她教出來的。寧頭兒，你說他是不是已經知道了你和如意姐……」

寧遠舟忍無可忍地彈他一腦，「夠了。連你也來管我的閒事？」

元祿捂著腦袋，認真地反駁道：「這哪是閒事呢？如意姐是使團的主心骨，你倆出問題了，大夥兒肯定擔心啊。」

「如意是使團的主心骨？那我呢？」

「您是我們在六道堂的頭兒，」元祿解釋著：「可是這是使團啊。如意姐、殿下、杜長史，他們都不是我們六道堂的人。托大點說，要想救回聖上，包括我在內，使團缺了誰都不行。我們每一個人，都是使團的主心骨。」

寧遠舟一怔，不由得思索起來。

元祿又道：「你明知道我心力不濟，但從來不攔著我到處跟你拚命。可你為什麼偏偏就要讓如意姐離開呢？換我是她，也會生氣。」他便裝出女聲，學著女孩子的模樣控訴：「騙人，還說喜歡我，你明明待元祿比待我更好！」

寧遠舟啼笑皆非：「你這小子。」卻也知道元祿說的是正經道理，心中已經想明白了。他無奈地笑看著元祿，道：「等那個李同光一走，我就跟你如意姐賠罪認錯去，這總行了吧？」

元祿用力地點了點頭，嘿嘿笑了起來。

✵

正堂裡門窗洞開，寬闊明亮。桌椅陳設一如昨日，明淨整齊，主位之後立著屏風，屏風後有房門通向後堂次間。

正堂裡只杜長史一人相迎，正使禮王不在，如意自然沒有現身。雖早已料知如此，李同光心下還是不由得有一瞬間失落，面上卻是絲毫不顯，依舊從容端正地同杜長史相互見禮。

他開口時，語氣依舊是彬彬有禮的，「聽聞禮王殿下已然好轉，不知何時可得賜見？」

杜長史卻有意發難，面色不善道：「有勞下問，不過殿下自幼養尊處優，自許城以來，卻多次受貴國軍眾驚嚇，只怕康復還需時日。」

他開口便將禮王病倒的責任推給安國，李同光心知肚明，不動聲色地喝了口茶，淡淡道：「是嗎？看來貴國六道堂也不過如此啊，前堂主親任護衛，居然還讓禮王殿下屢遭驚嚇，難怪貴國國主會被本侯……」他故意停頓下來，微微一笑。

杜長史強忍著怒意，提醒道：「侯爺還請慎言。」

短暫的交鋒過後，李同光面色也冷下來。他隨意撥開茶梗，淡漠道：「那就說正事吧，我國聖上不日便要南征，是以讓本侯傳話，希望禮王能在十日之內到達安都。」

他擺明了在故意刁難，杜長史卻無可奈何，只能爭辯道：「十日趕九百里路？這怎麼可能?!殿下他……」

「殿下若是刻意拖延，」李同光一笑，「只怕便無福覲見聖上，只能委屈他與貴國國主一起，在安都多作幾天客了。」

杜長史大怒，正要說些什麼，便聽屏風之後傳來一道清麗又沉穩的女聲：「既然見不著，索性就別讓禮王弟去了。」——正是如意。

李同光一凜，下意識地站起身來。

杜長史已然恭謹地向屏風後一禮，「郡主。」

侍從們移開屏風，如意華服端坐的身影便出現在兩人面前。這一次房內通透明亮，李同光看得一清二楚。眼前女子高鬟嚴妝，華美威嚴，光彩照人，雖氣質不同，但眉眼間分明就是故人模樣。李同光嘴唇微張，一聲「師父」險些出口。

如意一揮手，道：「杜長史退下吧，有些話你不方便說。我素來是個宗室裡的怪人，難聽的話，就由我來說。」

杜長史領命退下，屋內一時就只剩他們兩人。李同光癡癡地看著如意，呢喃道：「師父，您怎麼變得和以前不一樣了？」

✵

屋外，一串人撅著屁股排排蹲，人手一只長銅耳，正貼在牆上偷聽他們的對話。

聞言于十三得意道：「當然不一樣了。我用了南國的褐粉，重勾了她的臉型和眼型。

又調了胭脂，加重了唇色。還用煙墨點了唇邊的小痣。絕對能做到粗看渾似故人，細看判若兩人。」

孫朗奇道：「你為什麼會隨身帶著胭脂？」

于十三傲然反問道：「劍客為什麼會隨身帶著他的劍？」

錢昭抬眼瞟他，「下次見到金幫主的時候，記得把自己化好一點。」

元祿插嘴道：「化不化都一樣，金幫主瞧上寧頭兒了，十三哥早被她忘到九霄雲外了。」

于十三氣急，「喂！」

孫朗感嘆道：「可金幫主自從遇見如意姐，連寧頭兒也不要了。」

眾人齊刷刷地看向「銅耳隊伍」最後方的寧遠舟。

寧遠舟忍無可忍，提醒道：「幹正事。」

眾人又齊刷刷地把頭扭了回來，繼續偷聽。

屋內如意長睫低垂，依舊是冷漠端莊的模樣，從容提醒道：「長慶侯，您又失態了。」

李同光卻急切地走到她身邊，似是想如過往那般拉一拉她的手，依偎在她膝前，卻是不敢唐突，只焦急地說道：「我把所有朱衣衛都趕出合縣了，現在這屋子裡也沒旁人。師父，您可以跟我相認了！」

如意無奈地抬頭看向他，不容置疑地強調道：

「長慶侯，我再說一次，我不是您師父。」

李同光如受重擊，瞳中明光一顫，一瞬間彷彿能滴落下來。如意卻是無動於衷。李同光凝視著如意，不知看出了什麼，面色愈發蒼白起來，卻猶然不肯甘休，聲音愈發低下去，哀求一般說道：「您別那麼狠心好不好？鷲兒好想您，真的好想您，您不記得以前了嗎，我們在馬場……」

如意一怔，似是拗不過他的執著，無奈地嘆了口氣，微笑道：「好，如果您一定覺得我是您師父，也不是不可以，只是，您可不可以坐下來，聽完我說的話？」

李同光一怔，同她對視了片刻，目光終於恢復為精明。他在如意對面的椅子上坐下，短暫的靜默後，再次抬眸看向如意，道：「請說。」

如意道：「剛才我那句讓禮王弟不去安都的話，只是負氣。你我心知肚明，貴國國主要使團十天之內到達安都，無非就是想給我們一個下馬威；但其實我大梧朝中，大多是反對禮王入安的，如今監國的丹陽王兄更是有問鼎九五之心，只怕全天下最希望這次和談不成的，就是他了……」

李同光凝視著如意，卻只覺心神恍惚。眼前的郡主面容明麗華貴，同記憶之中師父孤傲冷漠的模樣，時而重合，時而又分離，他分辨不清。

如意的話語飄入他耳中，卻無法喚回他的心神，他只機械地吐出一句話：「可這又關本侯何事？」

如意頗有深意地一笑，道：「侯爺明知故問了。據我所知，侯爺這幾年雖得貴國國主重用，卻一直為河東王與洛西王不喜。以後無論他二人誰登上大位，侯爺只怕都會如坐針氈吧？不知這兩王之中，侯爺更願意拉攏誰？我願意配合侯爺，將盜匪之事推到您不喜歡的另一位身上。如此一來，侯爺就可以用這份大禮作為自己以後的晉身之階了。」

明明白白的算計、毫不掩飾的心計，令李同光心神一凜，霎時從恍惚中清醒過來。他看向如意，微微瞇起眼睛，緩緩道：「郡主好心計，但區區這點甜頭，本侯還看不上。」

如意已起身在案上展開一卷地圖，指著圖上城池，「那加上這雲、勉兩城呢？」她看向李同光，微笑道：「據我所知，您這位一等侯還並無實封之地，只要侯爺能助我禮王弟安全迎回聖上，我大梧願以這兩城遙祝侯爺日後位極人臣。」

「位極人臣？」李同光淡漠地微笑著，「郡主太高看本侯了，我不過是一個面首之……」他故意一頓，抬眼觀察如意的神色。

如意卻並無多餘的反應，臉上帶著恰到好處的微笑，妥當至極，見他看過來，便應了一聲：「嗯？」

李同光失望至極，淡漠地垂眸，道：「我不過是一介草莽武將，哪敢有什麼通天志向？」

如意眼神一閃，凝視著他的眼睛，緩聲道：「可安、梧兩國的開國之君，當初也只不過是個小小的節度使而已啊。」

李同光一凜，定定地看向如意。如意與他對視著，毫不躲避。

眼前之人性情氣質確實同記憶中的師父截然不同，但眉目宛然正是夢中令他痛苦輾轉的模樣。被她凝視著，李同光心底恍惚有一瞬，竟湧出些久違了的安穩。他目光一晃，輕聲問道：「如果我願意考慮，郡主可不可以答應本侯一件事？」

如意微笑道：「侯爺不妨直言。」

李同光閉目沉下心神，才對如意道：「請郡主回座。」

如意不解，但仍然帶著客套的笑，回座坐下，問道：「然後呢？」

「噓，」李同光輕輕道：「別說話。閉上眼。」

如意依言閉上眼睛。

李同光凝視著如意沉靜閉目的面容，自這張面孔上尋找著自己魂牽夢縈的模樣。同師父相處時的點點滴滴歷歷湧現在腦海中，終於在某一個時刻，眼前的面容同記憶中的模樣交疊在了一起。

李同光滿足地笑了。他輕手輕腳地走到如意身邊，坐在了如意膝下。

草原分別之前，他也曾以同樣的姿勢坐在如意膝下，仰著頭，專心又仰慕地看著自己的師父。那一年他還不足十七歲，身量初初長成，心思卻還稚嫩如少年。他第一次在校場上得到了師父的誇獎，欣喜地抱著師父贈送的青雲劍。自以為時光悠長，縱然一時別離，也會很快等來重逢的時刻，卻不料一次賭氣，暫別就成了永訣。

他靠在如意的膝上，透過衣衫感受著久違了的有所倚靠的溫暖，喃喃說道：「師父，鷲兒真後悔，那天不該跟妳鬧彆扭。明明知道妳是去長公主府見我，我還躲在街角不出來……」淚水不知不覺已潤濕了眼眶，他把頭輕輕貼在如意膝上，記憶中的場景一幕幕浮現在眼前，模糊了他的視線，「師父，天牢的火那麼大，妳疼嗎……師父，鶯兒真的好想妳，想得心都碎了。好多回，我一次次跳進妳帶我去過的寒泉，想把自己淹死在那裡，這樣，我就能早點見到妳了……」淚水從他眼角滑落，落在如意膝上，浸入了布料中。

如意也透過眼簾的縫隙，看著伏在膝上的青年。屋內無風，空氣溫暖乾燥，浮光柔明。舒緩又哀切的訴說聲中，眼前這個孤高華貴的小侯爺和當初桀驁不馴的少年，漸漸重合在了一起。往事歷歷湧上心頭，少年遇到狼群撲進她懷中痛哭的場景，彷彿還在昨日。

她還記得這孩子孤獨地蜷縮在山洞中的身形，記得離別那日少年追在她的馬後絕望地大喊。誰知眨眼之間就已過去這麼多年，她才恍然記起自己當初被這少年拒而不見的一絲心痛，才恍然察覺到她以為早已長大了的少年，原來還未從往事中走出來。

如意心中一軟，伸出手，放在了李同光的頭頂上。

李同光一怔。頭頂的溫暖彷彿穿透了時光，是久遠的師父於記憶中給他的回應，卻無疑發生在此刻，發生在現實中——是當年他所錯失、本以為一生都不可再得的東西。他被喚醒過來，縱然明知眼前之人不是師父，心中也感到自欺的安穩和滿足。

他輕輕地笑了。那一笑，淒涼又歡喜。

他呢喃道：「真好。我就算現在死了，這輩子也值了。」

✵

窗外偷聽的眾人難掩震驚，整齊劃一地轉頭看向寧遠舟。屋內的獨白他們聽得一清二楚，他們寧頭兒自然也都聽到了。寧遠舟臉色果然不好。

孫朗疑惑道：「這小子在裡頭到底幹了什麼，就死了也值了？」

于十三嘖嘖感嘆道：「長慶侯這幾句話，真是字字泣血，真情流露。換了我是美人兒，早就認他了。老寧啊，你就不能先跟美人兒服個軟、認個錯嗎？先哄好了她，那些還沒想清楚的小事，留著慢慢想不行嗎？」

元祿似乎有些不安，「他真的只是如意姐的徒弟？」

錢昭面無表情地瞅著寧遠舟，「他對表妹，比你對表妹好。」

寧遠舟默不作聲，放下銅耳走向正房。

四人齊聲提醒：「冷靜，千萬要冷靜！」

寧遠舟走進正房時，李同光依舊靠在如意的膝前。寧遠舟深吸了一口氣，平靜地上前行禮，「郡主，殿下醒了，正急著見您。」

如意眸光一閃，卻並未驚慌，只道：「知道了。」

寧遠舟便向李同光一拱手，道：「侯爺，請恕我們失陪了。」

李同光一瞇眼，目光中透出些危險的意味。他站起身來，看向寧遠舟，「我們？」

寧遠舟毫不退讓，「郡主奉皇命與寧某一起送殿下入安，自然是我們。」

李同光終於警覺起來，目光陰寒地打量著寧遠舟，想從他的舉止中刺探出深淺。但寧遠舟只坦然站在那裡，目光平和。李同光帶著殺機的目光刺進去，只如泥牛入海，激不起一絲波瀾。

兩人就這麼對峙著，一個鋒銳一個沉穩。鋒銳的自然意在進逼，沉穩的那個卻也一步不讓，交鋒只在不言之間。

卻是如意先看不下去，起身道：「我既然已經做到侯爺所希望的，也請侯爺遵守諾言，回去好好考慮。」

李同光下意識地便應了一聲：「是。」待回神望過去時，如意已經走入了後堂。他一時竟有些失落，而身前的寧遠舟已側身做出了「請」的姿勢，顯然是在逐客了。

如意不在，他也無意久留，冷冷地看了寧遠舟一眼，便大步離開了。

走出客棧時，馬車早已恭候在院門外，朱殷也匆忙上前服侍。李同光丟下一句：「她不是師父。」便自行上了馬車。

朱殷不由得錯愕，連忙跟著他鑽進車裡。

車簾子落下，車內光線便也昏暗下來。光影打在李同光淡漠的面容上，那雙黑瞳子卻依舊染著些許微光，在暗處也依舊明亮。他坐在車座上，清晨登門時的忐忑和期待早已散盡，化作塵埃落定後不出所料的失望和另有打算的陰冷。

朱殷欲言又止地看著他，目光隱含了些擔憂和關切。

李同光卻平靜地說道：「她初見是有八、九分跟師父相似，但認真一看，卻只不過是個贗品。」不知回憶起些什麼，他冷笑著譏諷道：「師父平生只關心武功和皇后娘娘，哪有興趣理會朝政？更不會像這個郡主一樣，仗著那麼點拙劣的心計謀略，就在那兒不可一世！她跟師父，簡直是雲泥之別。」

朱殷這才鬆了一口氣，「侯爺慧眼如炬，天下長得相像的人確實太多了。」便小心地試探道：「那，要不以後咱們就離她遠點？也省得您心煩。」

李同光卻篤定地搖頭，「不，我要她。」他的眼中充滿了狂熱，「只要她還能像剛才那樣摸我的頭，我就會覺得師父還在我身邊。」他回味著適才的感受，目光有一瞬間的沉迷，「這種歡喜的滋味，我已經很久都沒有嘗過了。所以就算只是個贗品，我也一定要把她弄到手，一輩子都不讓她離開！」

第十九章
卿非故時人

寧遠舟迫不及待地開口解釋：「我剛才突然進來不是因為吃醋，而是——」

如意打斷他：「是嗎？那你為什麼中間要突然闖進來，還以阿盈醒來為藉口，暗示鷲兒該走了？」

寧遠舟難掩不快，「妳怎麼到現在還一口一個鷲兒地叫他？」

如意更是不快，「因為我以前一直那麼叫他，叫了他很多年。」

寧遠舟急了，「妳沒有想過，萬一他派人監視著驛館，聽到了妳這聲『鷲兒』，那我們的計畫就全白費了？」

如意難以置信道：「我們查了這麼多遍，還會不知道外面有沒有人監視？寧遠舟，你是小看我，還是小看你自己？我連你們在用銅耳監聽都知道！」

兩人正在爭執，丁輝忽然飛奔過來，道：「寧頭兒，杜長史有請。」

如意與寧遠舟當即分開。

待寧遠舟也離開庭院之後，楊盈和元祿才從窗子裡冒頭出來。

楊盈焦急道：「現在怎麼辦啊？」

元祿果斷道：「快去問十三哥！」

而聞知此事的于十三面帶憂慮，長嘆一聲：「按我的經驗，一般呢，只要是女人和男人在一起，就沒有不吵架的，多放一放，過兩天就會和好的。可是，美人兒她可不是一般的女人啊。」

元祿和楊盈同時大驚。

楊盈追問道：「他們都沒吵起來，怎麼突然就不好了啊？」

元祿也有些急，「寧頭兒說話不算話，他明明答應過我，要跟如意姐認錯的。」

于十三摸著下巴，感慨道：「老寧心氣高、手段高，可她比老寧還高。老寧吃醋固然不對，可聽你們剛才一說，他倆生氣也不完全是因為吃醋，而是因為大事上有了分歧。唉，一山都難容二虎，更何況美人兒最開始，就只是衝著老寧的，咳、咳，那個來的。哎呀，我怎麼能跟你們這幫孩子講這些，總之就是，大勢有點不妙。」

楊盈與元祿更急了，「啊？那該怎麼辦啊！」

「死馬當活馬醫，分頭行動，各個擊破。」于十三勾手指令兩人湊近說話，給他們出主意道：「元祿，美人兒面冷心軟，你得纏著她，跟她說老寧其實心裡特別難受，老是一個人喝悶酒；殿下，妳去找老寧，要他以使團為重，千萬不能再和美人兒爭下去。總之，先得把兩個人的氣都弄平了，千萬不能把裂痕再擴大了。」

楊盈元祿同時點頭，「好！」便急急分頭跑開，各自去行動。

于十三卻還在摸著下巴，若有所思地嘀咕著：「要是美人兒和老寧真崩了，那我不就有機會了，嘿！」他眼睛一亮，卻立刻黯淡下來，抬手輕打了自己一記，「冷靜，現在不能出手，不然對不起老寧，怎麼也得等他們真分了再說！」

❋

「寧大人與杜大人還沒談完？」楊盈越過丁輝，焦急地伸長脖子往房中望去——她急著找寧遠舟說話，但寧遠舟被杜長史叫到房中，聊了半天還沒出來。

丁輝還沒來得及答話，房中便傳來寧遠舟不快的聲音：「杜大人，請慎言。」

楊盈一驚，本想進房去看看，走了兩步卻遲疑起來。她示意丁輝不必作聲，思量片刻，便轉身離去。從房中出來後，她直接繞到房間後窗外，見四下無人，便悄悄湊到窗前，向屋裡偷窺。

房中，寧遠舟緊皺雙眉，杜長史身形微微鞠著，苦口婆心地規勸道：「老夫知道這的確是強人所難，但國事當前，難得這長慶侯對如意姑娘如此迷戀……」

寧遠舟打斷他，強調道：「如意不是我們梧國人。」

「但她已經跟了您啊。」杜長史對寧遠舟的態度似有不解，直言道：「女子本應有三從之德。而且如意姑娘本來就是間客，還與金沙幫那行事風流的金媚娘是舊識，依老夫看，若是您請她與長慶侯虛與委蛇一二，她未必就會反感……」

房內幾個使團護衛也都連連點頭附和。

楊盈勃然變色，氣惱得下意識便要推開窗子，手臂卻被凌空握住——如意不知何時站到了她身側。見她醒神看過來，如意輕輕搖頭，便要帶著她離開。

但屋裡兩人的對話，卻依舊傳入她們耳中。

寧遠舟目光暗沉，抬眼看向杜長史，平靜地說道：「杜大人，您知道我花了多大的力氣，才能控制住自己沒對您動手嗎？」

杜長史不由得一驚。

寧遠舟堅定而輕聲道：「以下的話，請您聽好了，我不會再說第二次。第一，女子不是可以用來交換出賣的物品，我治下的六道堂，從未要求女道眾出賣色相。第二，如意的武功、智計遠勝於我，這樣的女子，我敬之愛之尚且不及，怎能將她視作掌中之物，任意將她讓與他人？第三，如意已經為使團、為我、為殿下做得夠多了，如果以後您還不死心，想用其他方式勸她行此不堪之事——」他足下用力，一塊青磚變得粉碎。他的嗓音依舊平靜，目光盯著杜長史，緩緩說道：「莫怪我不顧同僚之情。」

杜長史的臉色霎時間變得雪白。

寧遠舟環視其他人，再道：「也請替我傳話給大家，若有人再妄議如意與長慶侯之事，便是與我寧遠舟為敵。」

他臉色依舊波瀾不驚，氣勢卻如有千鈞，壓得眾人膽戰心驚，一點聲音都不敢發出來。

窗外，如意凝望著寧遠舟，一時間心中萬千起伏。而楊盈早已感動得眼圈紅了，在她忍不住要哭出來的那一瞬間，如意果斷地帶走了她。

✵

如意和楊盈並肩坐在房頂上，遙望著遠方的山巒。

天高雲淡，風暖而輕。夕陽金色的輝光灑滿她們全身，漸漸驅走了先前藏身暗處沾染的涼意，令人緩緩暖和過來。

楊盈抱著膝蓋思索著。她想不通，杜長史這麼端方守禮的君子，甚至當日如意身分暴露時，他也能公允地看待如意的立場，為何今日卻說出這麼不可理喻的話來？她忍不住問道：「如意姐，妳說杜大人為什麼會那麼想呢？妳之前明明還救過他！找回黃金之後，他還跟我說多虧有妳幫忙……」她咬了嘴唇，氣惱又失望，「虧我以前還覺得他耐心教導我，是個大好人呢。」

如意卻很平靜，「杜長史對妳的好，確實是真心的。但這份好，更多是因為把妳當禮王看吧。」

楊盈一震。

如意似是早已看破，「沒有誰是簡單的黑或白，大家都是基於自己當下的立場，做出有利於自己的選擇。就像妳那位丹陽王兄，既派了鄭青雲來誘拐妳，又不想讓妳去安國送了性命，那妳覺得，他是好人還是壞人？」

楊盈迷茫道：「政事太複雜了，我想不明白。」

如意有些悲涼地一笑，「那換個容易的。我以前是朱衣衛的左使，現在卻要替我死去的梧國義母找朱衣衛報仇。那在安國人眼裡，我是好人還是壞人，是英雄還是叛徒？」

楊盈凝眉思索著，慢慢地明白了什麼。她想了想，認真道：「都不是，妳不用管別人怎麼想，妳就是妳自己，任如意。我也一樣，不管在別人眼裡我是禮王還是公主，我都是楊盈。是我自己要去安國出使，是我們自己選擇了面前的路。」

如意一笑，溫和地看著她：「總算有點開竅了。」

楊盈把頭靠在如意肩上。此刻心中疑惑解開了，她便又想起自己原本正在關切的事，便把著如意的胳膊，輕聲撒嬌道：「如意姐，遠舟哥哥在別人面前都那麼維護妳了，妳能不能別再生他的氣了？」

如意輕聲道：「好像還在生，又好像不生了。」

楊盈靠著她，「哦。那我陪著妳繼續生。」

如意有些意外，「不幫他當說客了？」

「我現在覺得男人真討厭，總把我們女人當工具。就算遠舟哥哥跟他們不一樣，我也要站在妳這邊。」

如意一笑，信手刮了刮她的鼻子。

楊盈嘟囔著：「如意姐，妳對那個長慶侯，到底是怎麼想的啊？」

如意嘆息一聲，「你們都是我的徒弟。我從他十三歲起，教了他整整五年。當初我假死離開的時候，來不及道別。我以為他早就忘了我了，可沒想到他卻一直念著我，還念得那麼深。他看著我，一次次地叫我師父，我卻不能認他，妳覺得我該怎麼想？」

楊盈心生憐惜，「他也挺可憐的。遠舟哥哥居然吃他的閒醋，真蠢。」

如意應道：「可不，真蠢。」

夕陽餘暉遍灑，天際展開大片爛漫的晚霞，屋簷如山脊般一重又一重地起伏延伸在傍晚的天空下。

雙姝相互依偎，臉上彷彿鍍上了一層淺金。

✵

寧遠舟坐在窗邊的書桌前，面前鋪開空白的信箋。聽到外間的嬉笑聲，他透過窗子，遙望屋頂上兩人說笑著的身影，目光也隨之柔和起來。

片刻後他重新低下頭，提筆開始書寫：「章相……」寫完兩字之後，他筆下一頓，握筆的手微微顫動。凝眉平息半晌後，手終於再次平穩下來，他才繼續寫下「謹啟」二字。

正寫著信，于十三的頭突然從窗子那邊冒出來。

寧遠舟頭也不抬，「幹麼？」

「想來想去，還是想跟你說聲對不起。」于十三面色糾結，「我剛才偷聽到你和美人兒的私房話了。」

寧遠舟手中的筆一頓。

于十三便接著說道：「大夥兒都習慣了身後有你這個無所不能的堂主，所以你出事之後，我們著急是著急，但想著你身後有宋老堂主，肯定出不了大事，所以也沒想著要劫獄救你出去。」

「救你個頭，那會兒你不也在坐牢嗎？」寧遠舟語帶譏誚。

「可是美人兒說得對，你肯定還是被大夥兒傷了心啊。」于十三認真地看著他，「你假死回京的事，連元祿都瞞著。是不是從被流放那會兒起，你就對誰都沒法真正信任了？」

寧遠舟沉默良久，方道：「你想多了。」

「其實美人兒也和你一樣，別看她經常跟你出雙入對，但很少主動跟你提過去的事吧？我看你們每次說話，她都不自覺地把背心的要害對著牆角，這就意味著，她從來沒有對你毫無防備過。」于十三苦口婆心地幫他分析著，「老寧啊，聽我一句勸，對美人兒這種防備心特別強的姑娘，千萬別只聽她表面上的理由，還得往更深處琢磨。比如她不想去小島，肯定不只是她喜歡熱鬧這麼簡單……」

寧遠舟重新動筆書寫，垂眸凝視著信箋，遮去眼中情緒，風輕雲淡道：「事到如今，問這些還有意義嗎？我們兩個人都太驕傲了，之所以會選擇彼此，是因為我們都很強。但也正是因為我們都太強，才很難去服從對方的意見。這會兒我心境不穩，她也多半在為李同光的事為難，一說話，只怕又會吵起來。」

于十三才不管他怎麼想，「這麼拖下去，你不怕她跑了？」

寧遠舟斷然：「朱衣衛最好的殺手，絕不會意氣用事。而且我心裡有數，她不管再怎麼生我的氣，也不會輕易離開的。」

于十三不屑道：「呵，你憑什麼這麼有把握？」

「我和她之間的默契，不是你這種光棍能懂的。」

「我是光、光棍？呸！老子明明是萬花叢中過，片葉不沾身的情場聖手！」

寧遠舟一字一句道：「金媚娘。」

于十三立時泄了氣，臊眉耷眼地重新縮回了窗下。

房中突然寂靜下來，寧遠舟再次抬頭望向對面屋頂，如意與楊盈卻已然離開了。他微微一怔，許久沒有動作。

✵

楊盈想去拜訪李同光。

來而不往非禮也，李同光兩次前來探病，她都不曾露面，若不回敬一次，只怕無形中便讓李同光看輕了她。

而杜長史越過她，私下想讓如意去跟李同光「虛與委蛇」的念頭，縱使不論其他，也很是傷害了她的自尊。和如意聊過之後，楊盈愈發覺得她必須得證明自己。縱使經歷過鄭青雲一事，她也依舊是大梧禮王，她足夠聰穎可靠，無須他人越俎代庖。

何況她也有私心，她心底隱隱有些討厭李同光——這個人要搶她的師父，而且這個人一來，遠舟哥哥和如意姐就吵架了——她才不要輸給這個人。

同如意商量過後，她便直接找到杜長史，告訴他自己要去拜訪長慶侯。杜長史自是被她嚇了一跳，忍不住又確認了一遍。

楊盈目光堅定，再一次告訴他：「對，而且孤想現在就去。來而不往非禮也，畢竟長慶侯已經來探過孤兩次病了，孤現在身子漸安，自然也應該去他住的驛館看看。您放心，長慶侯多疑，多半會藉口夜深已經休息而推辭不見，這樣，孤順便還能探探安國那幫人的底細。」

杜長史遲疑道：「這、這……不妥不妥，殿下怎麼都沒有和老臣商量，就自作主張了呢？」

楊盈抬眼看向他，反詰道：「剛才您似乎也沒有同孤商量，便擅自請了寧大人來商議『祕事』吧？」

杜長史一愣，不由得抬頭看向楊盈，這才發現如意正站在楊盈的身後。她面色平靜，黑眸子裡卻透著一股冷意。杜長史不由得心中一凜，沒能說出話來。

楊盈直視著杜長史，一字一句、義正辭嚴地提醒他：「無論孤之前出過多少岔子，但請杜大人不要忘記，孤才是安國人想要的那個迎帝使。是以，此後使團的任何重大事務，都請不要繞過孤。」說著她便向杜長史深深一揖，不軟不硬道：「孤替皇兄，也替自己，在此先行謝過。」

杜長史面色漲得通紅，連忙避過，向楊盈行禮道：「臣不敢當，殿下吩咐，臣必當謹記。」說完便又轉向如意，深深地一禮，致歉道：「如意姑娘，之前杜某思慮不周，犯下大錯，萬望海涵。」

如意沒作回應，只轉過身，向房外不知何時出現的寧遠舟解釋道：「這件事不是我自作主張，而是殿下臨時起意。」

寧遠舟點頭道：「我知道，我現在就護送妳們過去。」他見杜長史仍想阻止，便反問道：「杜大人，安國人數次欺上門來，難道您就不想讓他們也吃個教訓嗎？」

杜長史一怔，眼中豪情頓起，當即便道：「那我也去！」

杜長史自去吩咐使團眾人準備車馬儀仗，要夜訪長慶侯。楊盈他們也各自回房去準備，三人從杜長史房裡出來，前後走在簷廊下。

寧遠舟道：「我原本想請殿下明日再去見長慶侯。」

如意便說：「現在去更好。出其不意，也能探探他們那邊的虛實。」

寧遠舟問：「那妳要去吧？」

如意便道：「他們兩個都是我的徒弟，我自然得去盯著。但我現在的身分是郡主，深夜不適合見外男，在車裡等你們比較好。」

✵

既然是去「還禮」，陣仗必然要做足。這一次夜訪，使團幾乎是全員出動，整齊地列陣在朱屋青蓋的華麗使車前，銀甲映著月輝，冷然有光。

寧遠舟同樣一身飾以紋繡的黑革銀甲，襯得身形威嚴挺拔。他手扶長劍，昂然立於陣前，向眾人訓話。

「前日安國人趁亂前來，我們應對倉皇，大失章法。若不能在今日扳回一城，日後前去安國，只會更被小看為難。所以這一回，我們務必軍容嚴整、行動迅速。都聽明白了沒有？」

眾人氣貫長虹，齊聲應道：「聽明白了！」說罷齊齊翻身上馬，丁輝也驅動起楊盈的馬車。

寧遠舟走到坐騎前，正欲發力上馬，突然胸中一陣劇痛襲來。他掩飾地咳了兩聲，翻身上馬。突然，馬車中一件物事扔了過來，寧遠舟下意識地接過，發現那是一件披風。車簾微動，現出如意似乎毫不關心的臉。

寧遠舟將披風披上，縱馬奔到了隊伍最前列。看到了這一切的錢昭和于十三對視一眼，揮鞭跟上。

夜色厚重，天地間一片沉黑。路上並無行人，沿途家家都已用過晚飯，閉門鎖戶，只星星點點亮著幾處燈火，偶爾從庭院中傳來幾聲閒談、幾聲犬吠。

使團的隊伍一路直奔李同光所住的驛館而去。

驛館裡的守衛沒得到消息，還在周邊巡邏，突聽得遠處地面隆隆作響，忙抬頭望去，只見大隊人馬奔馳而至，馬蹄紛飛，煙塵陣陣。

驛館內的安國士兵們也立即警覺起來，紛紛擁出，持劍退後，嚴陣以待。這隊伍來得突然，安國士兵們不明狀況，緊繃著神經戒備著，卻不敢輕舉妄動。

只見隊伍裡兩馬當先開道，飛馳而來，馬上的騎士一身勁裝，儀表堂堂——正是錢昭和與十三。兩人縱馬疾馳到驛館近前，才猛然勒韁，雙馬同時人立長嘶，紋飾繁複的錚亮馬蹄反射著火光，耀得守門人睜不開眼來。

兩人控馬落地，讓開背後道路，同時擊掌三聲。緊隨其後的使團隊伍便站定在兩側，齊齊用劍鞘擊地，如戰鼓般轟鳴。

寧遠舟護衛著楊盈的馬車，自中央肅然而來。一身黑革銀甲的六道堂堂主官服輝光冷然，胯下駿馬玉轡金鞍，襯得他身姿挺拔磊落，令人不敢仰視。他微微一抬手，四下立刻安靜下來。

寧遠舟一拱手，高聲道：「大梧禮王，特來回拜，還請通傳！」

安國士兵這才回過神來，連忙飛奔進院中通傳。

士兵跌跌撞撞地奔入院中時，李同光已然走上前來。不待士兵發聲，他便抬手示意道：「我已經聽到了。」

他逕直走到門前，透過門縫看著院外的火光。望見外間陣仗，他冷笑一聲，「這會兒病好了精神了，就想來耍威風找回場子？」便轉頭對匆匆跟上來的鴻臚寺少卿道：「人家都侵門踏戶了，不見，倒顯得我們氣勢上弱了一截。你去應付他們吧，就說本侯已經睡了——不，說我去附近的酒樓鬆快去了。冷他們大半個時辰，再見也不遲。」

鴻臚寺少卿忙應道：「是。」

驛館外，于十三和錢昭正帶著梧國使團與安國士兵對峙。安國人恨梧國人分明戰敗，卻還氣勢不倒。梧國人也知今日若不能成功回敬，日後到了安國，氣勢便永遠也撿不起來了。兩邊便都鉚足了力氣在暗處較勁。

楊盈也已經下了馬車，正在杜長史的陪伴下，等待著驛館裡的安國使臣出迎。對身旁角力，她眼都不抬一下，只背對著驛館大門，從容負手立於使團隊伍中央，峨冠博帶，錦衣華服，儀態雍容又超然。

鴻臚寺少卿整頓衣冠，走出門外，先看到杜長史立在一側，便迤迤然走上前去，目光掃過四周，故意一笑，「呵，這麼大的陣勢。看來禮王殿下的病好得挺快嘛。」

話音未落，便聽一聲：「怎麼？難道少卿還盼著孤繼續病下去？」便見前方背對著他的華服少年回過身來。那少年看上去不過十六、七歲的年紀，卻生得神采秀徹，此刻金冠烏髮，傲然而視，氣勢逼人。

少卿一時語塞，半晌才尷尬地一拱手，賠笑道：「玩笑、玩笑而已。殿下玉體康復，下官甚是欣慰。還請稍後入內廝見。」
他有意殺一殺使團的威風，欺楊盈年少，便禮節敷衍，故意怠慢。不料杜長史當即怒斥道：「敢問大人，我大梧迎帝使親至，為何竟不見你大禮相迎？莫非安國鴻臚寺尸位素餐至此，竟然連尊卑貴賤都不分了嗎？」杜長史冷哼一聲，又道：「引進使何在？」
少卿不敢再生枝節，忙道：「長慶侯外出飲宴未歸，下官已讓人趕去通傳了，還請稍候片刻。」
楊盈馬上明白過來，當即回敬：「現在已經過了亥時，長慶侯初到合縣，公務在身，卻著急深夜出去宴飲，不愧是風流倜儻的少年將軍。只是長慶侯自己也說了，這合縣風水不好，他可千萬別染上什麼風流症候才好！」
使團眾人都忍不住爆笑起來，少卿窘迫至極，卻無言以對。
這一日是為找回場面而來，目的既已達成，便無須貪功冒進。楊盈微笑了一陣，便也冷靜下來，淡然道：「既然長慶侯不便，孤明日再來便是。畢竟長慶侯也曾經兩次過來給孤請安，孤再多跑一趟，他也當得起。」向少卿一拱手，「告辭。」她轉身就走。
少卿有些傻眼，忙要上前攔她，「殿下，殿下！」卻被元祿、孫朗阻止。
楊盈昂首挺胸，逕直上了馬車。寧遠舟向少卿略略欠身，便指揮使團人馬掉頭離開。
一上車，楊盈便丟了先前的從容，難掩興奮地湊到如意身邊，兩眼晶亮地仰望著她，激動道：「如意姐，剛才我表現得怎麼樣？」
如意微笑道：「不錯。」

楊盈挽住如意的胳膊，得意道：「哼，他想讓我吃閉門羹，我怎麼也得損損他！」突然想起什麼，忙歉疚地看向如意，「啊，對不起，我忘了他也是妳徒弟……」

如意示意她不要說了，摸了摸她的頭道：「沒關係，妳反應機敏，已經做得很好了。」

馬車恰在此時掉頭，夜風掀起了車簾，楊盈靠在如意肩頭接受誇獎的樣子，便出現在兩側駐守的安國士兵眼中。

李同光一身尋常士卒的打扮，正悄然混跡在陣列隊伍的後排，觀察著梧國使團的舉動。這一幕正落入他的眼中。

年少時，他也曾和師父在雨夜的山洞中相互依偎。想到此，他心中嫉恨湧起，目光霎時變得冰寒，不由得用力攥緊了手中的長槍。直到梧國人馬消失在遠方，他仍站在原地，一動不動，陰冷地盯著遠方。

使團隊伍已然行遠，少卿尷尬地走到李同光身邊，向他解釋著：「侯爺，沒想到這禮王說走便走——」李同光卻冷漠地抬手打斷了他的話，令他閉嘴退下。少卿不敢抗辯，忙噤聲退避到一側。

恰在此時，朱殷匆匆而至。李同光目光陰寒，不待朱殷開口，便問道：「查到湖陽郡主到底什麼來歷沒有？」

朱殷回稟道：「梧國德王確有一女湖陽郡主，但因朱衣衛梧國分衛近來折損頗多，郡主長相如何，是否確為宮中女官，都尚不能確定。不過自禮王離開梧都以來，這位郡主確實一直陪在他身邊，對禮王悉心教導照顧，名為姐弟，實為師徒。」

李同光目光中嫉狂之色一閃，語氣森冷道：「名為姐弟，實為師徒？他有什麼資格做師父的徒弟？」話音剛落，手中的槍桿已生生被他捏斷。他分明是嫉恨若狂，故態復萌。

朱殷大驚道：「侯爺！」四周耳目眾多，朱殷自知失態，忙又壓低聲音，規勸道：「您不是自己都說了嘛，她不是左使！」

「不管她是不是，我都不許！這世上，師父只能對我一個人好！」李同光執念已生，再無動搖。他隨手將斷槍扔開，走向隊中軍官，吩咐道：「傳令給城外的合縣守將吳謙，要他整肅三軍大營，明日我要帶貴客前去。還有，六道堂要是擺明了陣勢，這驛館住著就不安全了，明晚我們改住到軍營去。」

軍官領命而去。李同光又看向候在一旁的少卿，道：「你現在就去寫拜帖，就說本侯今晚失迎，深感抱歉。明日巳時，特在校場設宴賠罪，務請禮王及湖陽郡主駕臨！」

✵

拜帖當夜便送進了客棧。

寧遠舟才換下身上戎裝，剛要和杜長史討論後續，便拿到了李同光的戰書——不，拜帖。

燈火搖曳不定，屋內光線昏暗。展帖細讀之後，杜長史憂心忡忡道：「校場設宴？還特意指名如意姑娘，長慶侯只怕居心叵測。」

寧遠舟卻面色平靜，道一聲：「意料之中。」便合上拜帖，拾起身旁披風，走向如意的房間。

如意也還沒有睡。寧遠舟敲門進去，見如意坐在桌旁，腳步就頓了一頓。

寧遠舟輕呼了口氣，面色平靜地走上前去，先遞披風，道：「我來還這個。」再遞拜帖，「還有，這個妳看看。」目光卻有意無意地避開了如意。

如意接過信掃了一眼，一哂，道：「這小子今晚估計被阿盈那句話傷著了，明天正憋足了勁找回臉面呢。」

寧遠舟問道：「那妳去赴宴嗎？」

「去，不然不知道他會對阿盈做些什麼。他從小就有點邪心古怪的。」如意說著便又想起些什麼，抬頭問道：「你舊傷又犯了？不然怎麼會咳嗽？」

「是有一點不舒服。不過沒關係。」

兩人一時沉默下來。片刻後如意道：「你來找我，卻無話可說，是不是因為我想要的，你沒辦法妥協？」

寧遠舟承認：「妳真不願意以後歸隱山林，和我一起平凡度日？」

如意卻道：「那，我們就沒什麼好談的了。既然志趣不同，就算一時勉強，長久也會相看兩厭。但你放心，我還是會依照約定，把阿盈平安送到安都。」

一陣酸楚襲來，寧遠舟問道：「那之後，妳就要離開了嗎？」

「我們本來就不是一路人，只不過機緣巧合偶然相遇，各自暖了對方一段時間而已。這樣已經很好了。」

寧遠舟抬起頭來看向如意，眼眶已微微有些泛紅。他不肯就此放手，想起于十三的話，再一次爭取道：「如意，能告訴我妳為什麼拒絕去小島嗎？除了妳喜歡熱鬧，肯定還有別的原因。」

如意張了張口，最終卻還是說道：「沒有別的原因。」顯然有旁的原因，卻不願告訴他。

寧遠舟的眼中閃過一抹失望，卻猶然不肯放棄，哀求道：「妳真的不願意和我一起試一試？如果妳厭了，隨時可以離開。」

「你就不怕我先假裝答應你，然後騙了你的孩子就走？」

「我寧願妳騙我。」

如意停頓了片刻，終還是搖了搖頭，「不行的，你說過你不想你的孩子沒有父親。你都不願騙我，我更不能傷你的心。」她輕聲說道：「我到現在才發現，原來我真的很喜歡你。因為我現在心很疼，就像娘娘死的時候一樣，像有刀子在裡面攪。」

寧遠舟心中大慟，「如意！」

如意卻又道：「但就算很痛，我還是想按我自己的意願生活下去，這就是我改名叫如意的原因啊。因為，鷹鷲停下來不願意再飛的那一天，就是牠的死期。」她凝視著寧遠舟，堅定地一點點掙開了他。她見寧遠舟眼中痛楚，又摸了桌上的錦袋遞給他，「給你，松子糖。剛才特意去外頭買的。你不是說自己只要一吃糖，就會慢慢開心起來嗎？」

燭火跳躍著，昏黃的暖光映照在他們身上，彼此心中的痛楚都直達眼底。他們久久地對視著。

漫長的對望之後，寧遠舟終於鬆開了她，伸手接過了她遞來的糖，輕輕說道：「謝謝。」他最後一次凝望如意，終於果斷地離開了。

門「啪嗒」一聲合上，屋內重歸寂靜。

✲

夜半時分，寧遠舟平靜地坐在桌邊，面前放著如意贈他的錦袋。他提筆書寫：「安都分堂見信如令……」手上運筆如風，寫好後將信放在一邊，便拿起桌邊的酒杯一口喝盡——他腳下已經堆了三、四個酒罈，卻猶然麻痺不了心中的痛苦。

他端起杯子又喝了幾口，這才提筆繼續去寫第二封信。突然又一陣痛苦襲來，他一手用力抓住桌角，一手捂著胸口，劇烈地咳嗽起來。這咳嗽越來越猛烈，咳著咳著他突然一口鮮血噴出，點點飛濺在信紙上，紅豔如春末飛花。桌角也已被他抓斷，他半伏著身子，曲肘支撐在桌面上，雙眼朦朧，染血的嘴角卻現出一抹微笑。

他打開錦袋，丟了一顆糖在嘴裡，繼續執杯痛飲。

✲

第二日天晴。

使團眾人晨起炊爨，正卯時用早飯，辰時一到便於門外集合。以寧遠舟為首的眾人，依舊如昨日一般去赴長慶侯的邀約。大隊人馬來到郊外駐軍營地時，巳時剛到。

昨日吃了一虧，這一日安國守軍自是早已準備周全，軍容整肅地列陣在轅門兩側。聽聞隆隆馬蹄之聲，列陣在側的侍衛們眼都不眨一下，挺胸昂首，肅肅如松林當風，紋絲不動。

車馬停穩之後，楊盈和如意先後從車中出來。楊盈錦衣金冠，一身親王禮服，雍容尊貴。如意頭戴幕籬，白紗遮面，綽約而華美。「姐弟」二人下車站定，李同光與安國少卿也已出轅門相迎。

兩邊使團各自致禮相見，便由李同光引著楊盈、如意走在前方，少卿引著寧遠舟與杜長史跟隨在後，一道往校場中去。

這是楊盈第一次和李同光正面相對。相見之前，楊盈心中已隱隱有些成見，知道他是如意姐的徒弟，卻對他既有些忌憚，又有些遷怒與討厭，唯獨從未覺著他寬厚好相處、友善可結交；待朝相時，只覺成見更深。

眼前之人言談舉止彬彬有禮，那雙看向她的桃花眼中卻是一片冰冷，道是：「本侯昨日臨時外出，害得殿下空跑一趟，實在抱歉至極。今日特設薄宴，多謝殿下賞光。請。」

楊盈本能地就覺出此人對自己滿是惡意，下意識地便離他遠了些，也不失禮節地道一聲：「請。」

李同光又轉向走在他們身後半步之遙的如意，聲音霎時便低緩了許多，道：「郡主也請。」

如意問道：「那日我提議之事，侯爺考慮得如何了？」

李同光深深地看著她，道：「郡主心急了？放心，酒宴之後，我必會給妳一個答覆。」如意微微點頭，「願候佳音。」

過轅門，便是兩整排持著銳槍利刃的安國士兵，他們黑甲凶面，列成狹窄的人巷。楊盈剛走進人巷，安國士兵便齊發一聲吼，高舉長槍交織成槍棚。

楊盈被吼聲一驚，旋即便深吸一口氣，帶著諸人從人巷中穿過。人巷狹窄，頗為局促，李同光卻安之如素。

剛穿過人巷，便有個安國士兵牽著一群凶惡的黑犬迎面而來。那些黑犬齜著尖牙，掙著韁繩，衝著楊盈狂吠不止，利齒上寒光閃閃，面目猙獰凶狠。楊盈一時不備，被嚇得倒退一步。

跟隨在後的使團眾人也擔憂楊盈的安危，錢昭當即便要上前，卻被寧遠舟暗中攔住，示意他稍等。

李同光笑道：「啊，這些是吳將軍的愛犬吧？聽說前幾日才咬死了幾頭熊，真是活潑可愛。」他故意興致勃勃地逗著那些黑犬。安國少卿等人也都看好戲般瞧著楊盈。

楊盈心中駭恐，卻是一句話也說不出來。如意見狀，當即便做出受了驚嚇的模樣，上前抓住楊盈的手，聲音顫抖地說道：「盈弟，這些畜生好臭。」

李同光不屑地瞟她，「原來郡主的膽子這麼小？」

如意並不理會。她裝得害怕，手卻穩穩地托住了楊盈的胳膊，幫楊盈迅速鎮定下來。透過幕籬的紗巾，她飛快地向楊盈使了個眼神。

楊盈察覺到手心被塞了些什麼，立刻會意，深吸一口氣，點頭道：「阿姐放心，孤這就讓牠們離開。」

她捏碎了手中的藥丸，隨即走上前去，伸出尚在顫抖的手，探向那些黑狗。黑狗原本正要凶狠地撲上來，聞到她手上的味道後卻哀鳴一聲，紛紛後退，任憑牽狗的士兵怎麼驅趕，都不肯再上前。

李同光鼻尖一動，嗅到空氣中的氣味，抬眼看向楊盈，「薄荷油？」

「正是，」楊盈淡淡回敬，「孤此赴貴國，山長水遠，稍不小心就會遇到幾隻既不長眼又只會前倨後恭的畜生，薄荷油味道強勁，用來驅散牠們正好。」

她分明是在指桑罵槐。安國少卿臉上的笑容立刻沉下來，卻又發作不得。李同光也不料楊盈竟有如此膽量，終於肯回過頭去，仔細打量她一番。

他本就因如意而對楊盈心生嫉恨，此刻自然也不會讓楊盈得意。他一面審視著楊盈，一面譏諷道：「看來殿下果然是痊癒了，和前日躺在病榻上不省人事的樣子有天壤之別。這倒讓本侯想起了貴國國主，當初本侯將他擒獲時，他第一日也是如行屍走肉般，第二日給了點酒食，便精神起來了。」

他當面羞辱梧國的君上，使團眾人不由得大怒，安國兵士們卻哈哈大笑起來。

楊盈攥緊了手心，強令自己平靜下來，道：「勝敗乃兵家常事，皇兄敗於貴國，不過是時運不佳。當年越王勾踐，不也有臥薪嘗膽之苦？倒是長慶侯您……」她也目帶譏諷地看向李同光，「得意歸得意，以後可千萬別和伍子胥殊途同歸。」

李同光大怒，目光陰冷地凝視著楊盈。楊盈心中同樣怒火熾盛，當即便挺起胸膛，目光灼灼地瞪回去。兩人眼神相匯，如雄鷹搏虎，火花四濺、互不相讓。

良久，李同光才微微一笑，緩緩道：「多謝，等以後殿下與貴國國主作伴之時，本侯必當回報今日殿下提醒之恩。」他語氣甚至是溫和的，說出的話卻是森冷威脅。

楊盈心下一凜。她已不再是當日那個心頭一熱便請命出使的天真少女，她很清楚，此行最壞的結果正是安國收了金子卻不放人，反而將她一道扣下。而這僅取決於安國是否信守承諾。作為戰敗之國的使者，她並無選擇的餘地。她只瞪著李同光，卻無言回應。

眼看局面僵住，寧遠舟一使眼色。于十三手指凌空一彈，牽狗的安國士兵的褲子頓時鬆脫掉落下來，露出兩條光溜溜的大腿。黑犬們立刻興奮起來，衝上前去聞嗅，現場一時大亂。

于十三便在安國眾人的怒視下，無辜地攤了攤手指，道：「我也只是想提醒一下，他褲帶鬆了。」

使團眾人哈哈大笑起來。李同光眸中閃過一抹狠色。少卿見狀，忙道：「宴席設在那邊，請、請、請。」

✵

宴席就設在營帳外的空地上。兩國使團分別入座之後，安國少卿舉杯敬楊盈道：「殿下既已大安，不知何時可以動身前往安都？」

楊盈淡淡道：「孤隨時可以出發。」

李同光打斷他們的交談，看向合縣守將吳謙，道：「有酒無佐多無趣。吳將軍，可有什麼助興的沒有？」

吳謙一擊掌，便有幾個做異族打扮的安國人上場，同幾個穿著蠻族服飾的男子表演起打鬥來。蠻族人披頭散髮，身穿獸皮，臉上塗著猙獰的黑色花紋，頸上掛著狼牙裝飾，形貌凶狠，動作粗野，表演中不時便衝著楊盈的方向做出威嚇的表情。楊盈不肯示弱，強撐著挺直了腰背觀看。

李同光捼著手中酒杯，目光戲謔地審視著楊盈，問道：「禮王殿下看得懂嗎？」

楊盈被一再譏諷刁難，耐性已被消磨得差不多，卻也記得自己是為和談而來，並未發作。她指著其中幾個人，耐著性子道：「孤才疏學淺，只知道這幾位分別做貴國沙西部、沙東和沙中部打扮，」又一指對面蠻族打扮的人，「但這邊幾位，就不太清楚了。」

李同光一笑，道：「他們是北蠻人。北蠻世居關山以北，近兩百年來，多次入侵中原。直至五十年前才被前朝擊敗，自此退出天門關外，但前朝也因此國力大弱，才有了貴國先祖竊國自立的事業。」

楊盈淡淡一笑，「侯爺熟讀國史，自然知道貴國的開國之君與我大梧先帝曾為同朝之臣，莫非在你心中，貴國也當得一個『竊』字？」

安國少卿臉色大變，擔心地看向李同光。

李同光眼中怒火大熾，但很快便壓抑下來。他淡淡地說道：「殿下不認識北蠻人，那總認識這些人吧？」

他話音剛落，便有幾個衣不蔽體的男子，被安國士兵牽著脖上的繩索，如牽獸一般拖拽而來。看到這些人身上的刀傷劍痕，楊盈猛地意識到了什麼，梧國使團眾人更是霍地站起，目光既悲且怒。

杜長史對著其中一人顫抖道：「袁將軍！」

寧遠舟也脫口喚道：「陶健！」

原來那些衣不蔽體、傷痕累累的男子，竟全是昔日戰場被俘的梧國將士！

俘虜中已有人羞愧落淚，跪地向寧遠舟請罪道：「寧堂主！陶健無能，丟了咱們六道堂的臉！」他用力叩頭下去，額上瞬間鮮血淋漓。他牙根咬碎，悲痛地訴說道：「我對不起你，沒能護好柴明兄弟，只能眼睜睜地看著他們被……」他再也說不下去了，號啕大哭起來。

錢昭不顧安國士兵阻攔，大步衝上前去，一把拉起陶健，問道：「柴明他們葬在何處？」

陶健搖頭哽咽道：「歸德原邊的江裡……」

錢昭大慟，手劇烈地顫抖起來，目光幾能殺人。

寧遠舟也早已雙目泛紅，輕吸一口氣，壓抑住心中悲痛，道：「錢昭。」

錢昭攥緊了拳頭，腳步沉重地重新回到座席上。

自始至終，李同光都無動於衷，此刻也照舊如先前的計畫一般，冷冷地道：「繼續。」

安國士兵推著陶健等人來到宴席前的空地上，驅使他們如牧獸一般爬行。楊盈再也忍耐不住，怒道：「長慶侯，士可殺不可辱，你故意如此，難道想破壞兩國和談嗎？」

李同光一笑，迤迤然道：「殿下言重了，本侯在朝中可是一力主張和談的。今日這些，不過是幫您提前適應而已，畢竟你們皇帝這幾個月所受的折辱，比起現在，有過之而無不及呢。若是殿下到了安都，還想像昨晚那樣再展威風，呵呵。」

安國士兵繼續揮鞭，楊盈再也忍受不下去了，奔下場去擋在俘虜面前，「住手！住手！」

但安國士兵繞過她，仍然不斷地鞭打陶健等人，楊盈身上挨了好幾鞭。陶健等俘虜感動不已，「殿下您躲開！快躲開！」

寧遠舟閃身而上，用身體護住楊盈，但除此之外，他也不能再做什麼。畢竟是戰敗之國，畢竟君王被俘，畢竟同僚已為階下囚。昨日雖已展威風，今日情勢，卻只能忍耐。

眼見楊盈挨鞭，一直默不作聲的如意也看不下去了，她轉身看著李同光，「夠了。一再變本加厲，長慶侯，你師父當初就是這樣教你的嗎？」

李同光聞言目光一寒，端起手中酒杯下意識地就往如意臉上潑去，陰狠道：「閉嘴！妳以為自己長得像她，就有資格隨意議論嗎？」

如意因為喬裝的身分，不能躲避，硬生生被潑了一幕籬。

楊盈停住腳步，急道：「阿姐！」

寧遠舟眼中寒光一閃，正欲出手，如意卻已冷冷道：「原來你只會這個？」她摘下幕籬扔在地上，起身拿起酒壺便走到李同光面前，將壺中酒緩緩澆在李同光頭頂，一字一句道：「來而不往非禮也，有本事，你就殺了我。」

李同光大怒，卻正對上她寒冰般的目光，當即沒來由地一陣戰慄，竟愣在當場，動彈不得。

鮮紅的酒液澆在李同光頭上，又順著他的臉流淌下來，打濕了他身上的華服。李同光卻只睜大了眼睛，愣愣地仰頭看著她。這感覺是如此熟悉，那一瞬間，李同光的心猛烈地跳了起來，一如他初見「湖陽郡主」那般。

席間眾人又驚又駭，宴席上鴉雀無聲。

如意澆完酒，扔下酒壺，轉身看向安國使團眾人，冷冷道：「不敢真動手，只敢用下作手段折磨人的鴻門宴，真是滑天下之大稽。所謂和談，無非是你們出人，我們出錢。交易公平，戲才唱得下去。要是不想談，請便！」她一腳踢翻酒案，「我們走！」

使團眾人齊聲應道：「是！」

李同光此時才回過神來，忙喝道：「攔住他們。」

安國士兵們立刻拔劍執槍上前阻攔，梧國使團自是毫不示弱——雖是戰敗，但國體尚在，豈能一直被安人壓了氣勢？兩邊便明刀明槍地對峙起來。

李同光深深地看了一眼如意，轉頭對楊盈道：「禮王殿下，剛才湖陽郡主所說，是否能代表貴國使團？」

楊盈昂首道：「阿姐之言，便是我心中所想。我心中所想，便是整個梧國所願！」

李同光點頭，目光陰冷地直視著她，「很好，那日後兩國再度刀兵相見，屍橫萬里，便是禮王殿下的功勞。」

楊盈眼中同樣怒火灼灼，反唇相譏道：「長慶侯這是又想爭軍功了？也是，不靠著你手上的鮮血，只怕也洗不乾淨你那十七歲都不配有姓的好名聲！」

李同光雙眼凶光大盛，出手直扼楊盈的喉嚨。

這一次，不能再忍了。楊盈代表著整個梧國，主辱臣死。於是電光石火之間，寧遠舟已然出手。李同光腹部重重挨了一拳，頹然摔倒在地。

寧遠舟上前扶起袁將軍，道：「我們走。」六道堂諸人當即扶起幾位俘虜離開，安國人被他們氣勢所懾，竟然不敢阻攔。

李同光倒在地上，良久才緩過勁來。他捂著小腹艱難起身，卻恰看到如意從他身旁經過時投向他的淡漠一瞟，那神態依稀正是師父當年模樣。李同光夢魂顛倒，只覺心中大慟，本能地伸出手去，卻什麼聲音也發不出來，睜眼看著如意腳步不停，漸行漸遠，未再回眸。

✵

使團眾人逕直離去，出轅門時，恰有一騎匆匆而來，馬上騎士風塵僕僕，卻是一名女子——正是琉璃奉李同光之令，星夜從安都趕來了。

遠遠望見如意的面容時，琉璃驚疑地勒馬停住，跳下馬來站到路邊，怔怔地凝視著如意。

如意抬眼望去，兩人目光於半空一碰。如意眼中厲光一閃，旋即恢復如常，腳下無絲毫停頓，逕直從琉璃身旁走過。而琉璃目光輕顫，在如意路過時，連忙低下頭去。

李同光忍著疼痛從校場追出來，正將這一幕看在眼裡。他頓時如遭雷擊，跌跌撞撞地奔來，眼中隱含著瘋狂又哀切的期待，逼問道：「妳到了?!妳看清楚了嗎?!」

琉璃點了點頭。

李同光脫口而出：「她是不是——」

但他隨即便意識到身旁安國人眾多，立刻住口，只貪婪而心急地看向如意。此時，寧遠舟正安排諸人將梧國俘虜送上楊盈的馬車，而如意和楊盈各自翻身上馬。

這一日如意一襲重錦紅衣，翻身上馬的模樣，終於和李同光記憶中縱馬離開的緋紅背影重疊在了一處。

李同光胸中大慟，目光追著如意離去的身影，艱難地克制住心中衝動，攥緊了琉璃的手腕，道：「跟、跟我回去再說。」

❋

使團隊伍浩浩蕩蕩地前行在路上。去時人人意氣盎然，心中鉚著一股不肯被人壓下的勁頭；歸來時卻沉重默然，胸中都懷著一股悲壯的家國之意。

寧遠舟安撫好袁將軍一行，抬頭望見如意面色冰寒地揮鞭縱馬在前，便默不作聲地驅馬趕到她身邊。

如意狠狠地揮了幾鞭子，似是想隔空教訓那個今日大失主帥風度的徒弟，「這個小混帳，幾年不見，愈發變本加厲了。我教他的那些冷靜機變，一點都沒記在心上，只會陰陽怪氣地耍威風！」

寧遠舟道：「他是安帝最信得過的重臣，不可能不冷靜機敏。今日這些作派，確實有些失態，但多半也是因為妳的緣故吧。」

如意嘆了口氣，姑且拋開此事，又道：「剛才在軍營，我碰到了一個朱衣衛的舊人。」

寧遠舟一凜，忙問：「誰？」

「之前服侍我的侍女，琉璃。」如意想了想，又道：「但我沒把握她有沒有認出我，更不知道她會不會告訴別人。」

「她還在朱衣衛嗎？」

「不確定。」

寧遠舟急速分析著：「劉家莊那批人的死，已經是幾天前的事了，朱衣衛總堂多半也收到了消息，她會不會就是朱衣衛派來確定妳身分的人？」

「說不準，但她剛才穿的不是朱衣衛的服色，直接就去了李同光身邊，」如意也思索著，「而根據媚娘的消息，李同光和現在的朱衣衛幾乎沒有交情。」

寧遠舟道：「無論她是誰，都需要多加提防。」立刻揚聲吩咐眾人：「提升警戒，把遊哨放至三里外！」

＊

李同光步履匆匆地走進營帳，營帳門前布簾尚未落下，他已一把拉住琉璃，急切地逼問道：「快說，她是不是師父？」他滿眼期待，神色近乎狂亂，滿心滿腦所念所想就只有那個離去多年的人。

琉璃盯著他，緩緩搖了搖頭。

李同光難以置信地反駁：「怎麼可能！她的眼神、她的背影，明明和師父一模一樣！」

琉璃目光平靜無波，道：「她的相貌確實和尊上有七、八分相似。但尊上在邀月樓蒙難之前，剛受了一次重傷，傷在這裡，」她指著脖頸處，道：「深可見骨。奴婢服侍之時，親耳聽到縫合的太醫說，就算是華佗在世，也消不掉那道疤痕。可奴婢剛才看得清清楚楚，湖陽郡主的脖頸上，什麼都沒有。」

李同光大受打擊，不由得後退一步，狂亂道：「妳騙我！妳騙我！她明明就是師父！她不可能是別人！」

琉璃心中一痛，含淚規勸道：「侯爺，奴婢知道您有多念著尊上，但是，尊上真的已經不在了，就算您上窮碧落下黃泉，也找不回她了。」

李同光頹然跌坐在地上，閉上了眼睛。

可突然間，他猛地睜開眼睛，篤定道：「不，我還能找回她，還有法子的！有一個那麼像她的人，還有妳！」他伸手抓住琉璃的雙臂，盯著她，目光癲狂道：「妳去找朱衣衛的衣裳，妳教她練武，妳幫我把她變成師父，聽見了沒有？妳說啊，妳說啊！」

琉璃吃痛，只得應道：「是、是，奴婢答應您！」

帳中無窗，四面光線昏暗，只有圓頂上天光洞入，自上而下落在李同光的身上。他頹然坐在地上，華服染塵，神色癲狂又迷亂，卻早已是滿臉淚水。

第二十章

虎狼竟驟現

驛館，金媚娘收到如意的傳訊後，也扮作民婦，連夜趕來同如意相見。

如意原本想問的是李同光，但琉璃的出現卻無疑更令人在意。萬一她仍在朱衣衛中，是受朱衣衛指派而來，萬一她認出了如意，將如意的身分告知他人……如意的處境都將變得危險，使團也將受到牽連。

因此金媚娘行禮過後，如意便略過李同光，直接問起：「妳來得正好，以前跟過我的琉璃——」

金媚娘抬頭，立刻說道：「屬下也見到她了。」

如意一驚，忙示意她仔細說來。

原來，自上次同如意分別之後，金媚娘便一直替她留意著朱衣衛的動向。金沙幫幫眾數萬，名下酒樓客棧眾多，在各地都有耳目，自然消息靈通。琉璃經過平州時，一走進金沙幫名下的客棧裡，掌櫃便留意到她耳朵上的耳環是朱衣衛舊時樣式，當下便留了心。他悄悄從金沙樓裡找來朱衣衛的舊人辨認，認出是曾服侍過如意的琉璃，立刻便飛鴿傳訊給了金媚娘。

金媚娘恰在趕往合縣的路上。當年她幫如意假死逃出天牢，也曾留意過如意身邊人的動向，知道琉璃在如意假死後，便被處刑逐出了朱衣衛。她料想琉璃在眼下這個時候突然出現在附近，絕非偶然，便臨時改了行程，連夜趕去打探風聲，在路上製造機會，假裝與琉璃偶遇。故人重逢，琉璃很是驚喜，便同金媚娘聊了起來。

「不料她跟我沒談幾句，便開始試探地問我，尊上您有沒有可能仍在人間。」金媚娘說道：「我裝作吃驚的樣子套她的話，不久她便說出——」

既已知曉琉璃被逐出朱衣衛，聯想到轅門外重逢的情狀，自然也就不難猜出她出現的原委了，如意接口道：「她現在跟著李同光，是李同光要她過來，確認我是不是任辛。」

金媚娘點頭道：「正如尊上所料。」

「妳怎麼告訴她的？」

「屬下只是站在她的立場，婉轉地替她分析了一下。」金媚娘道：「原來琉璃離開朱衣衛後過得很不好，是長慶侯收了她，還讓她管著後院的一應事務。屬下便說，小侯爺之所以待她不錯，無非是看在當日和您的情分上愛屋及烏。可要是您真的還在人世，她便要退後一步了。」

如意目光一閃，道：「以琉璃的性子，多半聽進去了妳這句攻心之語。難怪剛才在軍營裡，她明明看見了我，卻沒特別吃驚。想必以後在李同光面前，她也會一口咬定我只是和任辛長得相像而已。」既然如此，便沒什麼可擔心的了。如意便遞茶給金媚娘，謝道：「這回，多虧妳反應機敏。」

金媚娘忙道：「不敢當，能為尊上效勞，媚娘歡喜都來不及。」

如意卻又說起來：「不過，有一件事我始終沒想通，以你們金沙樓的消息靈通程度，不可能不知道長慶侯就是鷲兒。可為什麼當初我們談到他的時候，妳卻故意語焉不詳？」

金媚娘一時語塞，無奈道：「屬下有罪。」

「我不愛聽認錯，我只要原因。」

金媚娘一咬牙，只好坦言相告：「小侯爺與您已經見過好幾回了，尊上難道察覺不出他對您別有用心嗎？」她頓了一頓，「不是徒弟對師父的那種，而是……」

如意目光一寒，輕輕道：「繼續。」

「而是男人，對女人的那種。」金媚娘一咬牙，乾脆據實相告，「小侯爺在您走後，差點就瘋了，不，他已經瘋了。」

那夜天牢大火熊熊，李同光瘋狂地想要衝進火場，卻被朱殷他們死死抱住，強行拖走。那之後，他便發了瘋。金媚娘曾親眼見到他在廢墟裡拚命地翻找著，偶爾在地上發現了什麼，便撲過去用手小心地挖掘著，挖得手上鮮血淋漓了也不肯停，彷彿早已不知痛了一般。一次次失望，可下一次看到有東西，他還是會衝上去……

縱使此刻回想起來，金媚娘也還是有些不忍心，嘆道：「他以為您真的已經在邀月樓遇難，便不顧性命，抗旨買通守衛，每晚潛進廢墟，自己親手一點點地挖……屬下實在看不下去了，從化人場裡找了些屍骨藏進土裡，他才如獲至寶地停了手。

「朝廷說您是謀害先皇后的罪人，不許您入葬，小侯爺便將以前您常帶他去練武的那片草場買了下來，悄悄地將假屍骨葬在那裡。此後每月十五，只要他在安都，便必定前去祭拜，從無間斷。」

那骸骨就葬在當年李同光和如意一道避雨的山洞裡，連同「故大安朱衣衛左使任辛之靈」的牌位一道，由李同光親手斂入匣中，埋在石頭底下。他每次前去祭拜，都一留就是徹夜。上香後，他便撫摸著青雲劍，淚流滿面地倚在石頭上喝得酩酊大醉，醉酒後昏昏睡去，依舊抱著青雲劍，如少年時那般蜷縮起來。
所有這些，都大大出乎如意的意料，令她一時怔忡。
金媚娘道：「屬下之前還以為他不過是尊師重道，可後來屬下進了金沙幫，接了二皇子的生意去調查長慶侯，這才發現他軟禁了見過您的御前畫師，畫了幾十幅您的畫像，掛滿了密室。您之前穿過的衣裳，他也全找了來，穿在假人身上。而且這些年，無論誰說親，他都一概拒之……」
如意全力壓抑著自己心頭的起伏——那個少年，怎會對自己如此癡心？但她深知，這種錯位的愛戀只會拖累李同光，便斷然道：「妳想多了。他不想成親，多半是長公主的緣故……」
她這就有些自欺了，金媚娘無奈道：「尊上，您和我都做過白雀，這種最簡單的男人心思……」
如意閉目打斷她：「好了，不必說了。所以妳是因為看見我與寧遠舟舉止親密，才特意回避提到李同光的？」
金媚娘道：「是。」
夕陽溫暖的餘暉透過窗上明瓦，落在如意身上，勾勒出半明半暗的沉靜剪影。
如意靜默了片刻，再睜開眼睛時，眸中已是一片清明。素來殺伐決斷的她，不過迷亂了片刻，便已做出了決定，就如同不久之前，她果斷地揮劍斬斷情絲。她看向金媚娘，道：「謝謝妳。但是，身為任辛的我已經消失了，正如現在叫作媚娘的妳，也不再是琳琅。朱衣衛教了我們很多東西，但也傷害了我們很多。我們拋不了過去，但絕對不會回到過去。」

金媚娘鼻頭一酸，道：「是。」

「等我了卻手頭的活計，我也想與妳一樣，做些有意義的事。如果能幫到之前朱衣衛的衛眾，就更好。」如意說著，便又苦笑起來，「有時候我也覺得自己很矛盾，明明我是要去找朱衣衛的人報仇的，卻偏偏還想幫他們。」

金媚娘認真道：「尊上心懷慈悲。朱衣衛是一個大染缸，我們都在裡面沉淪，有的人早被染黑，有的人還在掙扎。您想幫的，就是那些不願認命的人。」

如意輕輕點頭。

金媚娘又問：「不知尊上到時想做些什麼呢？媚娘也想參與一二。」

如意便道：「女子之所以淪落為白雀，除了父母狠心，大都因為無法自立，見識太少，才容易被誘騙。所以我以後想建一所學堂，像妳一樣，把那些成為朱衣衛棄子的白雀都聚起來，教她們一些防身的武功，再請些教習，讓她們學會謀生之道，以及為人處世的道理。」

金媚娘眼睛一亮，歡喜道：「這主意好！屬下能不能先預定做教打算盤的教習？」

如意一笑，道：「這些以後再慢慢說吧，妳先把李同光的事，都徹徹底底地告訴我……」

于十三從如意窗外路過，聽見屋裡有女子說話聲，腳步本能地一頓。待聽清了裡面說話人的聲音，他霎時間面色大變，驚恐地向寧遠舟房中跑去。

跑到寧遠舟房前時，寧遠舟送杜長史出門，正說起昨日帶回來的幾位將士該如何安置。

「袁將軍他們，還需杜大人修書給徐州刺史，請他暫為照料。等我們迎回聖上再一起歸京，到時，他們也能算是立功了……」

話還沒說完，于十三已衝上前來，拉住寧遠舟便問：「金媚娘什麼時候來的？你們怎麼都沒人告訴我？」

杜長史見狀，便拱手先行告辭。

送走了杜長史，寧遠舟回頭正要和于十三說話，卻忍不住咳了幾聲，帶出了血。

于十三嚇了一跳，忙問：「你舊傷又犯了？」

寧遠舟示意他小點聲，道：「問題不大，別嚷出來亂了軍心。金媚娘是為了李同光的事來找如意的，不是為了你。」

于十三這才鬆了一口氣，卻忽地又想起來，趕緊叮囑：「那你可千萬別讓她們兩個待太久啊，現在這金媚娘腦子裡頭全是些稀奇古怪的東西，你可不能讓她帶壞了美人兒。要不你們就永遠也——」正說著，忽覺背上一寒。

金媚娘把劍抵在了他腰上，皮笑肉不笑地道：「哦，你說說，我到底哪兒稀奇古怪了？」

于十三忙尷尬一笑，舉著手步步後退。突然元祿匆匆奔來，急道：「長慶侯又來了，指名要見殿下、如意姐、杜長史和寧頭兒！」

✵

客棧正堂裡，楊盈四人已然齊聚，李同光也在錢昭的引領下走入堂中。

上次相會無論如何都算不上賓主盡歡，李同光欺人至此，楊盈心中也難免存有芥蒂。不知今日他突然親自登門，究竟是為何事——通常來說為兩國和談順利，這一回合他該是來緩和關係的。但自相會以來的種種事端都可看得出，此人心機深沉，偏偏性情乖僻，楊盈實在猜不準他究竟有何盤算，只能全神戒備著。

李同光果然態度十分淡漠，進屋後掃一眼眾人，在看到如意時眼皮一耷，便直奔主題：「本侯不想多說廢話。前日郡主提議，只要本侯願意幫你們迎回你們皇帝，你們就願意送本侯雲、勉兩城？」

楊盈看了眾人一眼，謹慎道：「正是。」

李同光便看向楊盈，淡淡道：「好，我可以答應你們，甚至還可以承諾你們，一個月之內必會大功告成。」

楊盈一喜，不料竟有這樣的峰迴路轉。寧遠舟卻突然開口：「你有什麼條件？」

李同光抬手一指如意，道：「她。把她給我，我就讓你們心想事成。」

眾人愕然，楊盈更是憤怒至極，「放肆！郡主是孤的姐姐！」

李同光語氣冰寒，道：「現在是你們求我。我給你們一晚時間考慮，明日巳時，你們要麼送她過來，要麼就做好到安都後替楊行遠收屍的準備。」說完便要拂衣離開。

寧遠舟面寒如霜，正要伸手攔他，如意卻忽然開口：「站住。你指名道姓地要我，卻連看我一眼都不敢?!」

李同光一震，僵在原地。

如意看著他，冷冷地道：「轉過身來。」

李同光僵硬地站在那兒，目光竟微微有些顫抖。他掐住了手心，竭力按下自己的情緒，半晌後，才緩緩轉過身來，卻依舊垂著眼睛，不敢直視如意。

如意道：「看著我的眼睛。」她的命令再次響起時，李同光竟本能地一顫，眼睛不由自主地抬起來。對上如意的目光時，他的眼睛瞬間便潤濕了，心中的貪婪、急切幾乎瞬間釋放出來。他目不轉睛，如意卻是面如冰霜，冷冷道：「告訴我，你把我要走過後，想做什麼？是罰我去做苦力，以報今日之辱，還是要我做你見不得人的姬妾，日日供你作踐玩樂？」

李同光下意識地搖頭，焦急道：「不，怎麼可能！」他幾乎破音，才猛然意識到自己的失態，忙垂了眼睛，緩聲道：「我、我會對妳好的。」

「怎麼個好法？」如意冷冷地逼視著他，「是讓宮廷畫師來替我畫上幾百張小像，掛滿你的密室，還是把那些陳年的紫衣、朱衣、緋衣全穿在身上，做一個活動的人偶？」

李同光大駭，驚恐地問道：「妳怎麼知道?!」

寧遠舟等人都是一震——竟是真的。

「你們朱衣衛整個梧都分堂都折在六道堂手中了，你覺得我們會不知道？」如意聲色俱厲，一步步逼近他，「李同光，李鷲兒，你要了我去，無非就是想我做那個人的替身。」她突然出手，打了李同光一耳光，「像這樣罵你、教訓你，你就心滿意足了？」

李同光被打蒙了，捂著臉，卻什麼也說不出來。

如意盯著他，緩緩道：「你真賤，也真蠢。」

李同光渾身顫抖，聲音幾近哀求：「別那麼說我，師父。」

如意卻道：「我再說一次，我不是你師父，我是大梧的湖陽郡主。」她冷笑著，步步緊逼道：「你自以為最大的祕密都不過是糊了一層紙，你要了我去之後，還能瞞得了誰？兩位皇子知道你把敵國郡主私藏在府裡，該多高興？安國國主那麼多疑，冷落了你那麼久才提拔了你，你現在想一切回到原點？還有你那沙西部的未婚妻金明郡主，知道多了一個大梧的郡主姐姐，也一定很開心吧？」

李同光被她逼得步步後退，眼中光芒早已破碎，化作一片恐懼，卻無法將目光從如意身上移開。

「你這麼前不顧頭、後不顧尾，難道不是蠢？你費盡心思才爬到如今的位置是為了什麼，就全忘光了？你想過一旦失去帝王的信任，就會過回以前那種被人嘲笑、被人瞧不起的日子嗎？你想過——」如意腳步一頓，俯身上前，紅唇輕啟，用只有他們兩人才能聽得到的聲音，在他耳邊輕輕說道：「你師父泉下有靈，知道你對她還抱著見不得人的心思，該多噁心嗎？」

李同光如遭重擊，狂亂地否認道：「我沒有！我沒有！」

如意笑了，媚眼如絲，卻語聲冰冷，她用手指勾起李同光的下巴，「真的嗎？」

李同光再也無法承受，慌亂地踉蹌退後，抱著頭大叫一聲，如受傷的野獸般奔了出去。

楊盈和杜長史都驚愕地看著眼前一切。

如意平靜地看向杜長史，淡淡道：「解決了。這樣是不是比要我去引誘他，更管用一些？」

杜長史又羞愧又懊悔，大汗淋漓。

如意便又看向楊盈，語聲如冰：「學著點——一個人狂妄至極的要求，往往就是他最大的弱點。」

楊盈震撼至極，若有所思。

如意說完便轉身離開，寧遠舟連忙追了出去。

他在走廊上追上如意，拉起她的手，在如意的詫異之中，將她拽進了房中。房門關上後，他才終於頓住腳步，回過身來看向如意。

如意不解地看著他：「幹麼？」

寧遠舟卻只定定地凝視著她。

如意不由得尷尬起來，「你在看什麼？」

寧遠舟卻伸手抱住了她。

如意愕然，半晌才問道：「你，怎麼了？」

寧遠舟的嗓音低緩地響在耳邊：「沒什麼。」他輕輕地說道：「妳在他耳邊說的那句話，他們聽不到，但我都聽到了。」

如意不由得一僵。

寧遠舟輕聲道：「說那些話的時候，妳的心裡，其實也很難受吧？從小教大的弟子，現在卻變成妳完全不熟悉的模樣，妳既心痛又難過，還不得不為了我們，挑破妳以前的傷疤。」

如意一顫，別開了頭。她閉上眼睛，按下心中動搖，淡淡道：「這些都不算什麼。」

可寧遠舟輕撫著她的脊背，抱住了她。耳邊的聲音平緩且溫柔，說的是：「我明白。但我就是想像這樣，抱著妳。」

如意鼻子一酸，但他們已經分手了，何況她本也不願在人前流露軟弱。她不想再繼續陷下去，掙扎著想要推開寧遠舟，「我不需要你同情。」

可寧遠舟說：「是我需要妳。讓我再多抱一會兒，就一會兒，好嗎？」

如意的力氣便這麼泄下去，她低聲道：「寧遠舟，你別這樣。就算你對我使苦肉計，我也不會陪你去那個小島。」

寧遠舟道：「這我知道。可只要妳還在我身邊一日，我就……」他閉上眼睛，更緊地抱住了如意，良久，才輕輕道：「只要我還在妳身邊，這個懷抱和肩膀，就都是妳的。妳累了的時候，可以靠一靠，沒有人會知道。」

如意遲疑了片刻，終於慢慢放鬆了抗拒。

月光剔透如水，時間彷彿凝結在了這一刻。

庭院中，金媚娘遠遠地看著如意與寧遠舟相擁，不由得嘆了一口氣，卻有另一聲嘆息幾乎同時響起。

金媚娘抬頭望去，卻是于十三站在對面。兩人同時看到了對方，都不由得一怔。

但良久凝望之後，兩人卻不約而同地選擇了轉身離去。

✵

李同光失魂落魄，跌跌撞撞地走出客棧。

琉璃和朱殷正等在外面，見他如此情狀都不由得大驚，連忙迎上前去。

琉璃扶著李同光上車，吩咐馬夫：「出城，回軍營。」登車時無意中一扭頭，便望見金媚娘一身農婦裝扮，正靜靜地站在客棧外的角落裡看著她。琉璃不由得一驚，隨即便見先前一直鎮守在客棧外的孫朗走到金媚娘身邊護衛她。

琉璃心思電轉，立刻明白了些什麼。

金媚娘用手指著自己的唇，搖了搖頭，又做了個割脖子的手勢。

琉璃一凜，忙屈指勾了三下，輕輕點頭，這才疾步上了車。

那是朱衣衛舊時暗號，金媚娘心知琉璃看懂了，必然不會洩露如意的身分，便也放心離去。

烏雲蔽月，四面一片昏暗。轆轆的車輪聲中，長慶侯的馬車顛簸地行駛在路上。

李同光蜷著身子，失魂落魄地縮在車廂角落裡，目光空茫地看著前方，口中不知唸著些什麼。琉璃為他擦著汗，心疼地問道：「侯爺，您怎麼了？」

李同光抱著胳膊，喃喃道：「她說我對師父有見不得人的心思，我沒有，我沒有……」

琉璃一滯，輕聲道：「他們胡說八道，您對尊上，自然只有一片孺慕之心……」

李同光卻突然抓住了她的手，將她一點點地引了過來。待琉璃終於挪到他身旁後，他便將琉璃的手放在了自己臉上，輕輕貼著，道：「別說話！」

他將另一隻手按自己心臟上，片刻後，才道：「剛才，她這樣把手放在我臉上的時候，我的心就跳得很急，都快蹦出喉嚨來了。」

琉璃臉色瞬間緋紅，李同光卻全無知覺。他不死心，突然又將琉璃推倒在車廂壁上，依偎進了她的懷裡。琉璃又驚喜又羞澀。

李同光捂著心臟靜靜地感受著，然而心口依舊毫無波動。他不由得露出些茫然的神色，喃喃道：「可現在，它一點都不快。」

他便閉上眼睛，故意回想如意的模樣。腦海中如意的音容笑貌漸次浮現出來。他想起那年山洞避雨，他臥在石頭上裝睡，透過眼簾望見如意在換藥。那時如意衣衫半褪，肩頭雪白，肩上傷痕如紅梅臥雪。想起那年他和如意比武，他打贏之後，如意第一次對他微笑，那笑容剔透如冰蓮初綻。他想起自己靠在如意膝前，抱著青雲劍仰望如意的面容，柔暖的天光映照在她臉上，連睫毛上都浸著光。

他想起府中那個掛滿了如意畫像的密室，他在密室裡喝著酒，醉酒後彷彿被如意溫柔地環繞著。想起自己將緋衫的假人擺成坐像，如少年時那般依偎在「她」的身邊。

他聽到了自己的心臟劇烈跳動的聲音。

李同光猛地睜眼，推開琉璃，痛苦地捂住了自己的臉。心意如此明澈，他終於無法再自欺下去：「原來我真的喜歡師父，我自己一直都不知道。」淚水從他的指縫中滴落下來。

琉璃的臉猛然從血紅變為蒼白，眼圈也瞬間紅了。

李同光聲音低啞地落著淚，「我真蠢，我真噁心……難怪她那麼看不起我……」

琉璃深吸一口氣，微微地顫抖著伸出手，覆在李同光的手上，輕輕說道：「侯爺，您錯了。這一點都不噁心，偷偷喜歡上一個人卻不自知，是這個世界上，最美的事。」

李同光一震，慢慢抬起頭望向她，「真的？」

琉璃攏緊他的手，點點頭。

可就這一瞬間，變故突起。隨著一聲馬的慘嘶，正在疾馳的車廂突然停了下來，琉璃和李同光被巨大的慣性猛地拋在了車壁上。

✵

馬車外，箭雨陣陣。朱殷帶著侍衛們倉促應敵。

但天陰欲雨，四面一片漆黑，獨他們一行人點著火把趕路。暗處的殺手們看得到他們，他們卻尋不見襲擊是從何處而來，竟是毫無還手之力。不過一個交鋒之間，幾人都已中箭倒地。

原本躲在樹上放箭的蒙面人見狀，收起弓箭，拔出佩劍，互相招呼著撲向馬車。

這一日李同光本是私訪驛館，並未大張旗鼓，隨車也只帶了四騎侍衛，此刻四面已無人支援。

眼看蒙面人揮劍刺向了車廂，車廂卻在一瞬間爆裂開來，李同光和琉璃齊齊殺出，倒在地上裝死的朱殷也一躍而起。三人一道，同蒙面刺客惡鬥起來。

激烈的廝殺中，掉落在地的火把引燃了車廂，濃煙滾滾。朱殷也尋機放出帶火的鳴鏑，鳴鏑拖著尖厲的尾音躥上了夜空。

校場上守將吳謙看到鳴鏑，意識到是李同光發令求援，連忙傳令士兵集合。

客棧裡，使團眾人也看到了鳴鏑，當即也都趕去院子裡確認。

金媚娘見如意和寧遠舟一道奔過來，連忙上前說道：「是安國軍中的樣式！」

于十三也立刻道：「離此地大約三里。」

「安國軍營在十里以外，」如意凝眉一算，目光霎時一凜，「是鷲——李同光！」

寧遠舟飛快思索著：「誰會在這時候襲擊他？不可能是我們的人，難道又是山匪流民？」

如意顯然已有些急了，鷲兒竟然在她不遠處遇險！她儘量鎮靜。「他的武功我清楚，比孫朗只高不低。山匪流民不會迫到他要發鳴鏑求救。」

寧遠舟立刻做出決定，「我們馬上趕過去。」

如意一怔。

錢昭也抬眼看去，向寧遠舟確認道：「救他？」

元祿有些遲疑，「需要我們出手嗎？那個鳴鏑，安國人肯定也看得到啊。」

寧遠舟解釋道：「我們更近，安國人沒我們快，而且高手來襲，安國的尋常士兵也幫不上忙。如果我們不管，長慶侯出了事，勢必影響和談。如果我們救人，安國人就會欠我們一個天大的人情。還有什麼問題嗎？」

眾人一凜，都應道：「沒有！」

寧遠舟立刻分派任務：「于十三、孫朗，你們各帶三個人跟我走！錢昭、元祿留守，護衛好殿下！」

眾人當下各自領命。護衛楊盈的前去回防，出行救援的飛奔向馬廄。

如意也跟著寧遠舟一道跑向馬廄，上馬前她飛快地在寧遠舟耳邊說了一句：「謝謝！」謝謝你沒有多說一個字就理解了我的焦灼，謝謝你願意出動手下助我一臂之力。

寧遠舟沒有說話，只是將她托上馬背，自己也翻身上了馬。

一行八人出了院子，向著鳴鏑發射的方向策馬飛奔而去。如意連番催馬，奔跑在最前方。

而安國營中也已點齊了人馬，慌忙推開校場門出發。騎兵策馬在前，步兵奔跑在後。雜亂的馬蹄聲、腳步聲擾亂了漆黑的夜。

✵

林子裡，李同光三人正和蒙面人殊死血戰。

地上已橫七豎八躺了不少屍首。早已在箭雨中負傷的侍衛們都已不能再戰，李同光身邊只剩琉璃和朱殷，三人背靠著背共同防衛。

蒙面人雖也死傷不少，但到底人多勢眾。餘下七人已牢牢將他們包圍起來，正持劍和他們對峙著，伺機縮小包圍。

琉璃和李同光同時低聲提示：「攻西南位。」

朱殷一怔。

李同光道：「西南邊的兩個都受了暗傷。」

琉璃卻道：「他們的陣形很像朱衣衛的飛花陣，西南位一般最弱。」

李同光眼神一閃，「朱衣衛?!」

琉璃道：「奴婢只是直覺，不敢確定。」

李同光冷笑道：「先殺了再說！」

他搶先攻了出去，琉璃和朱殷連忙跟上。三人向著西南位發起猛攻，一陣激烈的拚殺之後，果然占了上風。

李同光手中青雲劍銀光狂舞，如蛟龍遊走，接連砍殺了三個蒙面人。琉璃和朱殷以一敵二，也各自砍殺一人，卻到底寡不敵眾。朱殷先負傷倒下，旋即琉璃也被一腳踢翻在地。

眼見蒙面人追殺上前，揮劍刺向琉璃，李同光大喝一聲，擲出手中寶劍，一劍將那蒙面人紮了個對穿。另一個蒙面人卻也從背後襲來，揮劍向李同光砍去。李同光拚著用肩膀受了一劍，趁勢拉近距離，用袖中匕首一刀將那人刺死。

天地重歸靜默，只有燒得只剩框架的馬車還在畢剝作響。李同光喘著粗氣走到琉璃身邊，伸手將她拉起。

琉璃掙扎著起身，尚未站穩，先一眼看到李同光身上的傷勢，驚道：「侯爺，您的肩！」隨即便明白過來，感動道：「您為了救我……」

李同光緩了口氣，不耐煩地打斷她：「行了。妳跟了師父那麼多年，我怎麼也要保妳一條命。」

琉璃一滯，咬牙道：「奴婢自己來。」她奮力地站穩了身子，便要上前去攙扶李同光。李同光卻突然警覺，發力將她護在了身後。

琉璃這才發現，不遠處的樹叢中，還有幾雙閃著邪光的眼睛。她不由得倒吸了一口冷氣。

李同光從屍首上拔起已經豁口的劍，陰沉地擺好了架勢。

又一群蒙面人從樹林中走出，拔劍向李同光殺來。

李同光和琉璃揮劍迎敵。但這一次他們雙雙負傷在身，寡不敵眾，一時間險象環生。

✵

馬蹄聲疾，寧遠舟一行人已然奔至近前，隔著一道樹林，遠遠已可望見前方火光，聽到刀劍聲。

如意眼中一亮，忙道：「在那裡！」催鞭越急。

寧遠舟卻忽然想起件事來，忙提醒她：「等等！」轉頭便去問于十三：「你帶人皮面具沒有？」

「啊？這會兒我怎麼會帶這個！」

如意也已回過神來，急道：「糟了！」

寧遠舟驅馬攔在如意身前，道：「妳不能過去。郡主不應該會武功，妳不能暴露身分。」接著低聲吩咐眾人：「所有人都聽著，以後在安國人面前，只能稱呼如意為郡主！」

眾人應道：「是！」

寧遠舟看向如意，道：「我們上就夠了，妳在遠處看著就行！」又低聲安慰道：「放心，我不會讓他有事的。」他一招手，便帶著眾人飛奔而去。

如意勒馬站在原地，又擔心，又心急，目光在遠方火光和寧遠舟縱馬而去的背影間左右徘徊。

林子裡，李同光和琉璃還在跟蒙面人苦戰著。琉璃勉力支撐，終於不敵，被蒙面人一劍刺中，痛苦倒地。

李同光大驚：「琉璃！」伸手想去拉她，卻不料一腳踏空，眼看有蒙面人一劍刺來……

危急時刻，寧遠舟終於趕到。他一劍挑飛了蒙面人手裡的劍，拉起李同光，問道：「傷在哪兒了？」

李同光看清來者是寧遠舟，當即一把甩開，「不用你管！」

寧遠舟一哂，也就不再理他，轉身繼續迎敵。于十三、孫朗等人也先後趕到，和蒙面人拚殺起來。

但蒙面人竟如螞蟻般一群群接連不斷地從林子裡擁出，殺之不絕。寧遠舟臉色漸漸沉重起來，當即號令：「三人一組，不要戀戰，撤！」

李同光將渾身是血的琉璃放在馬上，跟著寧遠舟一道撤退。

一行人且戰且退，但蒙面人越來越多，眼看著竟有近百人，已完全堵死了他們的退路。這群人都是訓練有素的殺手，也不呼喝，只默契配合著擺好陣勢，一輪接著一輪掩殺上來。又有人趁機滾地砍向馬腿，不多時幾匹馬便傷的傷、逃的逃——分明是要強行將他們耗死在此地。

儘快突圍撤退的機會已被破壞，唯有殺出重圍了。

寧遠舟目光一寒，道：「殺！」

他指揮眾人與蒙面人們短兵相接，然而刀劍砍到蒙面人身上竟沒有太大作用。這群人彷彿不會受傷一般，身上幾乎都沒見血。

于十三怪道：「邪門！」

李同光卻很快便察見端倪，提醒道：「他們身上好像有暗甲，只有我的青雲劍還能對付。」

寧遠舟當即下令：「對準頭頸動手！」

眾人依言而行，于十三更是從背後解下機關弩，一串連發，蒙面人們終於開始有死傷。但饒是如此，他們依舊不怕死一般直擁而來。

李同光負傷在身，已是強弩之末，不知還能支撐多久。其餘眾人雖勇，但以少敵多，對上這群不怕死的，一時半刻也難占到上風。眼前最穩妥的策略無疑是堅守待援。寧遠舟判明了局勢，果斷一揚手，一道鳴鏑破空而去。

寧遠舟高聲激勵眾人：「頂住！錢昭他們很快就能趕來！」

六道堂眾人齊聲高呼：「是！」

他們揮劍砍殺著，但對手身穿皮甲，他們手中的刀劍很快就砍得卷了刃。寧遠舟索性棄了劍，徒手對敵，一把扭斷了一個蒙面人的脖頸。眾人紛紛效仿，但效率並不高。唯有李同光手中的青雲劍足夠鋒利，尚可應敵，可蒙面人的包圍圈越來越小了。

忽然空中一道銀絲飛來，在第一排蒙面人脖頸前飛速一拉，蒙面人脖頸上鮮血齊齊如泉水般湧出，隨即頹然倒地。

李同光驚喜道：「你們的後援來了?!」

寧遠舟望向銀絲飛來的方向，眼中閃著喜悅與驕傲的光。

來的自然是如意，她依舊放心不下，趕來支援，此刻臉上蒙著塊布巾，正藏身在路邊一塊數人高的大石後面，將銀絲收回手中。

蒙面人也很快察覺到偷襲之人就藏在石後，分出一半人，向此處襲殺過來。

如意變換了嗓音，高聲提醒：「堂主！」便將銀絲扔給了遠處的寧遠舟，自己則依舊躲在石頭後面，待蒙面人擁到近前時，甩手扔出一顆雷火彈。

只聽「轟隆」一聲雷火彈炸響，蒙面人被炸得人仰馬翻，紛紛倒地。皮甲自然防不住震傷，受傷之人終於鬼哭狼嚎起來。

寧遠舟接住銀絲的同時，也看到了遠處的爆炸。饒是沉靜如他，也不禁喜上眉梢。

于十三喜道：「雷火彈！肯定是元祿給她的！」

寧遠舟已將銀絲另一頭拋給于十三，于十三當即會意。兩人左右一牽，繃緊銀絲，身如鬼魅般穿梭於蒙面人陣中，配合默契地割向他們的頭頸，一時間蒙面人死傷慘重。如意那邊又扔出一顆雷火彈，再次炸翻一群蒙面人。

先前密集的陣型此刻反倒成了催命的符咒，蒙面人相互推搡躲避，局面瞬間逆轉。

孫朗等人也受到啟發，紛紛解下韁繩、皮帶充作鞭子，向蒙面人抽去。轉眼間到處都是蒙面人被抽中的慘叫聲。

李同光更是仗著青雲劍，殺得酣暢至極，那大開大合、時鬼時魅的劍法，竟讓六道堂諸人情不自禁地想起了天星峽中的如意——不愧是她悉心教授數年的弟子。于十三心中默默想著，自己若是與他交手，只怕也只能打個平手而已。

寧遠舟殺得興起，見還有蒙面人連續不斷地擁向如意藏身的大石，便對于十三道：「我們去那邊幫她！」可就在他躍起的瞬間，一陣劇痛襲來，他體內真氣突然走岔，身子直直地從半空中跌了下來。

于十三大驚，連忙上前扶起他，「老寧！」

寧遠舟大汗淋漓，一邊咳嗽，一邊強忍著劇痛，掩飾道：「不要緊，還是舊傷。」他掙扎著站起身，但手上銀線早已不知掉落在何處。身上疼痛一時竟壓不下去，他已無力前去支援如意了，便催促于十三：「你去幫她！我自己能行。」

于十三只得聽命而去。

寧遠舟強忍痛苦，繼續揮劍對敵。豆大的汗水不停地從他身上冒出來，很快便打濕了他身上的衣衫。

一直獨自拚殺的李同光忽然發現遠處有個蒙著藍色面巾的蒙面人，似乎正在指揮眾人，忙大聲提醒道：「首領在那邊，擒賊先擒王！」他率先衝了過去。

寧遠舟見他想孤軍深入，忙大叫道：「不可！」

李同光卻已然仗劍殺入了敵陣。

兩個人高馬大的蒙面護衛見李同光衝近首領，從背後摸出一根狼牙棒，便重重地向李同光揮去。李同光連忙持劍相拒，然而一力降十會，以輕擋重，哪裡擋得住？劍棒一碰，李同光手腕被震得發麻，勉強抵擋一瞬，手中青雲劍便被砸飛出去，他自己隨即身陷重圍。

眼見蒙面護衛手中狼牙棒再次揮下，李同光那邊險象環生，寧遠舟顧不得許多，立刻扔過去一根鞭子。李同光會意，抓緊鞭梢。寧遠舟奮力揚鞭，將李同光如流星錘一般凌空帶起，在空中劃出一道弧線後安全逃離！

剛一落地，李同光便撿起地上的青雲劍繼續殺敵。寧遠舟卻因為用力過猛，強忍劇痛喘著粗氣。他劇烈地咳嗽著，嘴角很快染了血跡。眼前的景物開始變得扭曲模糊，他強撐著，閃身避開敵人的攻勢，腳下卻已踉蹌起來。

大石後面，于十三和如意也在聯手對敵。

丟了銀絲，弩箭也快要用完了，于十三殺得很是不順手，眼見敵人越殺越多，他一面拚命抵抗著，一面忍不住出言提醒：「哎呀！快發雷火彈啊！」

卻聽如意道：「元祿就給了我兩粒，全用光了。」

于十三大急：「妳怎麼不早說?!」

如意一邊奮力砍殺著，一邊給他鼓勁道：「再撐一會兒，元祿馬上就能到了。」

卻忽聽遠方傳來一聲呼哨，聞聲正衝殺在前的蒙面人頓時四散開來，後排一隊挽弓的蒙面人列陣上前。

眼見他們引弓搭箭，于十三暗道一聲：「不好。」

兩個人不約而同，連忙飛身躍起，跳上大石，躲過了箭雨。

那大石有數人之高，站在石頭頂上，恰可俯瞰整個戰場。如意堪堪站穩，目光一掃，立刻望見了遠方的寧遠舟。見他跌跌撞撞、險象環生，她霎時間心急如焚，脫口喚道：「遠舟！」

寧遠舟意識已然有些恍惚，隱約聽到她的呼喚，下意識地回過頭去，望向如意的方向。就在這一瞬間，蒙面人手中的狼牙棒揮至，重重地砸中了他的後心。

時間倏然被拉得悠長，如意眼看著寧遠舟身形一晃，一口鮮血噴出，緩緩摔倒在地。

她心神俱裂地喚道：「遠舟！」

元祿震驚的呼聲也隨即傳來：「寧頭兒！」他和錢昭帶著數十人馬，終於趕到了戰場。他們心中又急又恨，高呼著衝殺向蒙面人陣中。

而另一邊，吳謙也終於帶著安國大軍趕到了。

如意見狀，立刻扯掉面巾，躍下大石，向著寧遠舟奔去。半途經過錢昭身邊，她一把扯下錢昭身上的披風，匆匆給自己繫上，不過幾步之間，宛然已變成一個剛剛趕到戰場的梧國貴女。跌跌撞撞，卻又有驚無險地避開了沿途所有的刀劍，她終於撲到寧遠舟身邊，焦急地將他扶起，「遠舟！」

于十三也追趕上來，全力替他們抵擋住進攻的蒙面人。

寧遠舟咳嗽著，鮮血從口中不停地湧出。不過一會兒工夫，身邊已是一灘血。

有于十三分擔壓力，一直陷於苦戰的李同光終於能稍鬆一口氣，一回頭便發現如意正抱著寧遠舟，竟也身在戰場，頓時愕然。

寧遠舟察覺到李同光的目光，強撐著身子，出言替如意掩飾：「郡主怎麼來了，此處危險……」

如意藉著披風的遮蓋為他點穴止血，輕聲道：「別說話了！」

寧遠舟已有些意識模糊了，卻還是在她耳邊斷斷續續地提醒道：「殺那個藍色頭巾的，那是首……」話音未落，他便暈了過去。

李同光心中茫然，難以置信地看著兩人。

這時，遠處元祿一連扔出數顆雷火彈，一連串的爆炸聲響起。李同光下意識地回頭望去，立刻被爆閃的光芒耀花了眼睛。

他本能地伸手擋住眼睛。就在這一瞬間，他身後的如意如鬼魅般躍出，蜻蜓點水般踩著蒙面人的頭顱躍至藍頭巾的蒙面人首領處。首領尚在驚愕中，如意套著鐵指套的纖指已直插他的咽喉，一擊命中，當即閃電般撤走。首領的咽喉處多了四個血洞，血箭高高飆向天際。

而如意看都不看一眼，重新躍回寧遠舟身旁。待雷火彈的閃光消失，李同光放下遮眼的手時，如意已經如先前那般摟住了寧遠舟，彷彿從沒離開過。

直到此刻，敵陣中才傳來「砰」的一聲——被擊殺的首領倒地身亡了。

這電光石火間發生的一切已然落入于十三眼中，他反應機敏，立刻舉劍揮了個大功告成的姿勢，高呼：「我殺了他們首領！」

蒙面人此時終於反應過來，一時大嘩，安國軍隊和錢昭、元祿等人趁機掩殺上前。眼見局勢不可逆轉，蒙面人中忽有人發出一聲呼哨，其餘人得到信號，立刻齊齊向樹叢中撤退。

元祿和吳將軍正欲追進樹林，卻被錢昭攔下，「窮寇莫追，等天亮再說！」

吳將軍點頭，扭頭尋找李同光，見他渾身是血，連忙奔上前去，「侯爺。」

李同光卻根本沒有聽見他的話，只怔怔地盯著如意。

寧遠舟渾身都被鮮血浸透，已然昏迷過去。孫朗正抱著他奔向戰場外，而如意緊緊跟隨在側。她一路上始終都握著寧遠舟的手，一刻也沒有鬆開。

李同光突然拉過于十三，問道：「郡主和寧遠舟，是什麼關係？」

于十三一愣，隨即眼皮一抬，挑釁地反問道：「你說呢？」

李同光臉上的表情不斷變幻，有憤怒、有不可置信、有嫉妒，更有慌張。但很快他便邪邪地一笑，惡毒道：「不管什麼關係我都不擔心。寧遠舟吐了那麼多的血，死定了。」

于十三臉色巨變，舉手便想揍他。但見他身邊還有吳將軍，只得憤憤停手，扭頭離去。

李同光依舊追望著如意的身影。如意正和孫朗一起把寧遠舟小心安放在戰場邊的大樹下，錢昭緊急上前去給寧遠舟把脈。

李同光癡迷地凝視著如意，語氣決絕地呢喃道：「她只能是我一個人的，誰也搶不走！」

✵

路旁大樹下，六道堂眾人團團圍在寧遠舟身前，替他擋去安國人那邊窺探的目光。火把劈啪地響著，火光映照在他們緊張又焦急的臉上，

寧遠舟倒在血泊中，錢昭正跪坐在他身旁替他緊急診治。他一邊把脈，一邊緊皺雙眉。

如意顫聲問道：「怎麼樣？」

錢昭取出金針，飛快地替寧遠舟扎針。狼牙棒的重傷加上劇毒，讓他心生不妙之

感，他只能不斷轉動著針尾，目光沉重道：「我完全沒把握。」卻忽見寧遠舟的眼睛動了一動。錢昭連忙拍打著他的臉，喚道：「老寧！醒醒，你怎麼還中毒了？知道是什麼毒嗎？」

如意陡然想起什麼。

寧遠舟一咳，又是一陣鮮血湧出，他虛弱地說著：「一句……」

如意忙問：「一句牽機？你怎麼沒服解藥……遠舟！」寧遠舟又暈了過去。

錢昭面色一沉：「一句牽機，前朝的祕藥？老寧為什麼吃那個?!」

「章崧為了牽制他，出發前逼他用的。每隔十天，必須在他的人手裡領取解藥，今天是第……」如意面色大變，「壞了！肯定是因為鄭青雲和李同光的事耽擱了行程，這一期的解藥，本應該是到安國俊州領的！」

眾人又震驚，又憤怒，也紛紛變了臉色。

元祿焦急地問道：「有什麼法子能解毒嗎？」

眾人都希冀地看向錢昭。

錢昭已低頭在自己隨身的藥袋裡翻找起來。良久之後，他頹然抬頭看向眾人，緩緩搖了搖頭。

眾人的心瞬間沉到底。

于十三急了，一把拽住錢昭的領子，催促道：「再想想辦法！趕回客棧呢？寧遠舟不是才去塗山鎮給你買了一堆藥回來嗎？」

錢昭絕望道：「都沒有用。原本還可以賭一把，用放血去減輕他血中的毒性，但他現在偏偏又受了重傷，失血過多。我賭不起。」

于十三的手霎時僵住了。

元祿不肯相信，哀求道：「你再想想辦法，寧頭兒肯定還有救的！」

錢昭眼圈一紅，閉目別開頭，低聲道：「對不起。」

孫朗急了，拉住錢昭，眼巴巴地看著他，「能不能把我的血換給寧頭兒！我的血足！」

丁輝他們也紛紛去擼袖子，「對，我也有！」「讓我來！」

錢昭看向他們，又急、又愧疚、又絕望，「我也有血啊。可怎麼換？難道要我割開他的脈管嗎？那樣血只會流得更多！」

一片吵嚷之中，只有如意不發一言，平靜地看著樹下的寧遠舟。烏雲散開了，月光映照在他蒼白的臉上，他神色平靜得彷彿睡著了一般。如意只能緊緊地握著他的手，貼到自己的頰邊。

于十三眼睛一酸，背過身去，深吸了一口氣。

如意鎮靜得一如往常，「還有多長時間？」

錢昭再度上前把了把脈，低聲道：「最多半個時辰。」

如意果斷道：「還好他睡過去了，不會覺得痛。」她閉目片刻，便又平靜地抬起頭來看向于十三，吩咐道：「讓人去接阿盈，至少要讓她見他最後一面。」

于十三忙快步轉身。

元祿猶然不肯放棄，再一次拉住錢昭，仰頭問道：「你知道哪兒會有那種可以解百毒的靈藥嗎？我現在就去找！」

錢昭搖頭道：「找不到，也來不及了。」

如意卻猛地一震，「能解百毒？」她驀然抬手，便又套上了尖利的鐵指套，隨即重重地往自己腕上一劃，鮮血頓時流了出來。

元祿大驚，撲上去想按住她的手腕，「如意姐！」

如意揮開他，將手腕按在寧遠舟的唇上，冷靜地向眾人解釋道：「我沒瘋，我的血裡有朱衣衛的萬毒解，連你們六道堂的見血封喉也能解開。」

眾人頓時驚喜萬分，連忙看向寧遠舟。

如意手腕上的血汩汩地流入寧遠舟的口中，錢昭按著寧遠舟的喉頭，幫助他吞咽著。眾人緊張地看著這一切，只見如意的面色一點點變得蒼白，寧遠舟卻始終沒有動靜。

很快，如意手腕的傷口便凝結了，她果斷地再次用鐵指套劃開。血再度湧出來，流入寧遠舟口中，寧遠舟卻依舊沒有甦醒的跡象。

（下集待續）

國家圖書館出版品預行編目資料

一念關山．卷二 / 左陽改編、張巍原著劇本
一初版一台北市：奇幻基地出版；家庭傳媒城邦分公司發行；2025.7
面：公分．–（境外之城：173）
ISBN 978-626-7749-04-3（卷 2：平裝）

857.7 114007634

ISBN 978-626-7749-04-3
Printed in Taiwan.

境外之城173
一念關山・卷二

改　　編 / 左陽
原著劇本 / 張巍
企劃選書人 / 張世國
責任編輯 / 張世國、王雪莉

發 行 人 / 何飛鵬
總 編 輯 / 王雪莉
業務協理 / 范光杰
行銷企劃主任 / 陳姿億
資深版權專員 / 許儀盈
版權行政暨數位業務專員 / 陳玉鈴
法律顧問 / 元禾法律事務所　王子文律師
出版 / 奇幻基地出版
城邦文化事業股份有限公司
台北市南港區昆陽街16 號 4 樓
電話：(02)25007008　傳眞：(02)25027676
網址：www.ffoundation.com.tw
e-mail：ffoundation@cite.com.tw
發行 / 英屬蓋曼群島商家庭傳媒股份有限公司城邦分公司
台北市南港區昆陽街 16 號 8 樓
書虫客服服務專線：(02)25007718・(02)25007719
24 小時傳眞服務：(02)25170999・(02)25001991
服務時間：週一至週五09:30-12:00・13:30-17:00
郵撥帳號：19863813　戶名：書虫股份有限公司
讀者服務信箱 E-mail：service@readingclub.com.tw
歡迎光臨城邦讀書花園 網址：www.cite.com.tw
香港發行所 / 城邦（香港）出版集團有限公司
香港灣仔駱克道 193 號東超商業中心 1 樓
電話：(852) 2508-6231 傳眞：(852) 2578-9337
馬新發行所 / 城邦（馬新）出版集團
【Cite(M)Sdn. Bhd.(458372U)】
11, Jalan 30D/146, Desa Tasik,
Sungai Besi, 57000 Kuala Lumpur, Malaysia.
電話：(603) 90578822　傳眞：(603) 90576622

封面版型設計 / Snow Vega
排　　版 / 芯澤有限公司
印　　刷 / 高典印刷有限公司
■2025 年7月31日初版一刷

售價 / 380元

廣　告　回　函
北區郵政管理登記證
台北廣字第000791號
郵資已付，免貼郵票

115台北市南港區昆陽街16號4樓

英屬蓋曼群島商家庭傳媒股份有限公司城邦分公司 收

請沿虛線對摺，謝謝

奇幻基地

每個人都有一本奇幻文學的啓蒙書

奇幻基地粉絲團：http://www.facebook.com/ffoundation

書號：**1HO173**　　書名：一念關山・卷二

｜奇幻基地・2025年回函卡贈獎活動｜

購買2025年奇幻基地作品（不限年份）五本以上，即可獲得限量隱藏版「山德森之年」燙金藏書票！

電子版活動連結：https://www.surveycake.com/s/ZmGx

注：布蘭登・山德森新書《白沙》首刷版本、《祕密計畫》系列首刷精裝版（共七本），皆附贈限量燙金「山德森之年」藏書票一張！（《祕密計畫》系列平裝版無此贈品）

「山德森之年」限量燙金隱藏版藏書票領取辦法

活動時間：即日起至2025年12月31日前（以郵戳為憑）

參加辦法與集點兌換說明：

1. 2025年度購買奇幻基地出版任一紙書作品（不限出版年份及創作者，限2025年購入）。
2. 於活動期間將回函卡右下角點數寄回本公司，或於指定連結上傳2025年購買作品之紙本發票照片／載具證明／雲端發票／網路書店購買明細（以上擇一，前述證明需顯示購買時間，**連結請見下方**）
3. 寄回五點或五份證明可獲限量隱藏版「山德森之年」燙金藏書票，藏書票數量有限送完爲止。
4. 每月25號前填寫表單或收到回函即可於次月收到掛號寄出之隱藏版藏書票。藏書票寄出前將以電子郵件通知。若填寫或資料提供有任何問題負責同仁將以電子郵件方式與您聯繫確認資料。若聯繫未果視同棄權。
5. 若所提供之憑證無法確認出版社、書名，請以實體書照片輔助證明。

特別說明

1. 活動限台澎金馬。本活動有不可抗力原因無法執行時，主辦單位有權決定取消、中止、修改或暫停本活動。
2. 請以正楷書寫回函卡資料，若字跡潦草無法辨識，視同棄權。
3. 單次填寫系統僅可上傳一份檔案，請將憑證統一拍照或截圖成一份圖片或文件。
4. 隱藏版「山德森之年」燙金藏書票一人限索取一次
5. **本活動限定購買紙書參與，懇請多多支持。**

當您同意報名本活動時，您同意【奇幻基地】（城邦文化事業股份有限公司）及城邦媒體出版集團（包括英屬蓋曼群島商家庭傳媒股份有限公司城邦分公司、書虫股份有限公司、墨刻出版股份有限公司、城邦原創股份有限公司），於營運期間及地區內，爲提供訂購、行銷、客户管理或其他合於營業登記項目或章程所定業務需要之目的，以電郵、傳眞、電話、簡訊或其他通知公告方式利用您所提供之資料（資料類別 C001、C011 等各項類別相關資料）。利用對象亦可能包括相關服務的協力機構。如您有依個資法第三條或其他需要協助之處，得致電本公司（(02) 2500-7718）。

個人資料：

姓名：＿＿＿＿＿＿ 性別：＿＿＿＿ 年齡：＿＿＿＿ 職業：＿＿＿＿＿ 電話：＿＿＿＿＿＿

地址：＿＿＿＿＿＿＿＿＿＿＿＿＿＿ Email：＿＿＿＿＿＿＿＿

想對奇幻基地說的話或是建議：＿＿＿＿＿＿＿＿＿＿＿＿＿＿＿＿＿＿＿＿

限量燙金藏書票

電子回函表單QRCODE

請剪下右邊點數，集滿五點寄回奇幻基地即可參加抽獎，影印無效。

1
A Year of Sanderson
2025